I的悲劇

Iの悲劇

米澤穗信

I的悲劇

悲劇變成喜劇的
一刻令人寒毛直豎……

CONTENTS

〈首度公開〉

輕雨《ALL SUIRI　二〇一〇》

黑網《ALL讀物》二〇一三年十一月號

重書《ALL讀物》二〇一五年十一月號

白佛《ALL讀物》二〇一九年六月號

其他篇章均為新發表。

序章　I的悲劇

在一個連吐氣都幾乎結冰的寒冷早晨，虛歲一百歲的女性嚥下了最後一口氣。

這名女性沒有重大疾病，她昨天還在和鄰居抱怨媳婦的刻薄。這天早上媳婦去幫她開窗通風時，發現她躺在用了幾十年的棉被裡過世了。

守夜和葬禮都進行得很順利。最年輕的來賓是五十九歲，每個人都對這些法事非常熟悉。唯一不如預期的只有靈車因大雪從昨晚開始下個不停而遲到。

她的死亡沒有任何問題，但是事後回想起來，每個居民都認為她的死亡是所有事情的開端。

這位女性從出生至死亡都住在這個山裡的小村落——簑石村。附近一帶的平均年齡穩定地逐年上升，而簑石村只是早一步到達了終點。要經過蜿蜒山路才能到達的這個村落只有大約二十間房子，現在還有人住的房子不到一半。

葬禮的一週後，媳婦沒有告訴任何熟人就悄悄地離開了簑石村。所謂的熟人是指她小學時的男同學，他沒過多久也跟著離世了。她的另一位熟人被住在都市的兒子媳婦接走了，還有一位熟人因為踢到廚房門檻摔倒骨折，躺在地上兩個小時以後才被艱辛穿越積雪開進來的救護車載走。

等到春風吹起、積雪融化、氣溫回暖時，最後一對夫妻也搬離了簑石村。他們本來堅持要死在熟悉的屋子的榻榻米上，最後還是受不了冷清村莊的寂寞。就這樣，簑石村的居民只剩一位男性，他八十一歲，沒有任何親人。

有一天郵差來投遞市公所通知的時候，發現簑石村最後一位居民倒在自家的玄關，屋梁上掛著一條繩子，他的腳邊還有一張紙寫著「我沒有活下去的意義了，所以決定自殺，抱歉給大家添了麻煩」。最後的這位居民上吊失敗之後無意再度尋死，他住進了都市裡的養老院，後來還靠著拿手的老歌成了卡拉ＯＫ紅人。

於是，村子變得空無一人了。

第一章

輕雨

1

有人為了保存木製的船而換掉腐朽的木材，船槳、帆柱、船底也都一一換成新的。過了一段時間，所有的部分都更換過了，這艘船還算是本來的那艘船嗎？

站在高地俯瞰這片荒廢的村落，令我想起了這段話。這個村子在六年前就沒人住了。村中還有一些農田，有些住在市區的人會偶爾來做些農務，但已經沒人在此定居了。以前從這高地放眼望去，想必可以看到結實累累的稻穗在風中搖擺，如今只能看到曾經是水田的方形土地被生機盎然的雜草所掩埋的荒頹景象。傾頹的農具小屋、龜裂的柏油路、棄置的車輛、乾涸的蓄水池……這個村子已經死了。

現在有一個讓這片土地——南袴市簑石村——起死回生的專案正在進行。為了吸引新居民遷入、讓這個死掉的村子再次恢復活力，上面的人制定了好幾條法令，投入大量預算。不過，這個專案若是進行順利，村子再次變得繁榮，就算是復活了簑石村嗎？

「萬願寺先生，快點拍完走人吧。」

去年剛被錄取的新人觀山遊香把雙手交握在腦後，一臉無聊地說道。我在這一年已經教過觀山基本的工作要點，但她始終沒有擺脫那股學生氣息。或許是因為她綁著不像公務員的馬尾吧，我雖然這樣想，但我沒資格對別人的髮型說三道四，所以什麼都沒講。起初我是對觀山使用敬語，可是她說「別這樣啦，好像我們很不熟的樣子」，所以我就不再說了。可是觀山對於這份工作倒是沒有熟起來的打算。

「抱歉，我正在想要怎麼取景。再等一下。」

說完之後，我又望向簑石村。我們所在的高地上有一間包含主屋和偏屋兩棟建築物的民宅，在長滿雜草的停車場上可以把整個村子盡收眼底。上司叫我們來拍攝簑石村的全貌，所以我正在找尋適合的拍攝地點。這個地方似乎還不錯。

我拿起數位相機。四月的風依然冷冽，但陽光很燦爛，我從鏡頭裡看見了村裡四處綻放的花朵。既然要拍照，乾脆拍得漂亮一點。我用眼角餘光瞥見觀山正靠在公務車上打哈欠。

最後我拍了將近二十張照片。

南袴市是在九年前由四個地方自治體合併而成的市鎮，人口有六萬以上。市公所設立於四個地方自治體之中人口最多的南山市原本的市公所，而其他自治體的市公所則改為辦事處，其中的間野辦事處就是我們工作的地方。

狹小辦公室的窗邊一年到頭都擺著一座煤油暖爐，爐上伸出的鐵皮煙囪髒兮兮的，到處都有蟲啃般的斑斑鏽跡。靠牆而建的書櫃是木製的，角落烙了業者的商標。兩扇滑門拉起來很卡，所以其中一扇一直開著。間野辦事處不是每個房間都很老舊，我們這個新設部門分派到的是使用不到十年的房間。

和觀山一起回到辦公室時，西野課長正在收起報紙。西野課長年過五十，個子稍矮，體格厚實。

「喔喔，有勞你們了。」

課長說完就起身離席。西野課長的專長就是不看時鐘也知道時間。

「我拍好簑石村的照片了。」

我姑且還是報告一聲，但西野課長動作豪邁地穿起掛在椅子上的西裝外套，提起公事包。

「明天見。大家辛苦了。」

他說完就離開了辦公室。課長向來如此，他很少上班時間一到就出現在辦公室裡，過了下班時間絕不會繼續留下來。

「課長辛苦了。」

我朝著課長的背影說道，同時意識到自己的話中夾帶著嘆息。

我們的工作是為無人的簑石村招募新住戶，負責協助並推動外縣市的民眾遷移入住，這就是所謂的「I Turn」（都市人口移居至鄉村）。

工作內容包括和地主協議租屋事項，提供便宜的房子給想要來此居住的人，全方位協助移居者的生活，讓簑石村恢復生機。課長西野秀嗣、新人觀山遊香，還有我萬願寺邦和，我們三人就是南袴市 I Turn 協助推廣專案的全部成員。

或許是有人覺得淺顯易懂的名字比較好，所以把我們這個部門命名為復甦課——難道沒有更好的名字嗎？

「啊，那我也要走了。」

一如往常地，觀山開朗的聲音在老舊的辦公室裡聽起來格外響亮。

宣傳是說「能在電腦上輕鬆完成申請」。

事實上民眾必須進入南衿市的網站，依序點入「外縣市居民」、「其他業務」、「新定居者協助」、「簑石地區（間野市）定居協助」、「歡迎來到簑石！」、「專案內容」、「下載申請書」、「同意規定事項」、「填寫意見回函」，才能找到下載申請書的地方。

申請書的背景色彩繽紛，若是印成黑白的，字就會看不清楚，所以必須印成彩色的，然後填好表格，用掛號方式郵寄以保護個人資料，不接受打電話或來信索取申請書，沒有用掛號寄送的申請書一概不受理。

這種申請方式不是復甦課想出來的，多半是公關課搞的鬼，負責人如果不是虐待狂，鐵定是個貨真價實的白痴。我本來以為這種麻煩到極點的申請方式絕對招不到人，沒想到申請的人還不少。我後來才知道，民眾覺得這麻煩的申請手續反而別有一番趣味，網路上甚至出現了熱烈討論。

間野辦事處裡會留下來加班的人很少。因為職員縮減，每個人負責的工作量大幅增加，但業務繁重的部門大多集中在市公所本部。像我這樣每天加班到超過十點或許會被人批評「只有你一個人留下來加班，搞得好像我們都很偷懶似的」，但是要做的事實在太多了，所以我今天還是一個人留在復甦課裡加班。

復甦課的工作幾乎沒有任何參考資料，譬如移居者該遵守哪些規則、有沒有遺漏的法令規定、有東西損毀的時候該由誰負責恢復原狀……我不敢奢望新來的觀山找出問題點，而西野課長一向都很不可靠。

肩頸部位感覺好疲勞，我大大地伸了個懶腰。看看牆上的時鐘，已經過了九點半。我今天檢查了契約書，屋主和移居者要訂立租賃契約，但我們復甦課的三人都沒有宅建士的證照，所以沒有擬定契約書的資格。我們雖然委託民間的不動產公司擔任仲介草擬契約書，但我們還是必須親自看過一遍。我轉動脖子時，聽到了僵硬的喀吱聲。

「唉。」

我在只有自己一人的辦公室裡喃喃自語。

「為什麼是我呢？」

我被派來復甦課之前是在用地課。用地課很有前途，換句話說，那邊比較容易升遷。復甦課雖是市長直接指揮的專案，但怎麼看都沒有升遷的可能。被調到復甦課毫無疑問是貶職，但我完全不明白自己被貶職的理由。我在用地課一向聽從上司的指示做事，也沒犯過嚴重的錯誤，我認為自己沒有任何疏失，人際關係也不是特別差，或許我不是因為做錯了什麼事才被貶職，而是因為必須有人被調去復甦課。但我不禁思索，為什麼被調來的是我呢？我都快要三十歲了，前途卻突然變得一片茫然。

我在 I Turn 協助推廣專案裡可說是實質上的領導者，如果這個專案失敗了，今後恐怕無法再指望升官發財。我的雙手不自覺地緊緊相握，心中拚命地祈求。

「希望來的是正常人……」

無論環境整頓得再完善，如果遷入的人不願意在簑石定居，這個專案還是會失敗。就像把牛牽到水邊，要不要喝水只能由牛自己決定，不管我們投入再多納稅人的稅金都一樣。在眾多申請者之中挑出移居人選的並不是復甦課，我聽說那是由市長親自決定，不過實際上執行業務的應該是祕書課吧。

竟然要看別人抽的籤是好是壞來決定我的業績。雖然我感到不平，但我如今能做的也只有嘆息。我為了忘記這不合理的情況而認真埋首工作，加班時間也越拖越晚。今天的晚餐大概還是得靠著便利商店的便當來解決吧。

2

為了當地導覽和簽定契約，申請移居者在遷入之前必須先來南袴市一趟。我覺得在屋齡四十年的間野辦事處談話會給人不好的印象，所以和他們約在市公所本部。

南袴市公所是採用大量挑高設計和玻璃窗的六層樓建築，屋齡只有十年左右。以前的南山市剛蓋好這棟公家機關建築時，曾被很多人批評蓋得太豪華，如今它脫胎換骨，成了南袴市的核心。職員之間還偷偷流傳著南山市早就料到即將合併，才把辦公大樓蓋得這麼大。

我到了久未來訪的市公所，借用了以前在用地課時經常使用的第三會議室。雖然房間很小，其中的設備也只有白板，但我們沒有要做什麼大事，所以這樣已經夠用了。我們和申請人通過幾次電話，但直接會面是第一次，所以復甦課的全體職員都來到會議室。我們全都穿了正式服裝，觀山的套裝打扮看起來很生澀，像是來參加面試的社會新鮮人，課長的西裝則是皺巴巴的。

約定的時間來臨，看見申請人走進會議室，我心中頓時鬆了口氣。雖然第一印象不能代表一切，但這兩戶的申請人至少看不出明顯的缺點。他們都有家庭，不過都是一個人來的。

「勞煩你們長途跋涉，辛苦了。」

西野課長鞠躬說道，他的動作不如發言來得誠懇。

「不會啦。今後還請多多指教。」

回應得彬彬有禮的是久野吉種先生。他在申請書上的職業一欄填的是「上班族」，我還沒問過他具體的工作內容，不過看他那身無懈可擊的西裝打扮和落落大方的儀態，他的工作應該需要經常和人往來。他三十歲，體型纖細，戴著樹脂鏡框的眼鏡，梳平的髮型顯得有些老派。

「……請多指教。」

另一位申請人安久津淳吉也跟著打招呼，他不像久野先生那麼習慣正式場合，眼神和動作都有些虛張聲勢的感覺。他的職業欄寫的也是「上班族」，但他身上穿的卻是涼快的 Polo 衫，露出衣袖的手臂很粗壯，皮膚也晒得很黑，不知道是因為工作的緣故，或者只是喜歡戶外活動。他在年齡欄寫的是三十二歲，站在久野先生旁邊卻沒有顯得比較年長。

復甦課的三個人和申請移居的兩個人面對面坐下。會議主持是由我負責的，我翻著手邊的資料展開談話。

「感謝你們申請了本市的 I Turn 協助推廣專案。我叫萬願寺，今後由我負責跟你們接洽。這次的專案預定要招募十二戶家庭，你們兩位是第一批移居者。」

其實申請者在今年四月以後隨時可以搬進來，但是每一家都有自己的安排，所以遷入的時間十分零散。不過只有兩家先來，而不是全部一起過來，對我們復甦課來說也算是一件好事。

「要簽租賃契約的是屋主和你們申請人，市公所只是擔任仲介的角色。實際的仲介業務會委託民間的不動產業者來進行，所以請你們先確認一下資料。所謂的提供住宅，是採取房租補助金的方式。如果你們喜歡簑石村，想要買下土地或房屋時，就要麻煩你們自己和屋主交涉了，我們市公所當然也會盡量協助。」

講到這裡，安久津先生微微地舉起手。

「我可以問一個問題嗎？」

「好的，什麼問題？」

「簑石村應該已經沒人住了吧？那為什麼不能免費給我們土地和房子呢？」

之前也有申請人以為土地和房屋都是免費的，打電話來詢問後才發現原來要付房租，就生氣地說我們是在詐騙，甚至吵著要報警，後來那人主動放棄申請，事情才得以落幕，但處理過程真的很麻煩。我為了不刺激安久津先生，小心翼翼地回答：

「現在簑石村確實沒人住，但居民都還健在，只是搬去了其他地方，就算原來的屋主不在了，也還是有繼承人。當作是便宜的租屋可能比較容易理解吧。」

幸虧安久津先生沒再糾纏下去。

「這樣啊，我明白了。」

我擠出開朗的笑容，免得被他發現我鬆了一口氣。

「那麼就請兩位簡單做個自我介紹，順便說說看你們來申請的動機吧。」

兩人的表情突然變得有些僵硬。我急忙搖手說：

「請不用擔心，這不是審核的內容，只是閒聊罷了。」

這確實不是審核，但也不是單純的閒聊，而是我想藉著言談來觀察對方的為人。久野先生顯然是個世故的人，他沒有把我說的話當真，反而念了一段像是事先寫好的臺詞：

「自然豐饒的環境很吸引我，我從以前就一直嚮往著自給自足的鄉村生活，所以這個專案對我來說真是千載難逢的好機會。」

他的措詞優雅流暢，看不出心底真正的想法，但是從這段合情合理的發言至少可以看出他具有相當高的社會適應度。

「這樣啊。我知道了。」

我說完以後又把視線轉向安久津先生。

「我家裡有孩子。」

「是的。」

「我覺得搬來這裡可以讓孩子輕鬆地玩耍。」

他停頓了一下，像是對我的沉默感到疑惑，又加了一句「就這樣」。安久津先生雖不能說是禮儀端正，但也不像隨時會惹麻煩的魯莽傢伙。相較之下，像久野先生那種太老練、看不出真正想法的人或許更該擔心。我一邊這麼想著，一邊說下去。

「謝謝。那我來報告一下今後的時間表。」

這些事已經寫在招募廣告裡了，為了慎重起見，我還是要再說一次。

「你們可以在自己方便的時間搬進簑石村，但是從四月一日開始的三個月內如果沒有遷入，你們的申請就會被取消。聽說你們都決定要儘快搬進來，所以這些話其實只是多說的。」

我望向兩旁，看西野課長和觀山有沒有要補充的事，但他們兩人都沒開口，只是輕輕點頭。觀山是新人，她不說話也就算了，但課長至少該說個幾句話吧？我用眼神示意他，但他還是一樣不動如山。真有他的。

「……那麼，如果沒有其他問題，我現在就帶你們去參觀簑石村。那邊環境很不錯，應該是能讓小孩輕鬆玩耍的好地方。」

3

合併後的南袴市擁有日本數一數二的廣大面積，以前的間野市位置偏東，再往東還有一塊像盲腸一樣突出的地方，那裡就是簑石村。離開市區後，在車輛稀少的山路沿著溪流前進，左右兩旁漸漸被陰暗的山林包圍，道路彷彿隨時會消失。

但是一出了山谷，視野就豁然開闊。當地人從古時候就把通往簑石村的小路稱為「東袋之口」，這是在形容入口的狹窄以及村裡的寬廣。若是村子發展繁榮，真可稱為祕境或世外桃源，但是這裡成為無人村落將近六年，荒廢的田地和無人居住的房屋都因自然的侵襲而變得殘敗不堪。南袴市簑石村就是這樣的一個地方。

兩戶人家沒有事先說好，卻很巧地在同一天搬進來。

久野家分配到的是一棟附倉庫的平房，因為他們家只有夫妻兩人，不需要太多房間，但是為了個人興趣希望有寬敞的收納空間。倉庫裡依然放著沒在使用的農業機具，即使扣掉那個部分，空間還是很充足。

安久津家分配到的是屋齡較新的兩層樓建築，附屋頂的車庫大到足以停放兩輛車，水管設備也還很新。這間房子在專案之中是數一數二的優質住宅，原本應該保留下來做為賣點，西野課長卻擅自去勸說屋主把房子租給安久津家。我本來還以為他難得認真工作，結果做出來的卻是這種事。我忍不住提出抗議：

「把那間房子租給安久津家是不是決定得太草率了？應該留給家族成員更多的家庭吧。」

課長反駁得吞吞吐吐，很難聽清楚。

「嗯，是啊，可是，屋主說孩子要考試了需要用錢，所以我才想要快點幫他們把房子租出去。」

「急著把房子租出去的應該不只他們一家吧？」

「是這樣沒錯啦。」

復甦課的牆上貼著一張大大的簑石村地圖，課長把視線移到地圖上，囁嚅地說：

「喔喔，那間房子就在久野家附近嘛。現在居民這麼少，住得近一點才能互相照應。對吧？」

這個理由顯然是他臨時想出來的，但我覺得再說下去也沒用，所以就放棄了。不管怎樣，契約已經簽定，現在說什麼都太晚了。

從間野辦事處開車到簑石村大約要四十分鐘。探視移居者的情況是很重要的工作，不過辦事處只有一輛公務車，不是每次都能用，所以我們經常開自己的車。

我的車是 **Impreza Sport**。在南袴市這種去哪裡都得開車的地區，開快一點的車比較方便，但是市公所職員在工作時開跑車似乎太過招搖，偶爾還會有人抱怨說這樣不像公務員。觀山有一輛淺藍色輕型 **Lapin**，外型看起來比較低調，所以我們去簑石村都是開公家的豐田 **Prius**，借不到的時候就開觀山的 **Lapin**。

兩戶人家已經搬進來三天，在這從一大早就很晴朗的日子，我又和觀山一起去了簑石村。觀山不喜歡開狹窄的山路，所以若是開公務車都是我負責駕駛。我打開車窗，沐浴在溪邊涼爽的空氣裡，一邊說道：

「久野先生和安久津先生一定都是懷著美好生活的想像而搬來的，但是事情不會那麼順利，簑石村也不是天堂，他們總有一天會覺得以前住的地方比較好，我們絕對不能忽視這種訊息，要仔細詢問他們有沒有什麼不滿意的地方。」

觀山認為和移居者融洽地打成一片也是工作的一部分，她有一種奇特的才能，就是能讓剛認識的人對她敞開心胸，這對公務員來說是難得的特質，但這項特質有利也有弊，不是每個人都能欣賞觀山的爽朗，也有人不喜歡態度太過親熱的公務員。

「如果他們真的討厭這裡、想要搬走，我們硬是阻止也不太對吧？」

問題就在這裡。若是因為和移居者太親近而搞砸了工作，那不是本末倒置嗎？聽到觀山愣愣的回答，我嘆著氣指正她。

「沒什麼不對的。一定要阻止。這個專案可是砸下了大把預算，絕對不能讓它失敗。」

其實我真正的想法是「如果在我離開復甦課之前搞砸工作可就慘了」，但我說不出這句話。

「萬願寺先生，你一點都不像市公所的職員呢。」

觀山如此說道。

「是嗎？」

「你太努力了。」

「……妳到底是懷著什麼心態工作的？」

觀山回以「啊哈哈」的輕鬆笑聲。我明明是在責備她，但她似乎不當一回事。

廢棄的農地上雜草叢生，恢復成一片荒野。空房子零散坐落在各處，雖然復甦課做過基本的整頓，村子裡還是顯得很蕭條。

久野家前方有條寬敞的車道，可以用來停放自家的車輛，也可以讓耕耘機用來迴車。我把公務車開到屋子附近，熄掉引擎，一陣低沉的嗡嗡聲從車窗傳進來。

「什麼東西？」

觀山把頭探出副駕駛座的車窗，左右張望，然後抬頭仰望。

「啊，直升機。」

我下了車，往上一看，有一架小小的直升機悠然翱翔在澄澈的藍天，一邊發出類似除草機的聲音。

「是遙控模型嗎？」

「那麼小也飛得起來呢。」

「是啊，我也是第一次看到。」

在我們訝異的注視下，直升機逐漸降低高度。我沿著直升機移動的方向望去，看見久野先生站在一個小土丘上，他穿著簡單輕便的白色T恤和軍褲，不過因為他平時習慣穿西裝，看起來有些滑稽。久野先生用雙手操作著遙控器，他一看見我們，就輕輕地點點頭。

直升機著陸了。觀山小跑步過去，一臉興奮地說：

「你好！這直升機是你的啊？」

「嗯，是啊。」

久野先生自豪地笑了。

「這地方真不錯，附近沒有電線，也沒有路人，所以低空飛行也沒問題。」

「在人多的地方不能飛嗎？」

「遙控直升機是稀罕的玩意兒，大家看見都會圍過來，挺麻煩的，而且引擎驅動的直升機比較吵。」

「也有不是用引擎驅動的嗎？」

「是啊，也有用電池驅動的，不過我不太喜歡那種。」

他說著就聳起了肩膀。兩派的支持者或許是互看不順眼吧。我走近停在草地上的直升機。

「近看才發現真的很大耶。」

這架直升機的長度超過一公尺，機身纖細，但尾部長得出奇。

「這在遙控直升機中算是很大的了。平時我都是玩小型的。」

久野先生一講起這個話題就沒完沒了。掛在他脖子上的無線電發訊器看起來很沉重，還可以切換頻道。我雖然不玩遙控模型，還是看得出那東西很昂貴。觀山發出「哇喔」的感嘆聲，露出恍然大悟的表情。

「啊，難道你搬來這裡就是為了盡情地玩遙控直升機？」

我正覺得情況不對，久野先生已經皺起眉頭。

「怎麼可能？我才不會這麼輕率地依照興趣來做人生規劃。」

「喔喔，也對啦。」

我用眼神制止在一旁插嘴的觀山，試著不著痕跡地轉開話題。

「你覺得簑石村的生活如何呢？如果有不明白的地方，或是覺得哪裡不方便，或許我們幫得上忙。」

「感謝你們特地過來關心。」

久野先生想必被觀山不經大腦的發言搞得很不愉快，但他至少沒有明顯表現出來。

「我現在過得很舒服，我太太也很開心。雖然房子有些破舊，但是找時間慢慢修理就行了，我也不討厭當個假日工匠。只是……啊，對了，你來看看那個。」

久野先生說到這裡，就用雙手小心翼翼地捧起直升機。

「請跟我來。」

他帶我們走到主屋的後面，廚房後門有一條嵌石小徑延伸到幾公尺外的倉庫。他要我們看的似乎就是那間倉庫。主屋只是一層樓的平房，倉庫卻有兩層樓，面積也不輸給主屋。倉庫蓋得很簡便，只是用泛黑的木板牆壁搭上鐵皮屋頂，四周圍繞著低矮的草叢，其中零散地開著蒲公英花。久野先生把遙控直升機輕輕地放在草地上，拉開鋁製的拉門，苦笑著說：

「這扇門沒有上鎖。雖然現在還沒發生過問題，但我實在有些擔心。來吧，請進。」

倉庫沒有窗戶，陽光只能從門照射進來，裡面的空間比外面看起來更大，室內布滿塵埃，令我很想打噴嚏。靠近門的地方整理得很乾淨，不過昏暗的底端似乎堆了很多東西。仔細一看，那邊堆放著鐵鍬、鋤頭、竹掃把、畚箕、石臼，最顯眼的是一個像鐵箱一樣的大機具，顏色是黯淡的藍色，高度將近兩公尺。

「你知道那是什麼機器嗎？這裡看起來像是放農具的倉庫，但我不知道那機器是幹麼用的。」

我對農業機具不太熟悉，還好我跟屋主談話時聽說過這件事。

「這是舊式脫穀機，把收割下來的稻子放進去，就能脫去稻殼，製成糙米。」

「喔喔，那我就懂了。請看看這邊。」

久野先生點點頭，帶我們走到機具後面，我走過去就看到一堆稻穗顏色的小山。乾稻殼直接堆放在地上，高度約有一公尺。觀山發出了讚嘆。

「哇塞，看起來很好燒耶。」

我差點忍不住一巴掌拍向她的後腦。稻殼容易燃燒是事實，但我實在不希望她說一些讓住戶感到不安的話。所幸久野先生不以為意，抬頭看著脫穀機。

「我一直覺得很奇怪，為什麼這裡會堆著稻殼呢？我本來還以為這是要灑在田裡的肥料，原來是這機器弄出來的啊。對了，這機器現在還能用嗎？」

「聽說幾年前就故障了。」

久野先生一聽，臉上就漾開了笑容。
「這樣啊。這機器應該不會太複雜，說不定修理一下就能用了。」
好奇四處打量倉庫的觀山睜大了眼睛。
「咦？你會修理嗎？」
「實際修理起來才知道，不過我想應該沒問題。」
久野先生說不討厭當假日工匠，我想他對機器應該很有興趣。既然他打算修理脫穀機……
「你想要自己製米嗎？」
我這麼一問，久野先生就點點頭。
「既然搬來鄉村，我希望至少自己吃的東西可以自己做。我本來就覺得自給自足是理所當然的。」
他的話中透露著一股熱情。既然如此，我就得先跟他說清楚了。
「這樣啊，那就請你放手去做吧……不過租賃契約也包含了土地和器物的部分，我不確定機具能不能自由使用。我會去跟屋主確認看看，請你先等一等。」
久野先生被潑了冷水，似乎有些掃興。
「喔，好的，先問一下也是應該的。」
他嘴上這樣說，但語氣之中還是帶著些許的不滿。

接下來我們要去安久津家，那裡和久野家隔著一塊水田，距離約三十公尺。兩家雖是鄰居，但正門並非彼此相對，從久野家的角度來看，安久津家的正門是朝向另一側。這麼短的距離不需要開車，可是如果用走的還得再回來拿車，所以我們上了公務車，連油門也不踩，慢慢地滑行到安久津家。

走到門前，我發現安久津家的車庫是空的。簑石村沒有商店，現在連公車也沒有營運了，光靠計程車和郵購還是不太足夠，所以沒有車子根本無法生活。安久津家應該也有車，雖然我不記得是什麼車款。

「沒有車子耶，他們出去了嗎？」

「或許家裡還有人。」

安久津家總共有三個人，包括夫妻和孩子，希望開車出去的只有夫妻二人。他們家和久野家不同，沒有迴車道，所以我只能把公務車停在馬路旁，還好簑石村裡沒有禁止路邊停車的標誌。

從馬路走到房子只有幾公尺，地上鋪著石子，有一條由較大石塊排成的小徑。這不是出自安久津先生之手，而是先前的屋主做的。我按下門鈴，沒有回應，我又按了一次，接著看到霧玻璃裡面出現一條小小的人影。

「是誰？」

一個可愛的聲音害怕地問道。我和觀山互看了一眼。

「是孩子嗎？」

「應該吧。」

那孩子似乎不打算開門，說不定連門把都搆不著。我蹲下身來，直視著玻璃另一邊的朦朧臉孔。

「您好，我們是市公所的人，爸爸和媽媽在家嗎？」

小小的腦袋搖了搖。

「不在嗎？」

「嗯。」

「他們去哪裡了？」

「不知道。」

那聲音聽起來好像快哭了。我回頭看看觀山，她小聲地說「讓我來吧」。然後她也蹲下來，用安撫的語氣說道：

「小朋友，大姊姊是來幫忙的。現在只有妳一個人在嗎？」

孩子沒有回答，只聽見裡面傳來腳步聲，孩子的身影消失了。

觀山露出難過的表情站起來。

「竟然會有小孩不理我……」

「妳這是哪來的自信啊？」

「親戚的孩子都很喜歡我，我還以為行得通。」

我們不死心地注視門口好一陣子，但那個孩子一直沒再回來。

「那孩子幾歲啊？」

「資料上寫的是四歲。」

「這樣啊。」

「叫作安久津希星，是個女孩。」

「那孩子是叫這個名字嗎？」

觀山還不停地上上下下掃視著安久津家，似乎期待那孩子會從哪個窗口探出頭來。

「我又不嚇人。」

觀山嘆了一口氣，率先坐上公務車。

我們在車內好一陣子都沒開口說話。觀山打開車窗，讓風吹著臉龐。經過「東袋之口」時，一陣冷風從谷底的溪流吹來，此時觀山一臉無奈地笑著說：

「久野先生還挺勤勞的嘛。」

「是啊，雖然表面上看不出來。」

「竟然打算自給自足，他還真有幹勁。或許會定居下來喔。」

我遲疑地回答：
「真是這樣就好了。」
「你覺得不會嗎？」
道路漸漸變窄，我駕駛得更謹慎了。
「……至少目前看起來久野先生對農業一無所知。」
「你是說他認不出脫穀機嗎？」
「那也是理由之一，此外，他不是說了要把稻殼當成肥料嗎？稻殼有抑止發芽的效果，如果沒有先處理過、直接灑在地上，別說是當肥料了，反而還會妨礙作物生長。」
觀山喃喃說著「喔……」。
「沒想到你知道這種事。萬願寺先生的老家是務農的嗎？」
「不，是開餐館的。我是覺得可能需要提供農業協助，所以抽空研究了一下。」
「是喔。但是我想久野先生應該很快就會學到了，不用這麼擔心啦。」
「或許吧。」
我嘴上這樣說，心裡卻不是這樣想。
光是不知道稻殼的作用對久野先生定居與否並沒有太大影響，但觀山問久野先生是不是為了玩遙控直升機才搬來簑石村時，他很生氣地反駁了，當時的對話一直盤旋在我的腦海中。觀山的發言確實不夠慎重，不過我當時也是這麼想的。久野先生會那麼生氣，令我不禁覺得他是被觀山說中了心事。就算他表面上說得再冠冕堂皇，如果他真的是為了興趣而搬來，那鐵定住不久的，因為定居在鄉村可不是只有輕鬆快樂的一面。

「的確，現在擔心這些還太早……對了，妳覺得安久津家怎樣？」

「什麼怎樣？這問題太籠統了。」

觀山雖然這樣說，但她應該知道我是在問什麼。她的語調稍微降低了一些。

「我不知道他們出去做什麼，但是把四歲的孩子獨自丟在家裡，還真叫人擔心呢。他們才剛搬來三天，孩子想必還沒習慣，這樣真的可以嗎？」

「就是說啊。」

「應該不會有疏忽照顧的事吧。」

我的背上突然興起一陣惡寒。我努力說服自己這只是因為山裡氣溫低。

「別亂說了。」

如果移居者被告到兒童相談所，這個專案恐怕就完蛋了。

「他們可能覺得孩子正在睡午覺，但他們一出門孩子就醒了。」

「這是比較樂觀的猜測。」

「現在什麼都不能確定嘛。」

南袴市非但不是政令指定都市，甚至連中核市都算不上（註1），所以沒有兒童相談

1　政令指定都市和中核市都是日本的大都市制度之一。

所。基於預算方面的考量，就連兒童福祉相關的家庭支援據點都沒有，所以我們不得不想得樂觀一點。

前方出現了大彎道，我盯著道路廣角鏡慢慢地過彎。通過最危險的地方後，我吁了一口氣。

「……我想到的是另一件事。」

「什麼？」

「老實說，我不覺得安久津家會定居下來，我根本不知道他們家為什麼會被選中，他們頂多住個兩年就會搬走了。」

「兩年？」

「想想他們家的孩子吧。」

我一說出提示，觀山就立刻回答：

「喔喔，原來如此。他們的孩子現在四歲，兩年之後是六歲，到了就學的年齡，可是簑石村沒有小學。」

最近的小學在間野辦事處附近，開車過去得花四十分鐘。

「目前正在討論是否要派出校車，但這件事還在計畫的階段，就算以後有校車了，會不會為了簑石村的少數幾個孩子特別派來一輛校車都還很難說，畢竟人事費用不低，車上也得有齊全的設備才行。」

「既然安久津家有孩子，或許不會在簑石村長久居住……啊，所以你才會反對把那棟房子租給他們吧？」

我點頭。雖然我沒有說出來，但我真心覺得把最好的房子租給不會長住的安久津家實在太可惜了。

之後我們兩人又陷入了沉默。

如果安久津夫妻對孩子懶得花心思，或許不會在意通學的難度，他們在搬來之前也沒問過有沒有通學補助。如果安久津家過了兩年還沒搬走，他們家的女兒進入小學就讀，而復甦課又沒辦法準備校車，那孩子就得吃苦了。復甦課真是責任重大啊……但我們的權限卻又很少。如果簑石村在兩年之內可以湊齊足以塞滿一輛校車的孩童，事情就簡單多了。

不能想得太樂觀。在兩年之內接到調職令還比較有可能。

4

問題是發生在第十天。

快到四點時，西野課長就坐立不安地盯著牆上的時鐘。觀山大概從一個小時前開始盯著電腦，但她似乎什麼都沒做。我手上的工作包括聯絡屋主確認事項以及撰寫宣傳文章，但兩項都得等別人回覆，所以現在無事可做，我一邊整理收據一邊想，今天或許可以準時下班。

復甦課的出入口只有一扇很難開關的木框滑門，那扇門伴隨著吵雜的軋軋聲打開了，站在外面的是從間野辦事處還是市公所的時候就在這裡工作的老資格女職員。她表現出不想靠近復甦課的冷淡態度，眼睛看都不看我們，說道：

「萬願寺先生，有你的客人。」

「我的客人？」

她不發一語地走掉了，接著出現在門外的是和初次來到南袴市一樣穿著筆挺西裝的久野先生，我吃驚地站起來。

「久野先生？怎麼了？」

由於沒什麼要緊事，所以我現在比較少去簑石村，上次去那裡是三天前。難道這三天發生了什麼事嗎？久野先生表現出不曾有過的猶豫神情。

「突然跑來你們工作的地方，真是抱歉。我有些事想當面和你們討論。」

「你是說……」

該不會是想搬走了吧？我最先想到的是這件事，但久野先生好不容易下定決心說出口的話卻是：

「其實我想請你們當中間人。」

「中間人……你是說要我們幫忙協調嗎？」
「嗯，是的。」
「總之先坐下來再慢慢談吧。」
我一邊說，一邊看看辦公室，復甦課只有三張職員用的桌子。
「這裡好像不太適合談話。」
我邊說邊望向西野課長。既然出了狀況，照理來說應該由上司去處理，但對方可能比較想和熟識的人商量。還是讓西野課長來決定好了。我本來以為他會裝作事不關己的樣子，免得拖延到下班時間，結果他卻緩緩地站起來。
「復甦課或許能多少幫上忙吧。萬願寺，請帶久野先生去接待室。」
我望向觀山，她疑惑地指著自己，像是在問「我也得去？」。她去不去都無所謂，不過間野辦事處的接待室只有四張椅子，如果我們三人都去，就有一個人得坐在久野先生旁邊。我揮揮手示意她不用去了。
接待室的牆上掛著一幅富士山的油畫——有個梯形，上面是白的，多半是富士山吧。聽說那是以前住在簑石村的藝術家畫的。這幅畫如此低劣，真不想讓外人看見，不過久野先生看都沒看那幅畫一眼，他到現在還是一副欲言又止的態度。我和課長並肩坐在久野先生的對面，但他始終盯著自己的手，像是在思索該從哪裡說起。
「到底是什麼事呢？」

我主動開口問道。

「呃，喔，那個，沒什麼大不了的啦。」

他連頭都沒抬起來，以這句開場白戰戰兢兢地開始說道。

「是關於鄰居的事。」

「你是說安久津家嗎？」

「他們是叫這個姓氏嗎？我不太記得。總之……總之我很困擾！」

他說到這裡才下定決心，像是要發洩積怨似地滔滔不絕地說了起來。

「他們從傍晚開始在院子裡吵吵鬧鬧的，而且還不是普通的吵，他們甚至堆了營火，用喇叭播放著莫名其妙的音樂。大概從五點開始，一直鬧到大半夜。你能相信嗎？要是只有一天兩天就算了，如果是為了慶祝搬新家而開心過頭，我也不會說什麼，可是他們竟然每天都這樣搞。」

久野先生說著說著，整張臉都脹紅了。

「最讓我生氣的是，他們根本不是真的在聽音樂，而且也沒有好好地把火撲滅，玩完以後就開著那輛大到誇張的車出去了，連音樂都沒關！住在附近的只有我們兩家人，我本來還想努力和他們好好相處，可是我和太太都已經忍耐到極限了，請你們一定要幫忙！」

可以的話我真想抱住自己的頭。我聽得都有些頭暈了。第一次見到安久津先生時，我覺得他還滿普通的。進入市公所以後，講個兩句話就看得出有問題的人我也見過不少了，和那些人相比，安久津先生的言行算是很正常了。如果久野先生說的是事實，那安久津先生恐怕有問題；如果是久野先生說得太誇張，安久津家的「音樂」並沒有超過合理的程度，那就表示久野先生過度敏感，碰到一點雞毛蒜皮的小事就會跑來市公所抱怨。無論是哪一種，未來都不太樂觀。

西野課長裝模作樣地皺起眉頭。

「這樣啊，我知道了。這可能是很嚴重的問題，我們必須親自去了解情況。好，萬願寺，走吧。」

他話一出口就立刻起身。這令我十分錯愕，因為課長從未表現過這麼高的行動力。

「呃，喔。好的，我們走吧。我去叫觀山把車開出來……」

「不用了，我們各自開車去吧。我要做點準備，先等我一下。」

課長大概一看完情況就會直接回家。

為什麼他這麼討厭辦公室呢？

如果安久津先生知道久野先生跑來告狀，兩家的摩擦說不定會變得更嚴重。

「拜託不要讓他知道是我說的。」

久野先生的要求很合理。

「我知道了。我會注意的。」

「麻煩你了。」

「我們最好不要同時抵達。你要先出發嗎？」

「不，我還得去買東西，晚上才會回家。」

那就沒問題了。

雖然課長說要各自開車，但我還是不太敢開自己的 Impreza。現在快到下班時間了，很容易借到公務車。我還得辦理借車手續，所以西野課長開著他的 Corolla 先出發。

空氣中瀰漫著黃昏的氣氛，照這樣看來，回家時應該都天黑了。我在開到「束袋之口」時打開車頭燈。一想到回家時只能靠著車頭燈開過蜿蜒曲折、旁邊是懸崖的道路，我就覺得心情沉重。

到了安久津家，我的車和課長的車一起停在馬路邊。還沒熄掉引擎，我就感覺有個重低音在敲擊我的腹部。那是節奏規律的咚咚聲，這應該是鼓打貝斯的樂風吧。我自從進了市公所之後就沒再買過CD，對音樂都有些生疏了。

我一下車，西野課長就走過來。

「聽起來是這樣呢。」

這句話真是廢話。

「好像是呢。」

我回答的也是廢話。我又抬頭看看安久津家，聲音似乎是從屋後傳來的。

「那我們就去看看吧。」

「不，等一下。」

我正要邁出步伐，就被課長緊張的聲音叫住。

「怎麼了？」

「要客氣點，客氣點。」

難道他以為我一開口就會罵人嗎？我隨口安撫說「沒事的」，然後按下門鈴，當然沒人回應，就算他們家裡有人，在這噪音之中也聽不見門鈴聲吧。我想要繞到屋後，課長還是一副想要勸阻的樣子，再拖下去太陽就要下山了，所以我假裝沒聽見，逕自走向屋後。

走近聲音來源時，我聞到了一股香氣，那是烤肉的味道。久野先生說過安久津家每天都會燒營火，看來似乎這不是單純的營火。我經過轉角走到屋後，果然看到安久津家擺放著烤肉架。

安久津夫婦背對著我。我看見了插著肉片、青椒和洋蔥的烤肉串。沒了遮蔽物，音樂聽起來更大聲了。烤肉串已經散發出濃烈香味，原本應該聽得見肉汁滴在炭火上的聲音，如今卻被鼓聲蓋住。我猜他們一定也聽不到我的聲音，但我還是試著叫道：

「那個，不好意思。」

夫妻二人果然沒反應。他們似乎正在聊什麼有趣的事，笑得肩膀都在顫抖。安久津淳吉先生的太太華姬總是化著一副濃妝，我來巡視簑石村時很少遇到她，每次見到她都是板著一張臉，沒想到她跟家人在一起時這麼愉快。華姬太太一手拿著夾子，隨著喇叭播放出的節奏一開一闔的。

再等下去也沒用。我心一橫，大聲吼道：

「那個，不好意思！」

淳吉先生終於轉過頭來。都是因為課長剛才一再提醒，讓我不禁擔心自己的語氣會不會太失禮，不過淳吉先生一看到我就露出笑容。那笑容是如此開朗，這讓超過三十歲的他顯得更年輕了。他似乎回答了什麼，但我聽不見。淳吉先生對華姬太太吩咐了幾句話，華姬太太點點頭，把喇叭的音量轉小一點，音樂終於小到讓我們能夠交談了。

淳吉先生主動開口打招呼。

「嗨，你們好。經常麻煩你們關照。」

淳吉先生看起來毫無歉意，也就是說，他不認為自己做錯事。從這裡一抬頭就能看見隔著一片荒田的久野家，難道他沒想到自己給鄰居添了麻煩嗎？總之我還是堆起笑臉，開始跟他寒暄。

「晚上好。你們正在用餐啊？」

「是啊。」

淳吉先生的額頭上沾著汗珠。此時黃昏將近，氣溫開始降低，但旁邊燒著熾熱的炭火，會流汗也是很正常的。

「你們在辦烤肉會啊。」

「對啊，很不錯吧。」

淳吉先生點頭說，像孩子炫耀自己的玩具一樣向我們展示他的烤爐。那個烤爐的形狀如同把鐵桶縱向剖成兩半，就連我站得這麼遠都能感受到熱氣。淳吉先生的語氣也充滿了熱情。

「我覺得最棒的就是戶外活動。這年頭做什麼事都很方便，一轉旋鈕就能立刻點火，如果用的是微波爐，連火都不需要，但我覺得那樣好像缺少了生命力，既然身為人，至少該學會怎麼用火嘛。」

我有點驚訝，我沒想到淳吉先生在家裡烤肉是基於這種理念。

「原來是為了教育孩子啊。」

「嗯，算是吧，我不想把孩子寵過頭了。」

他的女兒坐在稍遠處的折椅上，手上拿著紙盤。盤裡盛著切成塊狀的肉，這對四歲小孩來說是不是太粗獷了點？我看她根本一點吃的意思都沒有……或許她已經吃飽了。

「搬來這裡真是太好了。」

華姬太太笑著對淳吉先生說。

「以前我們在陽臺上烤肉，都會有鄰居跑來抱怨白煙和味道什麼的。」

「就是說啊。」

她說的不是院子，而是陽臺。難道他們以前住的是公寓或大樓之類的集合住宅？我有點害怕，連問都不敢問。

不管怎麼說，安久津家要使用哪種教育方針、要在自己租的土地上烤肉，那都是他們的自由，但我不覺得教導孩子用火和播放吵鬧的音樂之間有任何關聯。

「啊，對了，安久津先生。」

我正準備開口時，背後傳來一個聲音。

「喔喔，你們在烤肉啊，真有意思。」

是西野課長。他的語氣很輕鬆，像是剛剛才來的樣子。他鐵定是先確認過現場氣氛融洽才露面的。雖然有些過分，但我正準備說些難以啟齒的話，所以他來得正好。

「這位是誰？」

被華姬太太這麼一問，淳吉先生皺起眉頭說：

「呃，好像是萬願寺先生的上司吧？」

從第一次會談以來，這還是西野課長首度拜訪移居者，所以淳吉先生不記得課長也是應該的。課長對華姬太太鞠了個躬。

「初次見面，妳好。我是復甦課的課長西野。歡迎你們來到簑石村。如何啊，這地方不錯吧？」

「喔喔，你好。」

「這房子是我親自挑的，這可是簑石村最好的房子喔。如果有什麼問題，直接告訴萬願寺就好了，千萬不要客氣。不管是什麼事，只要告訴我們，我們都會盡力協助。哎呀，這味道還真香呢。」

真是太厚臉皮了……

成串的肉和蔬菜還在烤爐上烤著，安久津夫婦只顧著和我們說話，肉都烤焦了。淳吉先生用一種不太熱切的態度對課長問道：

「要不要一起吃啊？」

「這麼好……」

他看起來似乎很想答應。不會吧？

「課長。」

「喔喔，哎呀，這個嘛，還是心領了。最近這一帶抓酒駕抓得很嚴格喔，哈哈哈。」

又沒人說要請他喝酒。拜託誰來讓這個上司少說兩句，還是乾脆我自己來？

「打擾你們吃飯真是不好意思，我們今天只是來打個招呼。今後還會有其他鄰居搬進來，一定會變得越來越熱鬧的。好啦，萬願寺，我們該告辭了。」

課長一邊說，一邊拍了拍我的背。我心中也期待能早點離開，差點就脫口說出「好的」。可是我們還不能走，我還沒提到久野先生抗議的事呢。

「課長，還沒啦。」

「沒關係啦。快快快，打道回府吧。」

課長灑脫地一揮手，迅速地轉身離開。如果上司走了以後我才說出抗議的事，會讓人以為我不想讓上司聽見，這樣實在有些尷尬，而且人家的肉都烤焦了我還繼續說個不停就太失禮了。我已經錯過了說話的時機。

「那我先告辭了，有什麼事請再跟我們聯絡。」

我又重複一次課長說過的話，就跟著課長走了。

臨走之前，我看了看久野家，發現窗後好像有一張臉。他可能是在觀察這邊的動靜吧。我突然覺得有些過意不去。

看到課長急著開車走人的樣子，我忍不住抱怨道：

「課長，你為什麼不提久野先生抗議的事情啊！這麼一來我們根本只是去打招呼的嘛！」

課長露出厭煩的表情，安撫似地說道：

「他們不是一看到我們就降低音量了嗎？既然人家那麼明白事理，我們也不需要多說什麼，說得太多搞不好會有反效果。民事糾紛不能介入，不能介入。」

講得好像我們是警察一樣。如果我們不介入民事糾紛，那我們還能介入什麼？

「我要直接回家，之後的事就拜託你了。別太常加班啊。」

課長發動引擎，打開車窗說道。目送他的車尾燈遠去後，我看看手錶，離下班時間只差一點點。

5

後來觀山和久野先生通了幾次電話。因為課長吩咐下來的工作一件接一件，所以我把聯絡的事都交給觀山了。

「今天又是久野家，明天也是久野家。」

觀山無力地笑著說道。安久津家是由課長負責聯絡的，不過他除了閒聊之外好像也沒講到什麼事。四天後的傍晚，久野家突然提出一個令人意外的邀約：「我們的生活差不多上軌道了，所以這個星期天想請萬願寺先生和觀山小姐來吃飯。」

照理來說，公務員不該接受有利益相關的人的招待，因為可能會被視為收賄。我也不確定久野家算不算有利益相關的人，一般而言利益相關指的應該是廠商，但是久野家有在領取市公所的房租補助，要說是利益相關也不是不行。如果我希望調回本部，平日行事最好謹慎一點。

不過西野課長不知從哪聽到了這件事。

「你們就去吧。」

他如此說道。

「真的可以嗎？這樣難道不會……」

「該注意那種事的是我，你不用擔心。」

就是因為你不可靠，我才會這麼擔心啊。但是我又沒辦法說出這句話。

「今後我們還要跟他們相處很長一段時間，有必要讓他們覺得我們不只是公務員，而是親密的鄰居。」

復甦課的職員才不是移居者的親密鄰居，我們只是普通的公務員，不過普通的公務員聽到上司的命令也只能服從。雖是沒有加班費的週日執勤，但這本來就是常有的事。為了防止日後發生麻煩，我請求課長寫一封派我去接受招待的信，課長不以為意，爽快地照辦了。

我們只開一輛車去，這是考慮到對方若是請我們喝酒，可能沒辦法兩人都拒絕，至少要有一個人喝。週日傍晚，我從家裡開著 **Impreza** 到間野辦事處和觀山會合，然後再開觀山的 **Lapin** 去簑石村，和平時的情況一樣，沒什麼新鮮的。

我本來很擔心觀山到了假日會打扮得很誇張，原來這只是我的多慮，觀山穿的是有領的襯衫，直接穿著這副打扮坐在市民課的窗口也完全沒問題。我以為她被人請吃飯會很高興，結果她卻擺出一副意興闌珊的表情。

「怎麼了？」

被我這麼一問，觀山嘆了一口氣。

「我只是在想，為什麼假日還得做這種事……我才不懂你怎麼能這麼平心靜氣呢。」

「我哪有平心靜氣？煩都煩死了。」

「人家是要請你吃飯耶。」

「不管他們要請我吃什麼，都比不上在自己家裡吃烏龍麵。」

這樣說似乎糟蹋了久野家的好意，但我真的很不希望接受市民的招待，和絕對不能得罪的人一起吃飯只會讓我食不知味。我說的是毫無虛假的真心話，但觀山卻盯著我的臉說：

「真的嗎？從你的臉上完全看不出來呢。」

「我才想叫妳別把想法表現在臉上。」

觀山摸摸自己的臉，歪著頭說：

「看得出來嗎？」

「就像在大肆宣傳妳的心情有多沉重。」

「唔……是很沉重沒錯。不過，這樣可不行啊。」

觀山「啪啪」地拍打自己的臉，然後露出開朗的笑容。

她還挺努力的嘛。

除了跟觀山說的那些話以外，還有其他理由讓我不想去久野家赴約。我在非自願的情況下擱置了久野先生的申訴，他一定覺得很不痛快，我猜他今天之所以邀請我們，就是要讓我們親身體驗安久津家的噪音有多煩人，我不知道他會明說還是暗示，總之他一定會批評我們沒有對這件事盡力，明知如此還是要赴約，叫我怎麼不心虛。觀山握著方向盤，但她連踩油門都踩得很無力，就像小孩知道回家就得挨母親罵還是得回家一樣，Lapin緩緩地鑽進了「束袋之口」。

春意日漸盎然，比市區更寒冷的簑石村正值花開時節。這十天來都沒有下過一場像樣的雨，但路邊長滿白花苜蓿，紫玉蘭綻放枝頭，就連路邊的雜草都蓬勃地生長著。

這時打擊樂聲從敞開的車窗傳進來。課長樂觀的期盼完全落空了，安久津家的音樂在那之後還是一樣火力全開。觀山不經意地望向窗外……

「哇塞。」

她怪聲叫道。

「怎麼了？」

「久野先生他們站在門口等我們耶。」

我也轉頭望去，他們真的在那邊。人影看起來很小，不過久野夫婦確實並肩站在迴車道上。我突然感到一陣畏懼，真想立刻掉頭就走。

雖然出現了諸多令人不安的徵兆，但宴席上卻充滿了融洽的氣氛。

「哎呀，勞煩你們跑這一趟。」

久野先生抓抓頭髮，不好意思地笑了。

「我自己做了蕎麥麵，但是都沒人能幫我吃吃看，而且平時受了你們那麼多關照，所以我覺得無論如何都要邀請你們來吃。」

他穿著一件深藍色圍裙，胸前沾滿了白色粉末，應該是蕎麥粉吧。

「哇，久野先生會做蕎麥麵啊？」

觀山直率地表現出佩服，久野先生也聽得很開心。

「我一直很想自己做蕎麥麵，搬來這裡之後才有機會實際做做看。蕎麥麵果然不容易做，不過做起來很有趣，我還打算今後自己種蕎麥呢。」

「那你的目標是開蕎麥麵店囉？」

「哈哈哈，做不做得起來還不知道呢，畢竟我還是個門外漢。」

他嘴上這麼說，但看起來似乎頗有興致。久野先生的太太在一旁無奈地笑著。

久野吉種的太太朝美體格苗條、皮膚白皙，一副體弱多病的樣子，連笑起來的樣子都顯得弱不禁風。吉種先生說過，想要搬來簑石村是為了過自給自足的生活，就算他說是為了讓太太住在鄉村靜養我也會相信的。

朝美太太用細微而清脆的聲音說：

「你們別一直誇他，不然他真的會去做喔。今天也是，他說自己的手藝還沒資格做給別人吃，但他從一大早就忙到現在呢。」

「喂喂喂，妳別說出來啦……那我就趕緊準備吧。」

吉種先生說完就站了起來。

這間屋內全都鋪了榻榻米，不適合用西式飯桌。客廳擺著一張矮桌，我們隔著桌子跪坐在桌子兩邊的坐墊上。他們說生活已經上了軌道，客廳確實充滿了生活的感覺，牆邊放著液晶電視，牆上掛著收納信插，牆邊有一座看起來像是先湊合著用的鋼製書架，裡面放了遙控模型和製作蕎麥麵的參考書。不動產業者更換過榻榻米的外皮，但壁紙還是舊的，我很難不注意到新家具和舊房子的不協調。客廳角落還有一具金屬扇葉的電風扇。

我、觀山，以及朝美太太啜飲著熱茶，等待佳餚上桌。其實我很想問朝美太太對簑石村的感想，譬如喜不喜歡這個地方、有沒有哪裡覺得不方便、是否有意定居之類的，因為了解這些事也是我們的工作之一，但我還是不得不聊些天氣和景氣的事來轉移焦點，因為安久津家仍不斷地傳來咚咚的打擊樂聲。很不巧地，客廳的窗戶正對著安久津家的方向，雖然聲音不大，只能勉強聽見，但是聽不到旋律、只有重低音的節奏不絕於耳的情形比我想像的更不舒服。我要是若無其事地問朝美太太「覺得簑石村怎麼樣？」，而她回答「這地方很棒，只要沒有鄰居在」，我還真不知道該說什麼，其實就連看到朝美太太表現出不以為意的態度都讓我莫名地感到愧疚。總而言之，不管課長怎麼說，我下定決心星期一絕對要去向安久津家反應這件事。

或許是因為心神不寧，我覺得等待吉種先生準備料理的時間很漫長，好不容易才看到圍裙上沾著新汗漬的他探出頭來。

「久等了。我現在就依序上菜。」

最先端出來的是裝在小碗裡的醃章魚海帶，味噌醋拌分蔥蛤蠣，看起來是很正式的前菜。我本來以為他只準備了蕎麥麵，不禁有些意外。

「你真是太費工夫了。」

聽到我的誇獎，吉種先生苦笑著說：

「沒有啦，這些是我太太做的。」

這麼一說，確實都是冷菜，想必是事先做好放在冰箱裡的。

接著端出來的是煎蛋捲、冬瓜冷盤、炸天婦羅。天婦羅是現炸的，接連不斷的冷菜之中總算出現一道熱菜，令我甚感欣慰，不過油沒有瀝乾淨，吃得我滿嘴都是油。相較之下冬瓜的味道還比較溫和高雅，細緻得不像家常菜。

「這冬瓜真好吃。是誰做的啊？」

我向朝美太太問道，她不好意思地回答「是我」。看來吉種先生真該向太太多學習。

「好啦，差不多該上蕎麥麵了。」

吉種先生很熱中於下廚，但他似乎還不太習慣廚房，裡面傳出了金屬鍋碗碰撞敲擊的聲音。聽起來不像是打翻了料理，但每次傳出聲音，朝美太太都會擔心地望向廚房。吉種先生端出的蕎麥麵是用蒸籠盛放的。他們只有夫妻兩人，沒必要買四人份的蒸籠，這蒸籠很可能是為了今晚特地買的。

至於蕎麥麵的味道……人家招待我吃飯，我也不好抱怨什麼，但這種料理確實還上不了桌，麵條表面坑坑疤疤，吃起來的口感粉粉的，而且刀工太差，切得幾乎跟烏龍麵一樣粗，更糟的是冷水泡得不夠久，麵條中心還溫溫的。觀山笑著說：

「很好吃耶！」

不知道她是在說客套話，還是她的味覺出了什麼問題。吉種先生不解地歪著頭說：

「真奇怪，昨天我明明做得很好……到底是哪裡出錯了。」

我不想害他打擊更大，只是默不作聲。

「才剛搬來兩個禮拜就能做出這種成果，將來一定很令人期待啊。」

「是嗎?也對啦，我也覺得到了秋天蕎麥收成的時候才是重頭戲呢。」

會煮得這麼難吃，或許真的是因為蕎麥粉的品質不好吧。但我擔心如果發言不夠小心，吉種先生說不定到了秋天會再邀請我們一次，所以我只是簡單地附和說「就是啊」。

不知道是不是因為我們沒開口，他們並沒有拿出酒來。

太陽已經下山了。

用完餐後，吉種先生走出客廳，拿了CD音響回來。

「我太太的興趣是拉小提琴，她雖是外行人，但技巧還挺不錯的。就當作是飯後娛樂，請你們聽聽看吧。」

不是現場演奏，而是播放錄好的音樂，這興趣還真奇怪。我很好奇朝美太太聽到自己的演奏被播出來會有什麼反應，於是偷偷觀察她的表情，但她還是一樣掛著靦腆的笑容，沒有表現出任何的不高興。既然如此，她應該不反對吧。

「謝謝。」

聽到她的回答，吉種先生滿意地點頭。

小提琴的音色迴盪在客廳中。這旋律聽起來很耳熟，但我不知道曲名。觀山一聽就立刻說道：

「這是帕格尼尼吧？」

吉種先生和朝美太太都沒有糾正她，可見她應該說對了。

快節奏的小提琴演奏中不時摻雜著從安久津家傳來的打擊樂聲。吉種先生稍微皺起眉頭，調高了CD音響的音量，響亮的音樂立刻充滿客廳。我不知道朝美太太的技巧算不算好，不過調得這麼大聲真的很吵，我很希望音量可以稍微調低一點，吉種先生卻說：

「我先去收拾一下。」

然後他就開始收拾餐具。坐著接受市民的服務讓我很不自在，而且我也很想遠離這吵雜的音樂，可是我才剛要起身，吉種先生就揮手要我坐下。

「不要麻煩了，你們今天是客人。」

也是啦，畢竟我們還不夠熟，隨便進人家的廚房未免太沒禮貌。我認命地坐了回去。

相較之下，觀山和任何人都有辦法立刻混熟，這真是了不起的才能。在這吵鬧的樂聲中，她也能很快地就和朝美太太親熱地說說笑笑。

「喔，既然這樣，等你們開了蕎麥麵店之後就雇我當店員吧。」

「妳不是在當公務員嗎？」

「沒關係啦，反正我也做得不開心。」

我聽得有些心驚膽戰，因為她說工作「不開心」，意思就是在復甦課處理移居者的事令她不開心。還好朝美太太只是笑著，沒有表現出受到冒犯的樣子。

「真好，我也想去申請呢。」

那是不可能的，南袴市民不符合應徵資格……對了，為什麼不行呢？

離開簑石村的人大部分都是搬到市內的其他地方。他們並不是因為討厭簑石村才離開這裡，若是市政府願意協助他們繼續在這裡生活，應該有很多人會想要老死在簑石村。可是，這個專案的目的是讓市外居民移居到鄉村，所以原本住在簑石村的居民不得申請。我之前只是照規定工作，從來沒想過這個規定是否合理，現在想想還真奇怪。

要說奇怪還有另一件事。

久野家和安久津家到底是靠什麼維生的呢？不用說，簑石村當然沒有工作可做，如果去南袴市的市中心找工作，通勤時間絕對會超過一個小時，天氣狀況多少也有影響。保證他們會有安定收入也是專案之中的重點，不過現在看來吉種先生每天只是在玩他的遙控直升機，他看起來不像那麼有錢的人，但他們的生活並不拮据。對了，有個在信用金庫工作的朋友跟我說過，真正有錢的人平時反而不會表現出來……

被人家請吃飯的時候還問人家的收入實在太失禮了，改天再找機會問問看吧。我看看手錶，現在是七點半。我正想著沒想到會留到這麼晚，小提琴的演奏剛好結束。我鼓掌讚道：

「真不錯。」

朝美太太紅著臉低下頭去。

「我的演奏差勁得很，真是太丟臉了。」

她雖然這樣說，但我並不覺得難聽。吉種先生說過朝美太太的演奏技巧挺不錯的，或許他說得沒錯。我起身說道：

「觀山，我們該告辭了。」

「啊，也是。」

但朝美太太用非常堅決的態度挽留我們。

「哎呀，再多坐一下嘛，我先生都還沒回來呢，你們也想先跟他打一聲招呼再走吧？」

一想到她住在杳無人煙的簑石村或許會很寂寞，我就不好意思繼續堅持了。也對啦，要走之前確實該向吉種先生打聲招呼，所以我又回到坐墊上。

安久津家的音樂出現了變化。那是歌聲嗎？我聽見了接連不斷的嘶吼。在聽小提琴演奏時我都忘了這件事，此時才意識到那邊仍在播放音樂，所以又開始感到不舒服。觀山似乎也想到了同樣的事。

「啊……」

觀山看著窗外，好像想說什麼。外面一片漆黑，什麼都看不見，不過喇叭應該就在那裡……我想到這裡才發現，音樂明明還在播放，但安久津家卻整個烏漆抹黑的。他們不會只靠著烤爐裡的火光來用餐，至少要有一兩盞燈才對，但現在卻是黑漆漆的，也就是說安久津家沒人在。對了，吉種先生向我們抱怨時說過，安久津家的人出門時沒關音樂。我很想衝進去拔掉喇叭的電源線，每天都是這種情況真的會讓人受不了，真希望電線走火什麼的讓那個喇叭燒掉……

「萬願寺先生。」

我發現觀山凝視著窗外的夜幕。

「嗯？」

「你有沒有看到什麼？」

我望向窗外，凝視著聲音傳來的方向。

「什麼都沒看見。」

「是嗎？難道是我看錯了？好像有一點一點的……」

我想要回答「妳看錯了吧」，因為我根本什麼都沒看見。但是觀山站起來走到窗邊，幾乎把臉貼到玻璃上。那裡真的有東西嗎？我也站起來走到觀山身邊。

「怎麼了？」

「那是火花嗎？」

「火花？怎麼可能嘛。」

我才剛說完這句話。

黑夜裡冒出了一叢火苗。像亡魂般的小小火焰突然出現在安久津家。我趕緊打開窗戶，重低音立刻變大聲了，但其中還混雜著類似割草機的聲音，讓人很不舒服。此外，我不需要仔細看就發現有東西燒起來了。

「營火？」

觀山疑惑地說道，但我不這麼想。是營火的話應該會貼近地面，但眼前的火苗卻飄浮在半空。

「不是。快去看看。」

我沒等她回答就衝出客廳，連穿鞋的時間都覺得浪費，急急忙忙地跑出去。音樂變成了單調重複的鼓點，在接連不停的咚咚聲中，安久津家的火勢似乎逐漸擴大。久野家和安久津家隔著一塊荒田，直線距離只有三十公尺，但田裡雜草叢生，完全看不清楚腳邊。走馬路不會繞太多遠路。我跑了出去。

在我還是學生的時候，這點距離就算要我來回跑個幾趟都沒問題，但我坐了幾年辦公室，疏於鍛鍊體能，全力奔跑到一半就開始喘氣了。我氣喘吁吁地跑到安久津家，火勢已經大到無可置疑了。其實我根本不需要急著跑來確認，這怎麼看都是火災。我能在這時保持冷靜還真了不起。我從口袋拿出手機，撥一一九報案。

可悲的是，這裡是南袴市簑石村，就算我及早報案，消防車來到時已經過了四十分鐘。

6

消防車抵達時，火已經熄滅了。

後來我才知道，起火的是安久津家二樓的窗簾。沒有徹底熄滅的烤爐冒出火花，飛進了二樓敞開的窗戶，或許是因為牆壁的材質不易燃燒，火勢只燒掉了窗簾的一部分就自然熄滅了。

安久津家搬進來不到一個月就從簑石村裡消失了，他們沒有事先告知復甦課，像逃債似地一聲不響地消失了。請市公所幫忙租來的房子失火了，他們會想溜走也是很正常的。其實搬離簑石村時也可以領到補助金，但安久津家沒有提出申請書，所以無法發下補助。

「只燒掉窗簾真是不幸中的大幸。」

收下報告書時，西野課長如此說道。南衿市 **I Turn** 協助推廣專案突然失去了一戶移居者，畢竟是事出有因，這應該不算是復甦課的失敗吧。

我打電話給安久津家的屋主說明了情況，屋主一聽就怒不可遏地要求市公所負責把房子恢復原狀，我回答說等我們討論完細節之後再聯絡他，好不容易掛掉電話時，下班時間已經過了很久。我在充滿夕陽餘暉的辦公室裡深深地嘆息。

「辛苦了。」

說出這句話的是觀山。我本來還以為辦公室已經沒有別人了。認為下班之後在辦公室多待一分鐘都是罪惡的課長當然不用說，就連觀山平時也很少加班。

「喔喔，真的很辛苦。」

「就是說啊，發生火災也太離譜了。忘了滅火是很可怕的。」

我把身體靠上椅背，椅子發出刺耳的軋軋聲。處理這些例外作業真的很累，所以我忍不住說出了心底的話。

「真的是忘記嗎？」

「咦？」

觀山皺起眉頭。

「什麼意思？」

我沒有任何證據，不應該妄下定論，但我實在很想說出來。我有點擔心觀山說話不經大腦的習性，不過話都說了一半，乾脆就說完吧。

「安久津家搬走了，久野家一定覺得輕鬆了不少。」

至少他們現在可以安穩地睡個好覺。

「或許真的是這樣吧。」

說完以後，觀山就閉口不語。

「妳不覺得奇怪嗎？不管我們再怎麼關照他們也是市公所職員的本分。以前有哪個市民因為得到行政服務而邀請我們到家裡吃飯嗎？」

「我只當了公務員一年多……」

「至少我沒有碰過。一般來說是不會發生這種事的。」

其實我聽過很多傳聞，我還待在用地課的時候也聽過很多灰色地帶的招待，但是久野家邀請我們不像是為了得到什麼好處。

「安久津家發生火災時，我們正好在久野家接受招待時。如果不是這樣呢？如果我們隔天早上才聽說火災的事，我們會怎麼想？至少我有可能這樣想……唉，久野先生終於動手了嗎？他大概是受不了噪音才會縱火吧。」

「你覺得久野家招待我們是為了擺脫嫌疑？」

「他們招待我們的事確實很不自然，而且這場火災也讓久野家得到了好處。」

「就算你這麼說，火災發生時，久野先生明明在家啊。」

這話說得不對。

「我們認為他在廚房裡收拾餐具，但我們並沒有親眼看見。」

「是沒錯啦……可是，那種事是不可能發生的啦。」

觀山嘴上這麼說，但她也不敢保證這事絕對不是久野先生幹的。因為別人發生不幸而得到好處是很常見的事，在容易引人疑竇的處境下剛好有證人能幫忙洗清嫌疑也是有可能的。但觀山並不是只憑常理才這樣說。她從桌子裡拿出一疊紙張。

「我整理了報告書。我看看……」

她翻開內頁。

「十九點三十分左右，我看到了火花。萬願寺先生去安久津家查看，十九點三十四分打電話通知消防隊，這是有通話紀錄的。其實我也在久野家的客廳裡打電話報案了，一樣是在十九點三十四分。這時久野先生正好回到客廳。」

「真的嗎？」

「要我打電話通知消防隊的就是久野先生，所以鐵定錯不了。」

從久野家到安久津家的直線距離是三十公尺，走馬路的話也只有五十公尺，在四分鐘內來回一定沒問題，可是……

「對了……走那條路一定會碰到我。」

「我可要先說，久野先生並沒有氣喘吁吁或滿頭大汗的情況。」

我一發現火災就立刻跑向安久津家，如果縱火的是久野先生，他一定會被我撞見。還有其他通往安久津家的路徑，但是那得繞過好幾塊水田，徒步至少要花十分鐘以上。怎麼算都來不及。開車也不太可能，夜晚在這種空蕩蕩的村落裡開車絕對會被發現的。

如果久野先生選擇跨越兩家中間的荒田，就不會撞見我了，但是那塊水田荒廢已久，雜草長到半個人高，儼然成了一片原野，在黑暗中走進去實在太危險，而且從田裡走過一定會弄髒衣服。

「久野先生回到客廳時，衣服有弄髒嗎？」

「沒有，其實我當時也想到這點，所以我還仔細觀察了一下，沒有看到任何髒汙。」

那就不能說久野先生只是假裝待在廚房、其實去了安久津家縱火之後再若無其事地回來。可是……

「他不一定要親自過去縱火吧。」

「怎麼說？」

「久野先生喜歡機械，他或許做得出定時點火裝置。」

觀山一瞬間露出了嘲弄的笑容。

「你是說他把那種東西裝在安久津家？他是什麼時候去裝的？起火的地方是二樓耶。」

「什麼時候嗎……」

「順帶一提，安久津家那天一大早就有人在，晚上七點才出門。因為他們很早就吃完晚餐，所以全家開車出去兜風。」

「孩子也跟出去了？」

「是啊。」

所以發生火災時他們家裡沒有人在。我現在想到還是不禁鬆了口氣。

「消防隊檢查過火場的情況，起火點也找到了，如果有點火裝置一定會被發現的。」

「……是沒錯啦。」

因為安久津家發生火災，吉種先生不用再夜夜受重低音的折磨。這對他來說應該是件好事……也就是說，吉種先生有縱火的動機。但是安久津家起火不久，吉種先生就回到了客廳，他有不在場證明。照這樣看來，安久津家會發生火災只是因為他們沒有把烤爐的火徹底熄滅，久野吉種並沒有犯罪。

這個結論聽起來合情合理，只有一個地方令我想不通。

「妳怎麼不說『久野先生絕對不會做這種事』？」

觀山愉快地笑了，彷彿我說的話十分滑稽。

「我又不知道他是怎樣的人。」

確實是這樣沒錯，但是這麼說真是令人心寒。

久野家搬來之後過了一個月。

移居者在搬來一個月以後必須進行會談，表面上是要了解他們在生活上有沒有遇到任何問題，另一個隱藏的目的是要問出簑石村的優點，好讓我們寫進專案的宣傳文案。和第一次見面時一樣，我們約在南袴市公所第三會議室。從簑石村過來有點遠，但我問過吉種先生，他說沒有問題，可以順便來辦一些其他的事。

我本來打算和觀山兩個人去進行會談，先不管西野課長平時就很懶得工作的事，其實這種場合也沒必要讓課長親自出面。可是在會談當天，西野課長突然這麼說：

「今天的會談由我負責。」

「咦？課長要出席嗎？」

「這是當然的，我可是負責人。會談由我來主持，你在一旁協助就好。」

叫我協助，我也想不出有什麼好協助的。

「可是只有兩人的座位耶。」

「我已經跟觀山說過了。」

可以的話，我真想讓觀山多累積一些經驗，但上司既然有自己的想法，我也無可奈何。

吉種先生今天還是西裝領帶的打扮。他每次來市公所一定會穿西裝，這可能是他的原則吧。他的表情沒有半點緊張的神色。吉種先生似乎很滿意簑石村的生活，站在市公所的立場，我也希望他們可以長久居住。今天的會談想必只會說些「今後也請多多指教」之類的客套話，再閒聊個幾句就能結束了。

我本來是這樣想的。

和第一次見面時一樣，我們面對面地坐下，不同的地方是吉種先生的身邊沒有安久津淳吉先生。西野課長率先開口：

「久野先生應該很享受簑石村的生活吧。」

「是啊。」

他愉悅地回答。

「最棒的一點就是天空很寬廣，雖然沒有商店很不方便，但至少還有郵購可以用。」

「喔？配送會送來這裡啊？」

「是啊，託他們的福，讓我們生活得很順利。」

也是啦，就算簑石村很偏僻，配送業者也不至於不肯來。課長點頭兩三次，然後換了話題。

「聽說久野先生對遙控直升機很有興趣。」

「是啊，我很喜歡。」

「聽說你還有很大型的款式。」

「在簑石村可以盡情地飛，我完全不用擔心。」

「喔……」

課長看了看手上的文件。我在旁邊偷瞄一眼，頓時倒吸一口氣。課長手上的資料正是觀山做的安久津家火災的報告書。

「那麼大的直升機，飛起來的風壓一定也很強吧。」

「……是啊。」

吉種先生訝異地皺起眉頭，似乎不明白課長打算說什麼。

「嗯，的確是這樣。」

「拿來當電風扇的話，應該能吹出很強的風。或許會有其他問題，但久野先生應該有這方面的知識吧。」

我完全搞不懂課長想說什麼。遙控直升機的螺旋槳當然會吹出風，如果方法得當，甚至能產生強風。不過他到底想要說什麼？我疑惑地轉向吉種先生，卻發現原本氣定神閒的吉種先生表情變僵了。

西野課長把文件推到吉種先生面前。

「這是安久津家火災的報告書，是我的部下整理出來的。哎呀，這件事真是太離奇了。沒有完全熄滅烤爐的火，這個沒問題，火花燒到窗簾，這個也沒問題，但是火花從烤爐飛到二樓，這就令人想不透了。又沒有人去攪動烤爐，炭火卻噴出火花，這不是很奇怪嗎？」

「……或許吧，我也不太清楚。」

「燒掉窗簾的應該不是從烤爐飛上去的火花。那麼會是什麼呢？會不會是……對了，如果把某種輕盈又易燃的東西丟進烤爐，或許會冒出火花。我是這樣想的。」

課長緊盯著久野先生的表情。

「久野先生，我知道你深受安久津家噪音的折磨，對你來說，安久津家應該是敵人吧。你邀請我屬下去家裡吃飯的當晚，和你為敵的安久津家就失火了，看到這種情況，沒有人會認為只是巧合。你可別把我們當成笨蛋。」

我和觀山也是這樣想的，不過我們不能光靠這種理由就當面質疑吉種先生。

「課長，發生火災時，久野先生正待在自己家裡。」

「喔？」

課長翻著報告書。

「從觀山的報告書看來，久野先生並不在客廳，他說是要去廚房。」

「話是這麼說沒錯，但是他沒有機會偷跑去安久津家，從發生火災開始，我一直待在唯一的那條路上。」

「的確是這樣。」

「所以……」

我還沒說完，課長就抬手制止了我。

「萬願寺，我又沒有說久野先生跑到安久津家縱火，你別會錯意了。」

「喔……」

「我剛才已經說過，只要把輕盈易燃的東西丟進烤爐裡就行了。」

「輕盈易燃的東西……譬如報紙嗎？」

「報紙或許也行，但還是重了點。」

輕重跟火花應該沒關係吧？用木材敲打炭火也會冒出火花，但木材又不輕。

思索至此，我突然想起課長一開始就提到的東西。

「啊，直升機。」

課長重重地點頭。

「正確地說，是螺旋槳。」

螺旋槳轉動時會產生氣流，風會吹動東西，若是輕一點的東西就會飄到空中。把輕盈又易燃的東西放進烤爐，一定會冒起火花……

「竟然……」

我說不出話了。課長沒有轉頭看我。

「這份報告整理得很清楚，擁有這麼優秀的屬下真是我的榮幸。報告書提到，倉庫是兩層樓建築，廚房後門有小徑通往倉庫。久野先生，你請我的屬下吃過蕎麥麵後，假裝要去廚房收拾，其實是偷偷從後門跑到倉庫，打開事先放在二樓的螺旋槳，製造出氣流，讓輕盈易燃的東西隨風飄進安久津家的烤爐……難道不是這樣嗎？」

「什……」

久野先生吞吞吐吐地反駁。

「什麼是輕盈易燃的東西啊？說得太模糊了吧。」

「這還用問嗎？」

課長一臉厭煩地嘆著氣。

「報告書也寫到那種東西在倉庫裡多的是。」

我忍不住喃喃說道：

「在倉庫裡……多的是……」

那間倉庫只擺了農具，鐵鍬、鋤頭、掃把，還有一臺故障的巨大脫穀機，還有……

吉種先生還是不發一語，所以課長焦躁地說：

「就是那個嘛，稻殼啦。乾燥的稻殼非常輕，如果要再更輕一點還可以磨成粉，你家裡應該也有石臼吧？」

對了，倉庫裡確實有著堆積如山的稻殼。

我和觀山兩人在飯後跟久野朝美太太聊天時，稻殼乘風飛過夜空，像雨水一樣落在安久津家，其中一部分落在還沒完全熄滅的烤爐裡，就燃起了火花。沒有飛到安久津家的稻殼都落在雜草叢生的荒田，所以不容易被發現。從久野家到安久津家的最短距離是三十公尺，用強力的螺旋槳就能把易燃物吹過去。螺旋槳轉動時應該會發出巨大的聲音，但是被另一個聲音蓋過去了——那就是帕格尼尼。

「可是，課長，火花只是碰巧燒到窗簾吧。」

「是這樣沒錯。」

課長的視線依然盯著報告書，不耐地說：

「久野先生的目的只是要增強烤爐的火苗，讓你們認為『安久津家是危險人物，應該把他們趕走』。他沒有打算燒掉窗簾，只要讓你們看到爐火沒有熄滅就夠了，就算失敗了也沒有任何損失，窗簾會被燒掉只是那晚的風造成的意外。至於久野先生會因此感到驚慌還是高興，我就不知道了。如何啊，久野先生，你是怎麼想的？」

西野課長抬起頭來，用帶有睏意的眼睛望著吉種先生。吉種先生縮著脖子，一句話都說不出來。

「還好燒掉的只有窗簾。」

「等、等一下！」

吉種先生突然高聲說道。

「你剛才說的那些只是有可能發生的情況，但你又沒有證據！」

他是豁出去了，還是歇斯底里了？吉種先生憤怒得雙手顫抖，一副凶神惡煞地說道。

「真是失禮，太失禮了！而且你們本來就不該提供房子給那種爛人吧！」

「爛人不能住在房子裡嗎？你這說法未免太霸道了。照你這種邏輯，像你這種人也不該住進來吧。」

「你怎麼可以光憑猜測就……」

課長一臉漠然，如同把申請書沒蓋章的市民趕走的窗口辦事員。

「久野先生，你說我只是猜測嗎？如果讓執法機關找到證據，你就得進監獄了喔。我的屬下在窗簾被燒掉的房間裡發現燒焦的稻殼，我沒把那東西交給警察，你就該感激涕零了。」

「可是……」

「你似乎搞錯了什麼喔，久野先生，我們必須保衛簑石村，今後還會有十戶人家陸續搬進來，如果那時還住著縱火犯可就不好了。站在復甦課的立場，我們不會把你拉去警局，但是你如果到了下週還留在簑石村的話……我可不能保證不會有匿名人士向警方報案說明前幾天火災的內情喔。」

吉種先生變得垂頭喪氣，像是洩了氣的氣球。課長把報告書立起來咚咚咚地敲打桌面對齊。

「話說回來，你知道安久津家為什麼要播放音樂嗎？」

一聽到安久津家，久野先生的眼中又浮現了憎恨的色彩。

「因為那傢伙是個爛人。」

這個我倒是沒問過，我一直以為淳吉先生只是喜歡音樂。課長說道：

「因為你常常在低空玩直升機，那種像是割草機的聲音嚇得他家的孩子都不敢出門了。雖然孩子很可憐，但他也不想隨意干涉別人的興趣，只能用這種方式來洩憤。」

吉種先生聽得臉上青一陣、紅一陣，然後又變得煞白。我真不知該在什麼時候告訴他搬出簑石村時也可以領到補助金。

南袴市 I Turn 協助推廣專案的第一波，有兩戶人家搬進來。

由於輕盈的東西乘著夜風如雨水般灑落，被捨棄的村莊又變得空無一人了。

第二章

浅池

1

「嗯，今天是黃道吉日，天氣又好，是最適合重生的簑石村舉行開村典禮的日子。」

雖然市長這麼說，其實今天的六曜是不好不壞的友引（註2），而且天空多雲又寒冷。此處是簑石公民館的前庭，原本是用來玩槌球的地方，現場的布置除了一頂做為客席的帳棚以外，只有綁在屋簷和電線桿之間的萬國旗，看起來非常冷清。在五月時節，無人的村莊隨處可見樹梢綻放的花朵。

被選中的移居者都已搬遷完畢，促使簑石村恢復生機的 I Turn 協助推廣專案進行到了一個段落。這本來就是飯子又藏市長極力推動的專案，而且出席公共場合是市長的工作之一，所以市長今天出席是理所當然的。這個小規模的活動被稱為開村典禮。活動是由南袴市公所總務課策劃的，布置萬國旗、設置帳棚、擺放鐵管椅則是我們復甦課的工作。既然是給市民使用的，那也算是我們的工作之一，不過看到總務部的人在我們復甦課管轄的簑石村頤指氣使讓我有些不平衡。即使如此，到了當天我還是感到與有榮焉。

市長開始致詞。

「今天能在這裡慶祝簑石村的重生，真是令我感動不已。自從我在上次選舉時提出

2　六曜是日本曆書上的吉凶運勢，包括先勝、友引、先負、佛滅、大安、赤口六種。

這項政策之後，簑石村的復興一直是我和南袴市全體市民的夢想。如今這個夢終於實現了，我和所有相關人士都對你們各位充滿了感激。」

搬進簑石村的十戶人家齊聚在前庭，有的家庭很捧場地全員出席，也有的家庭只來了一個人。歷經千辛萬苦好不容易才讓新居民住進這個無人村，我不禁為努力至今的成果而感慨，同時又很擔心今後的挑戰會更加嚴苛。先前搬進來的兩戶人家因為一些糾紛已經搬走了，到了五年後……不，到了明年，還留在這裡的會有幾戶人家呢……？我們復甦課的職員正在帳棚裡待命，眼前沒事可做，所以我又對照了一下出席者的長相和姓名，也當作是複習工作內容。

瀧山家。二十多歲、外型清爽的男性，單身。因為生病正在靜養中。

久保寺家。五十多歲的男性，出過書的業餘歷史研究家。

丸山家。兩位三十多歲的女性，文件上寫著丸山小姐是戶長。

河崎家。要搬來的是夫婦二人，但今天只有當計程車司機的先生到場。

若田家。二十多歲的年輕夫婦，兩人和睦地相偕出席。

長塚家。五十多歲，眼神充滿活力、體型肥胖的男性。

上谷家。三十出頭的單身男性，總是說著想過平靜的生活。

牧野家。相貌精悍、二十多歲的男性，發下豪語要讓簑石村繁榮起來。

好川家。因為丈夫喜歡釣魚而決定移居，夫妻二人都年近六十。

立石家。為了五歲兒子的健康而搬來，一家三口都出席了。

有獨自搬來的男性，但沒有女性。聽說這不是刻意選擇的結果，而是本來就沒有單身女性來申請。選擇移居者不是我們負責的，所以我不了解詳情。移居者的年齡參差不齊，有全家都在三十歲以下的，也有已經退休的。如果移居者都是相近的年齡層，那這個村子就會同時老去，這是很合理的結果，但以市公所的立場來說就不太合理了。我默默地數算，今天出席的移居者共有十五人。

市長費盡心思推動的計畫有了成果，所以出席的媒體不只是地方報社和獨立雜誌的記者，還包括了大報社的分局記者，甚至有扛著電視攝影機的人。除了市長以外，副市長和總務部長等政府要員也都出席了，不過復甦課忙著布置萬國旗之類的雜務，無暇過去打招呼。話說回來，我們復甦課沒有一個人想要去打招呼，所以忙一點也好。

如同氣象報告所說，雖然已經是五月，今天還是有點冷。在市長滔滔不絕地演講時，移居者們一定都覺得冷吧。我早就考慮到可能會很冷，所以穿了防風夾克，可是只有自己一個人穿得這麼暖真是令我侷促不安。市長變著花樣不斷地為自己復興簑石村一事歌功頌德，不知道還要講多久才會講到盡頭，當我開始後悔沒有為移居者準備熱茶暖暖身子時，他總算說到了結尾的部分。

「……因為如此，所以聚集在這裡的各位真是南袴市的……不，是地方政府的，是全日本的希望之星，敬請各位能一直愛護這個純淨的村莊，我們南袴市全體政府職員不惜粉身碎骨都要盡力為各位效犬馬之勞，不管有任何問題，都請來告知市公所。以上是簡單的致詞，希望藉此祈求簑石村將來的發展蒸蒸日上，並表示我對各位的問候。」

四處響起零零散散的掌聲，其中還混雜著鬆一口氣的情緒。接著要搬出酒桶，並打破桶蓋，這當然也是我們復甦課準備的。得先用推車推來重達八十公斤的四斗酒桶，然後兩人合力把酒桶搬上事先備好的平臺，不過我們在排演時已經發現觀山遊香的臂力恐怕搬不動四斗酒桶，所以這次應該是西野課長出場。結果西野課長今天突然說「我的腰有些狀況」，結果還是得叫觀山幫忙按著搖搖晃晃的酒桶，免得酒桶在運送途中掉下推車。要是在電視攝影機前打翻用來祈求好運的酒可就糗大了。我們小心翼翼地推著推車，鬆軟的土地留下了深深的軌跡。飯子市長親自小聲地催促「能不能快一點」，我順從地回答「好的」，手上多使了幾分勁。把酒桶從推車上搬下來時又費了一番工夫。

花了幾分鐘，好不容易做好開桶的準備。市長不知何時已經換上了短外褂。山倉副市長、大野副市長以及移居者牧野先生也全都穿上了短外褂，各自拿著木槌。總務部的司儀拿著麥克風說：

「現在請大家移步到酒桶前。」

記者們紛紛拿起相機，但司儀盯著手邊的小抄繼續說：

「……那麼我們先請牧野慎哉先生代表移居者致詞。」

我沒聽說這個時候還要致詞。原本邁向高潮的氣氛又降了下來，但牧野先生仍笑容滿面地接過麥克風，高聲說道：

「呃，我是司儀剛剛介紹過的牧野慎哉！市長先生的演講讓我非常感動，我也認為現在已經不是把所有重點放在東京的時代了。要做生意在哪裡都可以，用什麼方式都可以，就算是簑石村也可以和全世界做生意，只要想出點子、創造收益，就能改變世界，所以簑石村想必是前途無量，我希望能用自己的方式來證明這一點！謝謝大家！」

我把推車歸位後回到了帳棚裡，聽到牧野先生意氣風發的致詞令我不由得露出微笑。牧野先生剛才那番話聽起來就像學生致詞。事實上，牧野先生剛從東京的大學畢業，現在才二十四歲，雖然還不成熟，但他確實充滿幹勁。對於今後的簑石村來說，這種魄力是必需的。司儀拿回了麥克風。

「好，大家都準備好了嗎？請開桶！」

飯子市長大喊一聲「唷！」，幾支木槌同時往四斗酒桶的木蓋敲落。鎂光燈閃個不停，現場湧起一片掌聲。蓋子應聲裂開……太好了，我本來還在擔心要是沒裂開該怎麼辦，因為事先在蓋子上刻出刀痕以便敲裂的就是我們復甦課。

2

傍晚的地方新聞播出了開村典禮的畫面。

我是在老家看電視時看到的。我進市公所工作後就搬出家裡，在間野辦事處附近租了房子，今天是被家人叫回了位於市區的老家。

我父母在從前的開田町經營一間小餐館，這間店的奶油蛋包飯極受歡迎。我父親拿鐵製平底鍋拿了四十年，但今年一月手腕肌腱受傷，醫生囑咐他要等到完全康復才能回廚房工作，父親考慮再三，決定讓小餐館結束營業。這該說是退休紀念或是結束儀式呢？總之今天我就是被叫回去參加家族聚餐。

三坪大的客廳裡擺著電視機，我和父母及妹妹圍坐在桌邊。桌上擺的不是父親做的料理，而是整盤的壽司。父親不喜歡在家庭聚會時自己下廚，所以在慶祝考上大學、慶祝找到工作、爺爺守喪期結束時，我們家都是吃壽司。不過今天的壽司實在不好吃，魚肉沒什麼鮮味。

父親對自己的廚藝非常挑剔，對別人的料理倒是很寬容，無論是祭典上的夜市炒麵、連鎖店的微波漢堡排、妹妹不用高湯煮出來的味噌湯，他都不曾抱怨過，但父親今天卻發出嘆息。

「不行啊，這壽司真糟糕。」

母親也歪著頭說：

「我也這麼想，可是壽司光已經關門了。」

壽司光是我們家以前常光顧的壽司店。妹妹一邊抓著鮭魚卵軍艦捲去沾醬油，一邊說：

「真可惜，那家很好吃耶。」

我開始工作賺錢以後，由於單身開銷不大，經常自己跑去吃壽司，這時才發現壽司光的壽司並不是特別好吃，不過那間店畢竟是我們家族的回憶，聽到他們關門了還是有些惆悵。父親一邊抓起壽司一邊感慨地說：

「那家的老爹也上了年紀哪。」

「跟爸爸一樣呢！」

妹妹不經大腦地說出這句話，父親苦笑著說：

「千花，爸爸還能下廚喔，手已經不痛了。」

「那你就繼續開店嘛。」

「呃，這個……我決定要過得清閒一點，開店的時候就連想去旅行都沒辦法。」

妹妹並不知情，其實父親決定關店還有其他考量。

從前的開田町是因為林業而興起的，我父母會決定開餐館，也是因為看到了製材廠員工的午餐需求。起初生意確實不錯，後來國內的林業景氣越來越差，鎮上的製材廠努力地苦撐著，結果還是一間一間地倒閉，即使是還在營運的，員工的平均年齡也都超過六十歲了。鎮上對餐館的需求大幅下降，我們的餐館最有名的雖是奶油蛋包飯，後來賣得最好的卻是烤魚套餐。父親說，幫老人家做清淡好消化的餐點也是重要的工作。父親會想要開餐館，是因為喜歡看年輕人點大份餐點、像在喝水一樣地猛扒飯，然後笑著誇他們很會吃，但是現在已經看不到這種人了。

既無成就感，又賺不到錢，現在還弄傷了手腕，所以父親已經放棄了。我不知道壽司光關門的理由是什麼，但我猜想大概也是類似的情況吧。

「對了，我有件事一直想要跟哥哥說。」

妹妹沒頭沒腦地突然這麼說。

「你知道中央公園有一條讓小孩玩耍的水道吧，那裡沒水了耶。」

妹妹在市區當托育員，而小孩和公園的關係非常密切。我不知道她說的中央公園在哪裡，但我倒是知道水道沒水的理由。

「因為要花錢啊，大概是沒錢了。」

那座公園原本應該是設計成親水公園，後來因為經費刪減而被砍去預算，這也是常有的事。

「錢錢錢，又是錢。我說啊，水道如果沒有水，就只是一條溝，小孩說不定會掉進去耶。」

「那妳去跟公園課投訴啊，妳跟我說我也沒辦法。」

「竟然這樣講。真是的，市公所的人就是這副德性。」

我現在又不會去市公所。很遺憾，陳情駁回。我抓起不好吃的壽司。

電視開始播放本地新聞。八十六歲的老太太被假冒兒子的人打電話詐騙了四百萬圓，下一條新聞就是簑石村的開村典禮。

「啊，這個……」

妹妹立刻注意到。

「這是哥哥正在做的工作對吧？」

「虧妳知道這件事。」

我無心說道，妹妹一聽就噘起了嘴。

「我當然知道，這可是我們家長男的工作。你是在復活課吧？」

我不想糾正她「是復甦課」。坦白說，這名字實在不好聽，讓我有些羞於啟齒，所以我在家人面前很少談到工作的事。妹妹是從哪裡聽來的呢？

『為了使簑石村重生，市府推動了招募新居民的活動，並把南袴市的空屋介紹給申請者……』

播報員這番話令妹妹有了反應。

「不是簑石村，而是間野市簑石吧？」

父親盯著電視回答：

「不，那裡本來就是簑石村，在昭和時代的合併之後才加上間野，到了平成時代的合併時就變成南袴市。在我小時候，大多數的人都是叫那裡簑石村。」

「喔。那是古早時代的事吧。」

妹妹說話還真不客氣，我在旁邊聽到都覺得緊張。和自己的爸爸說話不需要過度顧慮，但我還是希望妹妹能學著婉轉一點。父親似乎沒放在心上，一邊抓起發光魚一邊說：

「話說回來，我實在搞不懂，為什麼現在突然說要找人住進來重振簑石村。雖說每個地方的居民都在減少……」

父親的小餐館之所以關門，基本上也和人口減少脫不了關係，更正確的說法是因為產業衰退和年輕人出走。增加人口、復興市鎮是每個人都樂見的事，但是從整個南袴市的角度來看，只在位於邊陲的簑石村招募移居者究竟對復興市鎮有什麼幫助？這種質疑的聲音當然也傳到了市公所，也是因為這樣，復甦課的地位才會變得那麼低。

「唔……算是範本吧。」

我回答得很含糊，但父親可不會隨便被呼攏過去。

「範本？什麼範本？」

「……也就是說，要先研究看看能不能靠著努力經營把居民找回來，若能找回居民、增加稅收，本身就是一件好事，如果簑石村做出好成績，下一步或許可以推動全市範圍的 **I Turn** 協助推廣專案。」

「已經有這種計畫了嗎？」

「這個嘛……我也不知道。」

妹妹吞下一個海膽軍艦卷，說道：

「我聽說現在的市長是在簑石出生的，還有人說，他是因為不想看到故鄉變成廢墟，才決定先在簑石招募住戶。」

「妳是從哪聽來這種傳聞的？」

「哥哥，你會這樣問我，就等於承認了這傳聞是真的吧。」

可惡的傢伙。妹妹接著又拿了鮭魚。她挑的都是小孩子喜歡吃的東西，但我也沒資格管別人怎麼吃壽司。

在我們家裡，只有母親和今天沒來的弟弟兩個人是用筷子吃壽司。此時母親的筷子在半空停了下來，她說道：

「可是移居簑石的事不是從上一個市長的時候就開始說了嗎？」

父親說「是這樣嗎？」。我覺得母親記錯了，至少我在市公所聽到的傳聞和妹妹聽到的差不多……但細節略有出入。

現在的市長飯子又藏是五年前當選的，前任市長是寶田不一。當過南山市長的寶田提議讓南山市和附近的三個自治體合併，不管有多少人反對和妨礙，他都像柳樹一樣柔軟地應付過去，有時根本就像鰻魚一樣滑溜地迴避，費盡千辛萬苦才催生了用合併市鎮來命名的南袴市。

靠著高明手腕主導合併而獲得肯定的南袴市首任市長寶田為了讓這個新生城市恢復活力、用盡了各種手段，包括鼓勵資訊產業進駐、開闢新路舒緩塞車、大量建立 Wi-Fi 熱點，此外還研究了由政府全額負擔建設費用的外國案例，通過補助年輕人創業或開店的法案，讓財政課的職員看得臉都綠了。

最反對寶田市長那些政策的就是間野市出身的市議員飯子又藏。飯子批評寶田市長促進經濟的措施都是用於南山市，參加合併的其他地區根本沒有得到好處，這顯然是政治分贓。飯子參選市長時完全不管南山市，而是向其他三個舊自治體宣傳說「寶田市長把你們的錢都拿到自己家去花了」，最後他真的因此而當選。拜此所賜，南山市和間野市的關係變得非常惡劣。

飯子又藏一當上市長就實現了他的政見，把杯葛寶田市長的政策列為最優先事項，正在進行的專案都被中途喊停，這樣至少改善了市府的收支。除了反對寶田施政以外，飯子市長首次推出的政策就是指定移居計畫的實施地區，這計畫後來就發展成南袴市 I Turn 協助推廣專案。

為什麼選擇簑石，而不是其他地方呢？市長回答說，因為現在簑石村沒有居民，可以從頭開始自由地建設生活空間，並極力聲稱這和自己出生於簑石村沒有任何關係。至於要不要相信，就看各人的自由心證了。

螢幕裡出現了移居者牧野先生，他在鏡頭前一點都不緊張，帶著親切的笑容滔滔不絕地發表意見。

『我覺得簑石村是創業的好地方。我已經有點子了，提示是水田。今後的發展真是令人期待，我對簑石村很有信心。』

妹妹吃著甜蝦壽司，皺起了臉孔。

「啊，這傢伙真惹人厭。」

她突然這麼說。

「千花，妳客氣一點，那可是我的服務對象耶。」

「哎唷，你看他那副自信滿滿的樣子，但他說的話好像都不是自己想的，而是從別人那裡聽來的。哥哥也這麼覺得吧？」

我覺得妹妹這種口無遮攔的個性實在不太好。

因為她很有可能說對了。

3

過完五月中旬，市議會的定期會也快到了。只要定期會將近，市公所的職員就得增加工作，就連只有一間破爛辦事處小房間的復甦課也是一樣。無論執政黨議員或在野黨議員都要求我們提供 I Turn 協助推廣專案的各種書面資料，搞得我連續好幾天都無法準時下班。

就在此時，卡了很久都沒解決的事項有了進展。先前一直反對把空屋租給移居者的簑石村地主從網路上看到了簑石村開村典禮的新聞，就說如果能讓村子再度繁榮起來，他願意重新考慮。話雖如此，他還是有一些顧慮，想要當面討論。這位地主目前住在新潟，所以我得前去向他說明。雖然西野課長希望我這趟出差能當天來回，但對方只有上午有空，所以非得住宿不可。所以我計畫在下班後出發前往新潟，晚上在當地住宿，隔天上午和地主談完後就立刻回來。

課長直到最後都很不高興。

「萬願寺，你應該知道吧，住宿費最多只有一萬圓喔。」

無論是到東京出差還是到京都出差，住宿費都只有這麼一點。我很想抱怨「一萬圓以內的旅館又不是哪裡都有」，但規矩又不是課長定的，所以我什麼都沒說。

出發當天，我丟下了被議會要用的資料搞得焦頭爛額的觀山，比預定時間晚了十分鐘離開辦事處，然後開著我的 Impreza 衝到車站旁的停車場，勉強趕上了特快車。我把背靠在不太躺得下去的椅背上，眺望著逐漸被夜幕掩蓋的山巒，看著看著就睡著了，我平穩無夢地睡了將近一個小時，卻被手機的震動驚醒。是觀山打來的。前方椅背上有著「講電話請至車廂間通道」的字樣，所以我先走出車廂才接電話。

「喂，我在車上，請講得簡短一點。」

『啊，萬願寺先生，抱歉。』

觀山的語氣聽起來有些不知所措。

『剛才牧野先生打電話過來，我不太明白發生了什麼事，總之他說遭小偷了。』

「小偷？」

『你知道牧野先生說要創業是做什麼嗎？』

當然。

「不就是養鯉魚嗎？」

『是啊，他被偷的就是鯉魚。』

牧野先生說的點子就是在休耕的田裡蓄滿水，用來養殖鯉魚。簑石村確實水源豐富，在還沒變回原野的休耕田裡蓄水，就能簡單地製造出淺池。鯉魚可以在淺水裡生存，又有商品價值，水田養殖鯉魚在其他地區也獲得了不錯的成績。雖然我不確定水田可不可以有農耕之外的用途，但農地法不屬於復甦課的管轄，若是睜隻眼閉隻眼，這點子還挺不錯的。我本來以為牧野先生會想出更天馬行空的點子，沒想到他的計畫會這麼踏實，令我頗感敬佩。我很期待牧野先生的計畫能夠實現，但我不知道他已經買了鯉魚，而且現在還聽說鯉魚被偷了，真是令人擔心。

話說回來，事情有些奇怪。我看看手錶，現在時刻將近晚上十點。

「牧野先生在這種時間打電話過去？」

『是啊……』

我們的確跟移居者說過，有任何問題隨時都能找復甦課，看來牧野先生還真的一字不漏地聽進去了。

『牧野先生叫我現在立刻過去，我說等我先和上司商量過再回答他。』

「課長呢？」

『他沒接電話。應該說，他根本沒開機。』

也就是說，觀山一個人準備市議會要的資料，而西野課長卻自己先走了，還把手機關機了……真是令人頭痛。我嘆了一口氣，思索著該如何善後。

牧野先生是一個人住。雖然觀山是市公所職員，但是總不能叫女性在深夜獨自到他家去吧，是說他三更半夜叫別人去他家也很莫名其妙。看來只能回覆牧野先生說沒辦法立刻去了，但是再叫觀山自己跟他聯絡好像有些可憐。

「議會資料的進展如何？我記得好像有租屋條件和仲介費用的清單。」

聽我這麼一問，觀山就猶豫地回答：

『對不起，我還沒做好。大概要等到明天中午才做得完。』

她的動作也太慢了，但她畢竟是新人，而且西野課長都走了，現在沒人能指導她。她應該已經很努力了。我有點想叫她明天一大早就去拜訪牧野先生，但是考慮到可能會有突發狀況，最好還是預設觀山明天沒時間去應付他。

「我知道了，牧野先生的事就交給我。妳早點回家吧。」

電話的另一頭傳來了解脫的情緒。

『謝謝。那我就恭敬不如從命，這件事就交給你吧。』

我叫觀山再把牧野先生的號碼傳給我，就掛斷電話了。我抬頭看著特快車的天花板，聽著車輪壓過鐵路縫隙的聲音，心想「真是累人」。沒多久就收到觀山傳來的號碼，我立刻打電話過去。

可能是因為打來的是不認識的號碼，牧野先生遲遲沒有接聽。響了十幾聲以後，才聽到一個充滿戒心的年輕聲音說：

『喂……？』

我盡量用清晰明快的語氣說：

「喂喂，這麼晚打電話來真是抱歉。我是南袴市公所復甦課的萬願寺。請問是牧野先生嗎？」

『喔喔……原來是萬願寺先生啊。』

他的語氣稍微柔和了一點，但也只有短短的一瞬間。

『真慢耶，你知道我等了多久嗎？』

「非常抱歉，其實我正在出差，現在還在電車上。先提醒一句，若是進了隧道，電話就會中斷喔。」

『電車？那你現在不能過來嗎？』
「是的。觀山已經把事情告訴我了，聽說有小偷？」
『就是說啊！』
牧野先生突然大吼，我忍不住把手機拿遠一點。
『絕對錯不了。萬願寺先生，我已經開始養鯉魚了。我在網路上查過資料，我確定一定能做得很順利，可是我今天過去一看，鯉魚竟然變少了。』
「呃，可以請你說得詳細一點嗎？你是什麼時候去看的？總共少了幾隻？」
我會這麼問是因為他有可能搞錯了，但我不該問得這麼直接。
『我不是正要說嗎！』
牧野先生怒吼道。
『我是在下午三點左右發現的。有一隻鯉魚我特別喜歡，牠的顏色是最漂亮的，可是我怎麼找都找不到，然後我想要數數看，但鯉魚游來游去，根本沒辦法數。』
我覺得既然牧野先生要養殖鯉魚，或許會需要協助，所以我也稍微研究了一下。剛孵化的幼鯉大概只有指尖那麼小，光靠眼睛是沒辦法數的，身上也還沒出現能夠辨識的斑紋。照這樣看來，牧野先生買回來養的應該是已經成長到某個階段的鯉魚。
『但是我看得出來少了大約三、四成。絕對不會錯的，我還數了好幾次。一定是被偷走了。』

他不是說減少幾隻，而是說減少幾成，那應該是真的減少了。話雖如此……

「你是在很大的水田裡養殖鯉魚嗎？」

既然是面積寬廣的水田，有可能是不小心看漏了。我本來是這麼想的，手機裡卻傳來嗤之以鼻的聲音。

『是這樣沒錯，但是隨便放養不是很危險嗎？所以我選好位置之後就用網子把四面都圍起來。我在水田裡插了四根桿子，架起網目很細的綠色網子，水底還用大石頭牢牢壓住，所以鯉魚絕對溜不出去。幼鯉也不便宜呢，所以我連出入口都簡單地上了鎖。我可是想得很周全的。但是鎖明明沒有打開，鯉魚卻變少了。』

「在網子上了鎖？」

『我割開一部分的網子，弄得像門簾一樣，讓鯉魚可以出入，然後扣上腳踏車的鍊條鎖，如果沒有密碼就無法打開入口，結果鯉魚還是被偷了。萬願寺先生，這可不是開玩笑的耶。』

「網子沒有破掉嗎？」

『當然啊，我檢查了好幾次，到處都沒有破洞，就算用力壓也不會出現縫隙。』

從他的話聽來，防範措施做得還滿徹底的……

「那小偷是怎麼偷走鯉魚的？」

『我怎麼知道啊！該不會是從網子下面挖地道吧？』

牧野先生突然提高音量。

『再這樣下去，我就得報警了。老實說，我很猶豫該不該報警，我不太希望才剛創業就鬧出這麼大的事，所以我才會先打電話給你們，你不能過來看看嗎？』

牧野先生一副氣急敗壞的樣子，語氣十分不客氣。

說是這樣說，但我並不覺得牧野先生是在無理取鬧。雖然牧野先生有些莽撞，妹妹說他講的話都不是自己想的，或許也沒說錯，但是水田養殖鯉魚這件事想必是他賭上人生的認真挑戰。買幼魚、買飼料都要花錢，在水田架設網子打造魚塭也不是一件簡單的事，他投入了那麼多資金和勞力，可是鯉魚卻消失了，他又急又氣也是應該的。依照我從前應付市民的經驗，牧野先生還算是挺容易相處的。

「我知道了，我也想儘快過去看看，不過我還在出差，明天傍晚才能回去。如果在那之前有什麼事的話，隨時可以打這支手機聯絡我。」

『傍晚……不能快一點嗎？』

「我盡量。」

牧野先生在電話另一頭沉吟著。

『……沒辦法了。只有自己能保護自己。』

「過去之前我會先打電話通知。」

『好吧。那就拜託你了！』

電話掛斷了，特快車在此同時鑽進隧道，像是早就等著這一刻。電波中斷，手機顯示收不到訊號。

4

我到新潟的商業旅館時，已經接近晚上十一點。我想打電話給觀山，關心一下她在工作上有沒有不明白的地方，不過時間都這麼晚了，所以我還是決定不打。我在系統式浴室裡洗過澡，打開地圖查詢明天約定的地點，之後沒再看電視，直接上床睡覺。我盯著昏暗的天花板，心裡想到的是牧野先生的事。

牧野先生在水田的一角隔出了一塊區域來養鯉魚，網子沒有破，也沒有縫隙，出入口還上了鎖，可是鯉魚卻神不知鬼不覺地變少了。

他猜是有人在水田挖了地道，但我不太相信。平時挖了洞再填回去或許不容易看出來，但牧野先生仔仔細細地調查過鯉魚是怎麼被偷的，如果有人挖了洞，他一定會發現的。再說，在水田下挖一條地道偷鯉魚，事後再填回去，這麼大費周章根本不划算。要是真的有人這樣做……或許不是為了偷鯉魚，而是故意針對牧野先生吧。簑石村才剛開始運作一個月就出現了這麼複雜的恩怨情仇嗎？一想到這點我就有些胃痛。

與之相比，鯉魚逃脫是比較樂觀的推論。貓可以鑽進看起來根本過不去的狹窄洞穴，兔子和老鼠也是一樣……可是牧野先生說他使用的是網目很細的網子，意思應該是幼鯉無法從網子鑽出去。如此說來，這就像是密室吧。

鯉魚到底是被偷走的，還是自己跑掉的呢……我躺在床上尋思時，漸漸感覺到睏意。明天得早點把事情處理完，儘快回到南袴市，從車站的停車場出發，開著我的 **Impreza** 不用一個小時就能到簑石村。真是緊湊的行程啊。想著想著，我不知不覺地睡著了。

我作了夢。

在水田的角落有一塊用網子圍起來的區域，裡面有幾十隻幼鯉游來游去。幼鯉不喜歡這裡的環境，但是周圍有堅固的網子圍著，沒辦法突破，也沒辦法從下面鑽出去。幼鯉們越來越不滿，開始討論有沒有辦法能改變現況，就算做不到，至少也要給人類一點反擊。

其中一隻鯉魚說道：

「鯉魚只要越過龍門就能變成龍耶，我們被養在這裡真是太遺憾了。我們得想個方法讓人類大吃一驚才行。」

其他同伴說「好是好，但是不知該用什麼方法」，那隻鯉魚就悄悄地把計畫告訴了大家。

隔天，牧野先生去餵魚時，鯉魚們依照事先商議的結果互相打信號。

「就是現在！」

一聲令下，有三成左右的幼鯉同時翻身潛入泥中。牧野先生發現鯉魚變少了，嚇得目瞪口呆、驚慌失措。等到牧野先生不解地離開後，鯉魚們才從泥中探出頭來，紛紛大喊痛快……

被鬧鐘叫醒後，我想起了昨晚作的夢，不禁按住自己的臉。我真希望至少在夢中不用再煩惱工作的事，而且鯉魚鑽進泥中也太誇張了，說是同類相食還比較有可能。

「同類相食？」

我自己都被這個想法嚇到了，忍不住說出來。是嗎？原來還有同類相食這個可能性啊？我可能是被水田和鯉魚的組合給誤導了，再不然就是真的累了。如果水族箱裡養的熱帶魚變少，第一個會猜的就是同類相食。鯉魚是不是也會同類相食呢？我趕緊拿出手機準備查詢。

「……不對。」

我才剛醒來，人都還沒下床，不需要急著工作吧？先去洗把臉，吃過早餐之後再工作也不遲。我把手機放在床頭櫃上，慢慢地坐起來。

商業旅館的早餐是空蕩蕩的餐廳提供的簡樸食物，不過白飯和味噌湯都很好吃，只要這兩樣東西好吃，我就覺得很滿足了。我還點了咖啡，悠然地邊喝咖啡邊看早報，等到我鼓足了幹勁回到房間準備開工，就聽到床頭櫃上的手機在震動。現在還不到早上八點，會在這麼早的時間打電話來，鐵定不是好事。我急忙拿起手機一看，是牧野先生打來的。我頓時想到了幾種不祥的可能性。

「……喂，我是萬願寺。」

『萬願寺先生？不好意思，這麼早打電話給你，可是我真的走投無路了，我的存款全都賭下去了。』

牧野先生哭訴道。

「喂喂？怎麼了？發生什麼事了？」

電話另一頭頓時爆出吼聲。

『不見了！一隻都不剩了！鯉魚全軍覆沒了！』

之後牧野先生根本說不出一句完整的話。

5

新潟的工作順利到簡直令人傻眼。原本死都不肯出租房屋的地主一見面就慈眉善目地說「我在網路上都看到了」，然後也不聽我說明，就爽快地簽下同意書，讓我得以搭上早一班特快車。我在售票窗口換了車票後，還有時間去販賣部挑選車站便當。

我搭上特快車，享用著盛滿海鮮的便當，不時望向窗外，但我的腦海中完全裝不下風景，而是一直想著全軍覆沒的鯉魚。

從牧野先生悲痛的語氣聽來，所謂的全軍覆沒應該不只是比喻，而是真的如字面所示，一隻都不剩了。照這樣看來，一定不是同類相食。不用想也知道，鯉魚如果是因為同類相食而減少，至少會留下最後一隻。所以牧野先生很可能猜對了，或許鯉魚真的是被偷走的。

牧野先生說過出入口的鎖用的是腳踏車的鏈條鎖，要有密碼才能打開，那他用的就是密碼鎖了。腳踏車的密碼鎖最多有四碼，最少也有兩碼，四碼的比較可靠，如果是兩碼或三碼，全部試過一遍也花不了多少時間，要是有人心懷不軌，很快就能打開了。

簑石村和舊間野市的市區相距大約四十分鐘車程，兩地之間的山路非常狹窄，路燈也不多，在晚上很不好走。如果有好處，花費這點時間還是值得的，但我很難想像會有小偷為了不值錢的幼鯉千里迢迢跑來偷魚。這麼說來，簑石村的移居者之中有人因挾怨報復而偷魚的可能性還比較大……雖然我很不願意相信會發生這種事。

有沒有其他的可能性呢？有沒有其他假設能解釋鯉魚為什麼會從圍著細密網子、出入口還上了鎖的地方消失……

不知道是思考過度使得大腦疲乏，還是因為長途跋涉的疲倦，我吃完便當以後突然覺得很想睡。等我醒來時，離南袴市只剩下五分鐘車程。

我一走出收票閘就撥了牧野先生的號碼，想要通知他我正準備過去，可是卻沒人接聽。我有一種不好的預感。

接著我又打電話回復甦課報告我已經回來了，同樣等了很久才聽到西野課長用不高興的語氣說：

『你好，這裡是南袴市公所間野辦事處復甦課。』

「課長，我是萬願寺。」

課長的語氣頓時變得比較溫和。

『喔喔，是萬願寺啊，出差辛苦了。你現在在哪裡？』

「我在車站。課長，你聽說牧野先生的事了嗎？」

『聽說了。竟然有小偷，真是太可怕了。』

「是不是小偷還不確定。還有，我現在就直接去簑石村。」

我等了片刻才聽到回應。

『喔，去吧。不過你能不能先回辦事處一趟，把觀山一起帶去？』

「要帶觀山去嗎……」

現在是下午三點，觀山手上的議會資料大概已經處理完了。不過定期會不久後就要召開，在這種時期有兩個職員離開辦公室或許不太妥當。

……不，這只是表面的理由，其實是因為要去見夢想破滅的牧野先生太沉重，所以我不想讓觀山這種菜鳥陪我去處理。

『是啊，我會叫她先準備好。你大概再一個小時就會到了吧？』

我個人的考量先放在一邊，課長的命令是不能違抗的。

「我知道了。我回去應該不用一個小時。」

『好，開車小心點。』

我把愛車開出停車場，遵從課長的指示小心駕駛，不過我這車子和公務車的加速性能不同，只花四十五分鐘就回到間野辦事處了。觀山正拿著小皮包站在門口等我，我一停車，她就立刻走過來敲敲車窗。我把車門打開，她問道：

「萬願寺先生，你要開這輛車嗎？還是要換公務車？」

的確，公務員在工作時開跑車很容易遭人批評，換輛車會比較好。不過我想了一下就說：

「我要開這輛車。快上來吧。」

牧野先生沒接電話讓我十分在意，所以我想儘快趕過去。觀山沒有多問，只是點點頭，迅速地坐上副駕駛座。

「啊，太好了，沒有菸味呢。」

「我又不抽菸。」

「我不介意別人抽菸，但我很怕車子裡有菸味。」

「我也是。」

我先確認觀山扣好了安全帶，然後踩下油門。車子開出停車場，出了市區，開進通往簑石村的「束袋之口」。開自己的車走這條因工作而熟悉的路，而且還是在上班時間，感覺挺奇妙的。

觀山緊握把手，全身僵直，不知道是不是因為不習慣這種速度。我稍微減速，然後問她：

「對了……妳覺得如何？」

觀山轉頭看著我。

「如何？什麼如何？」

「當然是牧野先生的鯉魚啊，他說全軍覆沒了耶。」

「全軍覆沒？」

觀山訝異地說道。她好像還不知道這件事。對了，我還沒跟任何人提過，她不知道也是應該的。

「牧野先生是這麼說的。他一口咬定是被人偷走的。」

觀山用僵硬的動作把頭轉回去。

「真的是小偷嗎？鯉魚雖然值錢，但那些只是還沒養大的幼魚耶，如果是一隻要價上百萬的錦鯉我還可以理解……難道幼魚也很值錢嗎？」

「我也不知道……但我覺得幼魚應該值不了多少錢吧。就算值錢，偷那麼多幼魚賣得掉嗎？」

「就是說啊，所以多半不是小偷。養鯉魚的那個……該說是設施嗎？有沒有什麼異狀？」

「魚塭四周圍著網子，出入口還上了鎖。聽說網子也沒有破損。」

「真奇怪……」

觀山歪著腦袋說。

「所以也不是跟人結怨囉。」

我一時之間還跟不上她的思路，但是仔細想想，她說得確實有道理。如果是有人對牧野先生懷著恨意故意整他，應該不會只是偷走鯉魚，還會連帶破壞養魚用的設備。那人大可割破網子讓魚溜走，要做得更過分的話，甚至可以下毒。可是網子沒有損壞，現場也沒看到魚屍，光是讓鯉魚消失算是哪門子的惡整啊？

「……也是。」

「嗯？萬願寺先生，你說什麼？」

「我是說『說得也是』。」

車子開出「東袋之口」，進入了簑石村。

不是同類相食，不是被偷，也不是有人為了報復而故意偷走，那麼幼鯉怎麼會從淺池中消失呢？

牧野先生不在家裡，也沒有接電話。他租的獨棟屋子裡沒有開燈也沒有聲音，似乎沒人在家。我繞著房子走一圈，沒看到車子，牧野先生大概是出門了。

「萬願寺先生。」

觀山看著遠處說道。

「那個就是你說的網子嗎？」

我沿著她的視線望去，在黃昏的簑石村一角，距離這裡約一百公尺的水田裡架著綠色的網子。牧野先生說過他是在水田裡蓄水，用網子圍起一塊地方來養魚。和我聽說的一樣，那裡想必就是牧野先生的鯉魚養殖場。

「還有……如果我沒看錯的話……似乎發生了某種可怕的事。」

「可怕的事？」

我定睛凝視，但我的視力好像比觀山差，我什麼都看不出來。

「……過去看看吧。」

她如此說道，我們便一起走過去。

充滿初夏風情的鮮活綠意把簑石村周遭的山丘點綴出繽紛色彩，雉雞的啼叫和蛙鳴從四周傳來。我走得越近，越能清楚地看見牧野先生的網子，我也漸漸明白了觀山口中的「可怕的事」。

「的確很可怕。」

我喃喃說道，觀山無言地點頭。

牧野先生架設的網子把水田一角隔出一塊方形的區域，銀色的桿子插在水田裡，桿子上架著緊繃的綠色細網。牧野先生所言不虛，確實沒有一絲縫隙。雖然構造不算複雜，但一個人做起來鐵定很辛苦。可是……

沒有遮蓋。魚塭的四面都有網子，但上方是空的。

怎麼可能會發生這麼愚蠢的事？明明是在養魚，上面竟然沒有遮蓋。牧野先生到底在幹什麼……這樣的話，這樣的話……！

「簡直就是飼料場嘛。」

聽到觀山這麼說，這次換成我默默點頭。

我感覺全身虛脫。牧野先生說他在網路上查過養殖鯉魚的方法，那個網站寫的一定是室內養殖的方法，所以牧野先生才會不知道這條自然法則——鳥是會吃魚的。這一帶會出現的鳥應該是青鷺吧。

無論我再怎麼想，都不可能想出鯉魚消失的理由，誰能料到牧野先生完全沒有防範鳥害的措施呢？

「既然他不打算防鳥，為什麼還要架設網子？」

我似乎猜得到答案。

「是為了防小偷吧……」

牧野先生只想到可能會有人來偷魚，卻忘了這世上還有鳥獸。

附近傳來烏鴉的叫聲。在我和觀山凝視著牧野先生夢想的遺跡時，太陽漸漸地下沉了。

聽說牧野先生打過電話到復甦課。西野課長說：

「他有氣無力地說要辦理遷出的手續。」

房子再度成了空屋，水田裡依然留著桿子和網子。西野課長板著臉說這樣會違反農地法，但是他並不打算自己處理，也沒有吩咐我們去收拾，因為桿子和網子是屬於牧野先生的，要強制拆除還得先辦理手續，太麻煩了。

課長似乎還相信著，牧野先生有朝一日會回來收拾他的鯉魚養殖場。

第三章—
重書

1

四面都堆滿了書本。靠近門口的那面留了一條縫隙作為通道，其他三面都堆著跟孩子一樣高的書牆。雖說是書牆，其實只有七成是裝訂成冊的書本，其他三成則是用線紮起、甚至只是用夾子夾住的紙張。我詢問那些是什麼，得到了這樣的回答：

「是稀有書本的影印版，以及……簡單說就是古書之類的。」

南袴市 **I Turn** 協助推廣專案的申請人之中有一些特別的人物，其中又數這片書牆的主人——久保寺治先生——的背景最引人注目。

久保寺先生是歷史研究家，他還出過幾本書，諸如《天意的時代——抽籤將軍的生涯》、《奪回神器——赤松家的復興》、《祠堂錢——中世的信仰與金融》、《土一揆！》（註3）等等，我覺得移居者之中有人寫書應該要看一看，所以看了其中兩本，雖然我分辨不出內容的優劣，但那平易而謹慎的文字似乎可以看出他的為人。久保寺先生今年五十歲，一頭短髮中摻雜著白髮，臉孔瘦骨嶙峋，但眼神像孩子一樣明亮。

「數量真是驚人。這些書你全都看完了？」

觀山遊香看著書牆，讚嘆地說道。久保寺先生苦笑著回答：

3　室町時代中後期的民變，百姓為了要求政府免去高利貸債務而發動的起義。

「沒有……我看過的連一半都不到。」

「咦？那為什麼蒐集這麼多書啊？」

直率是觀山的老毛病，但她真的太過口無遮攔了，我在一旁聽了都會冒冷汗。久保寺先生倒是沒有表現出不悅。

「如果不先買下來，以後可能就再也碰不到了。」

「這樣啊。」

觀山只顧著興奮地打量周圍，回答得很敷衍，不知她到底有沒有在聽。

昨天久保寺先生打電話到復甦課，說房子有些問題，所以我們今天就來拜訪了。久保寺先生的房子位於溪谷附近，在簑石村是規模數一數二的平房。這裡是靠近大門的木質地板房間，正中央挖了個坑做為火爐。我們三人圍坐在火爐邊，久保寺先生似乎不急著談正事，所以我們暫且先觀賞房間裡堆積如山的書本。

火爐似乎很久沒用了，不過灰燼裡插著火鉗，上方吊著掛鍋子的鐵鉤，隨時可以使用，不過這房間裡到處都是書，應該不太可能生火吧。我跪坐不到十分鐘就覺得兩腿發麻，所以改成盤腿，凡事散漫的觀山倒是坐得直挺挺的，姿勢非常優美，讓我有點不甘心，沒想到她還有這種長處。

久保寺先生看到觀山對四周書牆大為讚嘆，就微笑著說：

「沒有妳想得那麼多啦，只是沒有好好整理。畢竟我是業餘的研究家。」

「業餘的？」

我忍不住插嘴。

「久保寺先生明明出過書，應該算是專業的吧。」

「不，在學術界裡，在大學做研究的人才算專業的研究家，我只是民間學者，所以是業餘的。」

是這樣嗎？

「話說回來，簑石這個地名很有意思呢。萬願寺先生，你知道簑石的典故嗎？」

「不知道……」

我從來沒想過簑石會有什麼典故。久保寺先生露出慈祥老爺爺般的微笑，向我們娓娓道來：

「這個地名是來自弘法大師（註4）的傳說。弘法大師在全國各處雲遊時，曾經來過這個地方，他在此處享受山明水秀一段時間，離開時卻忘了帶走他的蓑衣，後來蓑衣化成了石頭，所以這裡就被稱為簑石。這片土地和佛教的淵源一直都很深，歷史博物館裡還收藏著圓空佛（註5）的複製品，聽說是根據簑石流傳下來的實物而複製的。」

「我還是第一次聽說呢。」

---

4 弘法大師，法號空海，平安時代初期的僧侶，曾到唐朝留學，真言宗的創始者。

5 一種設計簡樸的木雕微笑佛像。

我敬佩不已。

「難得聽到這些事，真是謝謝你。」

久保寺先生輕輕揮手。

「沒有啦，只不過是現學現賣罷了。這是我最近才從這裡的中央圖書館讀到的。」

聽說圖書館的預算也很吃緊，能派上用場真是太好了。我對久保寺先生說的事很感興趣，就說：

「那塊石頭現在還留著嗎？」

「聽說直到昭和時代都還在，但在昭和三十四年的颱風來時被大水沖走撞碎了。」

「……聽起來很不吉利呢。」

「簑石村後來確實荒廢了，所以那件事或許真的是凶兆吧。」

久保寺先生笑著說出對復甦課而言一點都不好笑的笑話。

此時，書牆的後方突然傳來尖細的聲音。

「伯伯，書看完了！我還要借！」

紙門另一側的房間裡有人在。我沒想到這間屋子裡還有別人。久保寺先生轉頭望向那邊，笑得瞇起眼睛，喊道：

「喔，我現在過去。」

然後他對我們鞠了個躬。

「不好意思，我先離開一下。」
「你有客人啊？」
「該說是客人嗎……住在附近的孩子常常來找我。我以前沒想過要推薦孩子看書，現在倒是覺得滿有意思的。」
因為工作的緣故，我認識簑石村的所有居民。會跑來久保寺家看書的孩子我只想得到一個。
「是立石家的孩子嗎？」
久保寺先生笑咪咪地點頭。他離開之後，我悄悄地對觀山說：
「……居民之間有互動了，這是個好現象。」
南袴市 I Turn 協助推廣專案是從全國各地招募移居者，這樣才能招募到更多人，但是這些人的出身地和年齡層很分散，可能會造成彼此之間缺乏共通點，住在一起很容易感到格格不入，以前確實發生過幾件麻煩事，追根究柢都是源自於人際關係的摩擦。因此，聽到久保寺先生和鄰居的孩子相處融洽真是令我開心。
不過觀山歪著頭說：
「怎麼回事？立石家的孩子是叫速人吧？他不是還沒上小學嗎？」
「是啊，我記得那孩子只有五歲。」
「這裡有五歲小孩能看的書嗎？」

理。

觀山用食指摸摸堆在身邊的一本《比較制度分析概論1》的書脊。她的質疑很有道理。

「我給他看的是圖畫書啦。」

久保寺先生邊說邊走進來。他一定聽到了我們的對話。

「我的藏書之中也有妖怪畫冊和圖畫書，雖然我不是專門研究那類書籍，但還是挺喜歡的。那孩子還不識字，所以不能說是『讀』書，只是『看』而已……我最近也新買了一些圖書畫。」

「是為了速人而買的嗎？」

久保寺先生有點靦腆地點頭說：

「那孩子以後不知道會看什麼書……我不打算逼他看書，但還是會思索要推薦他什麼書。如果我自己有孩子，也會想要享受這種樂趣吧。」

速人在久保寺先生的薰陶下，將來說不定會成為光耀簑石村的人物呢。到那個時候，不知道我是不是還待在復甦課？可以的話，真希望我能在更有前途的部門迎接那一天的到來。

閒聊告一段落，我忍著雙腳發麻的感覺再次跪坐。久保寺先生咳了一聲。接下來先開口的是久保寺先生。

「我這次請你們來不是為了別的，而是為了房子的事。」

「是。」

「這房子好像太老舊了。」

接下來久保寺先生一一列舉房子的問題，我邊聽邊做筆記。久保寺先生的記憶力還真厲害，房子哪裡有什麼問題，是在什麼情況下發現的，他不用看小抄都能記得清清楚楚。

漏水、牆壁扭曲變形、地板下陷、水管異味……的確每一點都是令人無法忽視的問題。復甦課在招募移居者時保證過會提供最基本的居住品質，所以我不能叫他自己去跟屋主協商，但是從實際狀況來看，今年的預算已經用到差不多見底了。我只能無奈地說：

「我們得先看看情況……」

不用說，久保寺先生一定覺得很不滿，但他並沒有開口罵人，只是臉上多了一層陰影。要逼這麼溫和的人繼續隱忍令我感到很內疚，我深知說廢話也安慰不了他，但還是只能說：

「或許因為這是村子裡第一間沒人住的房子，所以才會損壞得這麼嚴重。」

久保寺先生輕輕嘆了一口氣，用憂鬱的語氣說：

「我知道那些事。聽說這房子以前的住戶不太受歡迎，還不至於被全村排擠就是了。」

關於這間房子，我知道的只有棄置多少年以及屋主地址之類的事，至於以前住在這裡的人過著怎樣的生活，我一概不知。

「我不太清楚，是這樣的嗎？」

久保寺先生的表情變得很僵硬。我還以為是自己功課做得不足而惹他生氣了，但事實並非如此。他說道：

「是的。以前的住戶姓中杉，事情發生在太平洋戰爭的末期，大家都認為這個村子不會受到波及，但他卻獨排眾議，一直在做避難的準備，所以直到戰爭結束以後，他還是遭到村民的白眼……真是個值得玩味的故事。」

「原來發生過這種事啊？」

我感嘆道，久保寺先生微微一笑。

「沒有啦，這些事都是你們課長告訴我的，其實我也不太清楚詳情。」

聽到這故事是來自西野課長的口中，令我有些訝異，我完全沒想到他會知道這村子的歷史。雖然簑石村是課長的工作，但我看不出來他個人對簑石村有半點興趣。

速人發出開心的叫聲。久保寺先生看著聲音傳來的方向，感觸良多地說：

「我原本以為像我這種收藏一大堆書本、盡寫些無益東西的人也會變成不受歡迎的人物，如今我竟然被人家稱為『書本伯伯』，真是想不到啊。有機會搬來這個地方真是太開心了。」

比起感謝的言詞，我更常聽到的是移居者的抱怨，所以久保寺先生這番話令我相當感動。

「能聽到你這麼說，我也很開心。」

「既然如此，希望你們可以幫忙處理這房子的問題，至少先修理漏水的部分，越快越好。」

「呃，這個嘛，還是得先看看情況……」

2

觀光課認為南袴市處於高地，適合避暑。

不過七月當然還是很熱。復甦課的辦公室有西晒的問題，空調的性能也不好，所以一到午後空氣就變得又濕又熱，紙張簡直都要捲起來了。市公所職員的制服當然包括外套，但是根本沒人在穿，我們都把外套披在椅子上，只穿短袖襯衫工作。我滿臉都是汗水，為了不讓汗水滴在筆電上還得用後仰的姿勢工作，搞得我的脖子、肩膀和眼睛都很不舒服。

觀山趴在桌子上，每隔幾十秒就要說一次「好熱……」。我知道她正在等工商會議所的回覆，沒辦法繼續做其他工作，但是看到她這怠惰的樣子還是令我很火大。不過她再怎麼偷懶也比西野課長好。課長剛才說「我去抽根菸」就出去了，快一個小時都還沒回來。因為吸菸室比較涼快。

「萬願寺先生……」

觀山拖長了聲音說。

「你不喝啤酒嗎？」

「幹麼突然這麼問？」

「很熱的時候不是都會想喝啤酒嗎？」

我很想說「就算妳沒事做也別打擾我工作」，不過我此時正好想要點一下眼藥水。我停止打鍵盤，揉揉眉心。

「等下班回家以後再喝。」

「好想喝啤酒啊。為什麼我要做這種工作呢？」

妳問人家問題就是為了說這些嗎？我懶得回答她，自顧自地拿起桌上的眼藥水，打開蓋子，抬頭向上，藥水快要滴下來時，電話突然響起，害我的手抖了一下，藥水被眼睫毛彈開。

「啊、啊……」

如果現在低下頭，藥水就會滴到桌上，但是桌上還擺著要給人家的資料，如果弄髒就糟糕了，所以我保持著抬頭的姿勢在桌上四處摸索衛生紙。

觀山接起電話。

「你好，這裡是南袴市復甦課。」

觀山可能以為是和她熟識的工商會議所的人打來的，所以接電話的語氣很悠哉，但又隨即變了態度。

「咦？啊，是的。請先等一下。」

我用眼角餘光看到觀山在對我使眼色。好像有什麼狀況。我放棄找衛生紙，把頭低了下來，沒點好的眼藥水落在桌上。

「好了，請說吧。」

觀山把電話切換成免持聽筒，對方的聲音直接傳出來。是個年輕的女人。

『我的孩子沒有回家。我跟他說過中午就要回來，可是他……』

「妳知道他有可能去哪裡嗎？」

『他每次都說要去書本伯伯那裡。』

看來打電話來的是立石太太，而她口中的孩子就是速人。我看看時鐘，現在剛過下午四點。如果「中午要回來」指的是中午十二點，這情況確實很令人擔心。

「書本伯伯指的是久保寺先生吧？久保寺先生不在嗎？」

『他好像不在家。』

觀山朝我瞥來一眼，用嘴型說著「警察」。

「妳報警了嗎？」

『還沒。他可能只是跑到比較遠的地方玩，我不想把事情鬧大……或許出去找找就會找到了，可是我們對這一帶還不熟，也不知道該去哪裡找。不知道這件事能不能拜託你們，我現在根本不知道該怎麼辦……』

找人並不是市公所的工作，復甦課雖然要服務移居者，但找尋走丟的孩子應該是警察的工作。被派來這個部門已經讓我很鬱悶了，如果還得做本分以外的工作，叫人怎麼受得了？

我雖然這樣想，但還是立刻起身，抓起披在椅子上的制服外套。簑石村荒廢已久，有很多地方不安全，不管是山林、溪谷還是窗戶破掉的空房子，都有可能鬧出人命。我一邊檢查放在口袋裡的手機，一邊向觀山說：

「跟她說我們立刻過去。」

我正要拿起公事包時，辦公室的門打開了，外面的熱氣竄入了冷氣不夠力的辦公室。西野課長看著我，打圓場似地擠出笑臉。

「哎呀，真不好意思，吸菸室人太多了。」

不過課長很快就察覺到辦公室裡氣氛不對，他愕然地問道：

「發生什麼事了？」

我不想浪費太多時間，所以一邊打開公事包檢查內容物，一邊回答：

「立石家的孩子不見了。聽說他跑去久保寺家玩，原本說好中午回家，結果到現在都還看不到人影，久保寺先生也不在家。立石太太說不希望報警。」
「喔喔……」
課長皺起了眉頭。
「你要去嗎？」
「我現在過去看看。」
「那就拜託你了。有什麼情況就立刻回報，我會請警察和消防隊先做好準備。還有，出去時先在門口的自動販賣機買個運動飲料。」
對耶，說不定會中暑。天氣這麼熱，我卻忘了這回事。
課長又對仍然抓著話筒的觀山說：
「觀山，妳也一起去。我在這裡等電話。」
「喔，好的。」
課長的聲音想必傳到了電話的另一端，揚聲器裡傳出哭泣的聲音：
『謝謝！麻煩你們了！』

現在沒時間慢吞吞地辦手續借公務車了。平時我們去簑石村多半是開觀山的 Lapin，但我今天決定開自己的 Impreza 載觀山去。觀山抱著三瓶運動飲料坐上副駕駛座。
要從辦事處去簑石村，得先走過懸崖旁的狹窄道路。雖然我很心急，現在畢竟是辦公時間，還是得乖乖遵守限速，這輛車在過彎之後加速比較快，所以一定比開 Lapin 去更省時間。觀山在車上說：

「聽說立石先生已經找到工作了。是程式設計師（programmer）嗎？」

我們有簑石村所有移居者的個人資料，並且請他們搬來之後主動回報目前就職單位。我記得立石先生是……

「應該是系統工程師（system engineer）。」

「這兩者有什麼不一樣？」

「妳還是去問系統工程師吧。小心咬到舌頭。」

越接近簑石村，路況就越差，溪谷間的窄路彎彎曲曲的，Impreza 的車身劇烈地左右搖晃。觀山雖然不會暈車，但她被甩來甩去應該還是很不舒服，所以緊抓著把手閉口不語。

離開彎曲路段後，觀山若無其事地繼續說：

「那麼立石家現在只有立石太太和速人囉？」

立石先生新的工作地點接近市區，今天是平日，他很可能不在家。

「都是速人太有活力了……不知道他跑去哪了。」

我只同意後半句。我們的確不知道孩子跑去哪裡，但前半句需要稍微訂正。

「那孩子不太健康喔。」

「咦?是這樣嗎?」

「我應該跟妳說過吧，移居者的資料要仔細看，那可是我們的服務對象。」

這是我們之間常有的對話，但是現在情況特殊，觀山只能正經地回答「是，我會多注意的」。

立石家的先生名叫善己，太太名叫秋江。善己先生以前在東京當系統工程師的小組長，工作非常繁忙，薪水也不低。秋江太太在超市兼職，負責管理生活雜貨。兒子速人在六年前出生，善己先生提起這件事時說過「我從來不知道人生可以這麼喜悅、這麼幸福」。

立石家之所以申請南袴市的專案、搬到簑石村，最主要的原因就是速人的健康問題。速人經常皮膚紅腫、發高燒，為此住院過好幾次。夫妻兩人雖然不知道兒子健康失調的原因，但他去鄉下的爺爺奶奶家時看起來都很健康，所以他們開始覺得是東京的環境不好。

和移居者會面時，善己先生瀟灑地說：

「在東京工作比較方便，但是再怎麼好的工作都不值得用孩子全身發腫做為代價。」

據我所知，速人搬來簑石村以後從未發生過嚴重的狀況，可能是因為環境療法確實有效，也可能是因為幼兒時期的症狀在長大以後自然消失。不論理由是哪一種，立石家都是移居簑石村的最成功案例。

聽我說完這些事以後，觀山看著窗外，喃喃地說：

「那立石太太現在一定很擔心吧。」

平時從辦事處開車到簑石村要花四十分鐘以上，但是開著我的 Impreza 只花了三十七分鐘就跑完了一路上的窄道。車子剛開到立石家門口，立石秋江太太立刻跑出來，大概是聽到了引擎聲吧。她穿的是居家服，上半身是衣領有點鬆的灰色短袖T恤，下半身是淺桃色的褲子。她沒等我停好車就朝我們鞠躬，所以我也抓著方向盤向她點頭回禮。

我一下車就先道歉：

「因為情況緊急，所以我開的是比較快的車。」

公務員開跑車很容易引起民眾反感，不過立石太太看起來一點都不介意。

「謝謝你們。勞煩你們特地趕來。」

她深深地朝我們鞠躬。她在講電話時似乎很慌亂，實際見面之後反而沒有那種感覺。說不定她現在只是在強裝鎮定。

「速人回來了嗎？」

如果已經找到人，那我們就白跑一趟了，不過那樣才是最好的。雖然我這麼想，但立石太太搖著頭說：

「還沒。」

「這樣啊……妳有出去找過嗎？」

「我怕我出門時他就跑回來了，所以沒有去太遠的地方，只找了附近一帶。」

「我知道了。我們會盡力而為，不過我們不是警察，能力畢竟有限。就算通知警察或消防隊，等到太陽下山以後也沒辦法仔細搜索，所以如果妳覺得還是報警比較好，動作最好快一點。」

立石太太的眼神不安地游移了一陣子，但還是肯定地回答：

「不用了，先看看情況吧。我已經打電話跟丈夫商量過了，他也是這麼想的。」

我了解他們不想把事情鬧大的心情。要不要報警，還是交給他們自己決定吧。

「我丈夫正要趕回來，但是還得花一些時間。」

「我知道了。那我們就先開始搜索吧。」

觀山在一旁問道：

「速人是往久保寺家去嗎？」

「是的。」

「妳有看著他出門嗎？」

立石太太點頭說：

「我沒有一直看著他，但是從我家二樓陽臺的晒衣場可以看見久保寺先生的家，我親眼看到速人走在通往久保寺家的路，那條路上沒有岔路。那時我正在晒衣服，所以不會一直看著，但他若是從同一條路走回來，我應該會發現。」

「可是速人沒有回來。」

「是的。」

我們三人同時往久保寺家望去。

連接立石家和久保寺家的是一條和單線道差不多寬的柏油路，道路兩旁從前都是水田，所以比路面低一些，此時是盛夏時期，到處都長滿了深綠色的雜草。

簑石村大致上是南北較長的橢圓形，立石家靠近橢圓形的東北角，久保寺家還要再往東北走，幾乎到了簑石村的邊緣。再過去是幾公尺高的懸崖，崖下有一條河流。

懸崖和河流。我突然有一種不祥的預感，但是在實際勘察之前什麼都說不準。

「我去那邊看看。速人穿著怎樣的衣服？」

立石太太必定早就猜到我會這樣問，她想都不想就回答：

「藍色素面的短袖T恤，白色短褲。」

「腳下呢？」

「腳下？」

立石太太訝異地問道，不過她立刻果斷地回答：

「綠色涼鞋。」

「我知道了。呃，速人帶了手機嗎？」

立石太太的表情頓時扭曲，像是想到了什麼悔恨的事。

「不，他沒有手機。如果有的話，現在就……」

雖然她很懊惱，但我覺得速人還小，他們沒幫他買手機也很合理。我想了一下，還是決定不說出來。現在不是討論速人該不該帶手機的時候，那也不是復甦課應該插手的事。

還有一件我不太想問的事，但是現在非問不可。

「此外……速人有沒有什麼會突然發作的疾病？」

「發作？」

「像是小兒喘息之類的……」

一般來說，問人家的病歷是非常失禮的行為，很可能惹民眾生氣，但孩子若是因病情發作而不能動彈，那就是分秒必爭的情況，去搜索時最好順便帶上制止發作的藥物。

還好立石太太沒有露出不悅的表情。

「沒有，這點不用擔心，速人雖然經常不舒服，但還不至於嚴重到不能動。」

「我知道了。我要問的只有這些。那就請妳在家裡等著。」

我拿出名片交給立石太太。

「這上面有我的手機號碼，如果有什麼事，請隨時跟我聯絡。」

立石太太像是突然想起什麼事。

「對耶，那我也把我的號碼告訴你。」

「麻煩妳了。」

觀山也拿出名片，我們三人都拿到了彼此的號碼。

立石家和久保寺家相距大約兩百公尺，沒有遠到需要開車，不過若是有什麼情況，車子停近一點會比較好。我正想伸手去抓 Impreza 的門把，觀山就問道：

「我們要分頭去找嗎？還是一起找？」

我想了一下。可以晚點再分頭去找，現在的重點是先搜索久保寺家的周遭。

「一起來吧。」

立石太太朝我們鞠躬，我坐上駕駛座，發動引擎，全身都感受到低沉的震動。

曾經是水田的這片地上長滿了茂密的雜草，幾乎看不見地面。這些努力生長、彼此爭奪陽光的雜草幾乎有一公尺高。如果速人倒在這片草地裡，一眼掃過去是看不到人的，但我開車時還是一邊注意觀察草叢裡有沒有人影。

久保寺家的門前有一片寬廣的空地，像是用來迴車的。我把 Impreza 停在這片空地上。

「這房子真的很舊耶。」

觀山下車以後喃喃自語地說道。我也這麼覺得。

我們介紹給久保寺先生的房子是一間平房，屋齡老到無法確定是何時興建的，教育委員會甚至討論過要不要把這裡列為文化財產。當時的報告書是這麼說的：這棟房子雖然古老，但頂多只有八十年屋齡，歷史價值沒有很高，以建築風格的角度來看也沒有多大的特色，而且很多部分經過改建，所以達不到文化財產的條件。

玄關是一扇鋁門，門邊裝了門鈴。我先按門鈴，然後等待片刻。

十幾秒以後，觀山說：

「……好像真的沒人在家。如果有方法可以確認就好了。」

「好，我來確認一下。」

我拿出手機，找到了久保寺先生的電話號碼。觀山露出受不了的表情。

「你有久保寺先生的號碼？」

「當然。」

我手上只有每家的戶長的聯絡方式，所以不知道立石秋江太太的手機，但久保寺先生的手機當然有。

「你知道要怎麼聯絡他就早點說嘛。」

「我以為妳應該知道嘛。」

我撥了號碼，過了幾秒久保寺先生就接起電話。他可能正在人群中，我聽到了嘩嘩的吵鬧聲音。我一說出速人去久保寺家之後失蹤的事，久保寺先生就悲痛地大喊「那孩子失蹤了？」。

詢問之後，我得知久保寺先生是去名古屋談工作，後天才會回來，所以他鎖了大門，連電源總開關都關了。速人說不定會溜進沒人在的房子，所以我又問道：

「你是不是在哪裡藏了鑰匙？譬如花盆底下或是信箱裡。」

『……沒有，鑰匙在我身上。孩子不可能進到屋裡的。』

他停頓了一下。

『但我不確定門窗是不是全都鎖好了……因為有些小窗大人鑽不進去，但孩子鑽得進去。』

「速人是會爬別人家窗子的小孩嗎？」

『誰知道呢？雖然他身體不好，但那種年紀的孩子都喜歡探險。而且我跟他說過，我出去散步或購物時，他可以自己進去看書，說不定他會想辦法進入屋子裡。』

我突然想到。

「這樣沒關係嗎？你家裡應該有重要的資料吧？」

電話另一頭的聲音變得柔和。

『我家有很多房間，我特別準備一個房間給速人用，裡面放了小孩比較感興趣、也容易買到的書本。而且我還不至於愛書成痴，只是蒐集了一些資料，對書況倒是不太在意。』

「速人一定很高興吧。」

『我也不確定。總之他經常說看完書了，吵著要借下一本。』

我有可能疏忽了一些細節，不過該問的事應該都問了。

「那我就仔細找一找有沒有孩子能進出的地方。」

『有什麼我能幫忙的地方，請隨時通知我。我會一直開機的。』

「我知道了。突然打給你真是抱歉，我先掛斷了。」

我以為通話結束了，正要把手機從耳邊移開，卻聽見對方大喊一聲：

『等一下！』

「是。」

『如果找到速人，也請立刻通知我。不然我會很擔心的。』

雖然我們相隔遙遠，我還是能從電話裡感受到久保寺先生的真情。畢竟走丟的是暱稱他為「書本伯伯」的孩子，他怎能不擔心。

「……好的。我會通知你的。」

說完之後，我就掛斷了電話。

站在一旁的觀山也大致聽到了我們的對話內容。

「久保寺先生說門窗都鎖起來了？」

「是啊。」

我把手機放回口袋，再次望向久保寺家的平房。速人真的溜進了這棟房子嗎？

速人為了圖畫書而前往久保寺家，這是立石太太親眼看到的。當速人發現久保寺先生不在，進不了屋子時，他會怎麼做呢？我又打量房子四周，思索他有可能選擇的路線。

道路從立石家延伸過來，在久保寺家的門前往右拐彎。平緩彎道的另一頭是其他移居者的家，接著分成好幾條路，其中還包括田間小徑，這些路分別通往簑石村的各處。也就是說，再過去就不知道該往哪裡找了。

我看著道路盡頭的民宅。

「那間房子是……」

「是好川家。」

「對耶。」

好川家只有夫妻二人，兩人都快要六十歲了。丈夫在五十歲以後迷上了溪釣，所以在原本工作的電機製造商申請了提前退休，拉著心不甘情不願的太太一起搬來簑石村。丈夫一頭栽進釣魚的興趣，今天釣岩魚，明天釣海鰻，太太也常常自己開車去市區的文化教室（註6），但他們不見得每天都不在家。

6　提供社會人士學習的民間講座，類似社區大學，包含音樂、美術、運動、文學等課程。

「如果好川家有人在，或許會看到速人。」

如果速人離開沒人在的久保寺家以後沿著柏油路走，一定會經過立石家或好川家。

但是觀山歪著頭說：

「萬願寺先生，難道速人不會走道路以外的地方嗎？」

「妳是說這片荒田嗎？」

我指著草地說道，她不太確定地點頭回答：

「嗯……是啊，如果他從田裡走，就不知道會跑去哪裡了。」

我也想過這一點。但是……

「速人穿的是短袖T恤和短褲，而且還穿著涼鞋。」

「是這樣沒錯。」

「穿著那種包覆性不佳的服裝很難穿越草地，而且這個季節的草又特別硬，被刺到是很痛的，甚至還會被割傷。就算孩子的冒險精神很旺盛，走進去沒多久就會折返了。」

觀山凝神盯著我看。

「……怎麼了？」

「聽起來你好像很有經驗。」

「是啊。小孩子都喜歡人煙罕至的草地和祕密的洞穴。」

「我很難想像萬願寺先生小時候的樣子，你好像一出生就是公務員了。」

現在可不是胡言亂語的時候。

速人去久保寺家這件事是可以確定的，所以必須搜索這間房子的周遭，此外，最好也去跟好川家打聽一下，所以我們得分頭進行。

我思考著是不是該開車過去，不過前往好川家的途中或許會找到什麼線索，還是用走的比較好。既然如此，誰去打聽都一樣，所以我把這件事交給容易和人混熟的觀山。

「如果問到了什麼，我會立刻聯絡你。」

說完以後，觀山就走向好川家。

我又走向久保寺家。簑石村的房子雖然粗陋，但是多半很大間，久保寺家的規模也不小，說不定久保寺先生會有哪裡忘記上鎖。我先走近大門，摸著鋁製的門把，確認是否關得不牢，是否忘了上鎖。我心想速人說不定在裡面，就深吸了一口氣，大喊：

「速人！立石速人！」

如果速人突然聽到有陌生人在叫他，可能會怕得不敢回答，所以我又加了一句：

「你媽媽很擔心你喔！快出來吧！」

我豎耳傾聽，沒聽到回應，只聽到溪水潺潺流動和葉子沙沙作響，沒有任何人聲。

我以順時針方向繞著房子走。

簷廊旁邊殘留著雨水痕跡的木製擋雨窗是緊閉的，我試著拉拉看，窗扇只是搖晃，沒有打開。如果成年人想要闖進去，用身體一撞就能撞破擋雨窗，但我現在還是先別這樣做。

我繞過轉角，看到一間和主屋相連的小屋，屋頂和牆壁都是鐵皮做的，顯然比主屋更新。小屋的入口沒有門，裡面一片漆黑，我走進去幾步就聞到一股乾燥的味道。這裡應該是前任屋主放農具用的，牆上掛著生鏽的鐮刀，沒有鋪設的泥土地面還殘留著牽引機之類的輪胎痕跡。地上到處都是東西，有五加侖鐵桶、鏟子，還有不知道用來幹麼的長木棒。但是裡面沒有通往主屋的門。

我又繞過一個轉角，到了主屋的後方。

這房子蓋在山崖邊，但不是緊貼著山崖，從房子外牆到地面開始傾斜的崖邊大約距離五公尺。照這樣看來，繞著房子走應該不至於掉下山崖，但我還是走到崖邊往下望。

山崖沒有我想像得陡峭，比較勇敢的孩子甚至可以坐在紙箱做的雪橇裡滑下去。斜坡上到處遍布著草叢，再下面是一條小河。兩岸都是硬邦邦的岩地，蜿蜒的小河看起來水流很快。對岸的岩壁幾乎是垂直的，這一側的山崖卻很平緩，或許是以前土地改良的結果。我在這裡沒看到速人的身影。

我望著溪流，喃喃自語說：

「……他應該不會沿著河流走吧。」

河流兩岸地勢險峻，對於還沒上小學的孩子來說，那可是比自己高出一倍以上的岩壁，就算速人再怎麼有勇無謀，也不可能穿著涼鞋走太遠。

我又繼續檢查房子。房子的背面有一扇後門，以及廁所或浴室之類的小窗口。後門的門扉是鋁製的，我轉轉門把，聽到了鎖緊的喀喀聲。小窗的位置很高，孩子不踩著東西是爬不上去的，但我還是檢查了一遍，窗子確實也鎖上了。

後門附近可能都是有水道設備的房間，有幾個像是浴室或洗手處的小窗，每一扇窗的位置都很高，也都上了鎖。

我又繞過轉角。

這裡有一個可能曾經是池塘的窪地，以及蓋著雜草的小山，看起來像是挖水池時積成的土堆。

「……不對。」

我越看越覺得奇怪，從池塘的深度來看，這座小山未免太高了。

我雖然心有疑竇，但還是先檢查門窗。

這一邊應該都是日常起居的房間，有好幾扇矮窗。我一一確認是否上鎖，結果每一扇都鎖得好好的，看來久保寺先生做得很周全。窗簾也是關著的，看不到房間裡的情況。我從外面也能看出窗簾布很老舊，可能是以前的住戶留下來的。

房子的四面都檢查完了。雖然門窗很多，但是沒有一扇打得開。也可能是原先有某扇門窗沒鎖，速人進去之後才從裡面鎖上，但他若是在裡面，聽到我的叫喚應該會回應。既然久保寺先生說他有鎖好門窗，我就姑且相信他吧。

我回到大門，看看道路，觀山正好從遠方走回來。我看見她舉起雙手在頭上圍成一個大圈，不知道是什麼意思。我心想「是不是找到速人了？」，可是觀山的臉上並沒有喜色。她小跑步回來，喘著氣說：

「他們說沒看到。」

「好川夫婦沒看到速人嗎……」

「是啊。」

「那妳剛才為什麼比了個圈？」

「喔，我的意思是我見到好川家的人了。」

別做這種引人誤會的事。

簑石村沒有阻擋視線的高樓，除了環繞的山巒之外，地勢起伏也不大。我遙望著盛夏陽光下的簑石村，強忍著幾乎湧出的嘆息。

「那就沒有線索了……」

觀山聽了卻疑惑地歪著腦袋，然後急忙搖手說：

「不是啦，你好像誤會什麼了。」

「誤會？」

觀山指著好川家的方向，匆匆地說：

「好川太太午後在自家的簷廊上寫生，她一直看著屋子前面的道路，但是沒有看到速人。這怎麼會是沒有線索呢？線索可大著呢。」

「……是這樣啊。」

這麼說來，情況就不同了。以速人的穿著來看，他不太可能穿越曾經是水田的草地，如果沿著柏油路走，不管他要去哪裡，必定會經過立石家或好川家。

立石太太看到速人向久保寺家走去，卻沒看到他走回來，而且好川太太一直看著家門前，也沒看到速人經過，那麼速人一定還在久保寺家附近。

「久保寺家的後面就是山崖，該不會發生了什麼意外吧？」

觀山很緊張地說。

「不會的，那山崖不會很陡，速人應該不會掉下去，就算掉下去也爬得上來。」

「難道是掉到河裡了？」

「這個嘛……從地理環境看起來，除非他故意爬下去，否則是不會掉到河裡的。」

速人本來打算去久保寺家看書，說好中午會回家，雖然久保寺先生不在，但久保寺先生跟速人說過家裡沒人也可以自己進去，在這種情況下，速人不太可能從久保寺家後面爬下溪谷、還跳到河裡被水沖走。

但是，萬一速人真的被水沖走，或是因中暑而倒在草地裡，我們一定要儘快找到他。現在絕對不能做出輕率的判斷。

「觀山，妳打電話給立石太太，把我們查到的情況告訴她，請她重新考慮一下是不是要報警。」

「我知道了。你呢？」

「我……我很在意一些事情。」

雖然我這樣說，但我並不清楚自己在意的是什麼。把話說出來之後，我才發現這個疑問。

久保寺家真的沒有其他出入口嗎？

我丟下了拿起手機聯絡立石太太的觀山，再次繞著久保寺家走，這次我走的是反時針方向。

那裡有一個乾涸的池子，以及長著雜草的小山。在我過去的人生中，拿鏟子挖洞的經驗不算豐富，所以我無法一口咬定有問題，只是這座山怎麼看都太高了。和池子的容積相比，小山的體積顯然大很多，因為泥土堆得很分散，雖然高度不到一公尺，但一輛卡車想必還載不完。

那麼，這些土是從哪裡來的呢？一定是從某處挖出來的，那是從哪裡挖的呢？

我想到的答案是垃圾掩埋場。

在垃圾處理網絡還不像現在這麼發達的時代，大部分的家庭都是在自家處理垃圾，可燃垃圾會在院子前焚燒，或是放進自己家的小型垃圾焚化爐裡面燒。政府是近年才開始嚴禁在自家焚燒垃圾，我還記得焚燒塑膠產生的戴奧辛毒氣曾經引發大眾熱烈討論。

除了焚燒以外，還有很多人會用掩埋的方式處理垃圾。會自然分解的垃圾直接埋在土裡是沒有問題的，除此之外，焚燒垃圾後產生的渣滓和灰燼也可以掩埋。這堆土山會不會就是為了挖洞掩埋垃圾而造成的呢？

我看著乾涸的池塘。

「這麼說來，這池子才奇怪。」

這個池塘總讓我覺得不太自然，這裡不是正門，不是後門，也不是農具小屋，為什麼會在不可能當庭院的地方挖一座孤零零的池塘呢？

該不會是為了讓人以為「那座山是挖池塘而造成的」吧？換句話說，那只是個幌子……我是不是想太多了？

我突然有一種預感。這個池子，那座土山，還有速人目前的所在位置，會不會有所關聯呢？

我知道有一個人可以證實這個猜測，便從口袋拿出了手機。

3

一個威嚴的聲音很不高興地說：

『這裡是南袴市公所復甦課。』

「課長，我是萬願寺。」

我一報上名號，西野課長的語氣就溫和了許多。

『原來是你啊。嚇我一跳，真是的。』

是要多驚嚇才會對電話另一頭的人這麼凶啊？但現在不是質疑上司接電話態度的時候。我正在思索該從哪裡說起，課長就先問我：

『怎麼樣？找到孩子了嗎？』

「還沒。現在情況不太好，如果速人沿著路走，立石太太或好川太太一定會看到他，可是她們都說沒看到。」

『這……還真不妙。』

他的語氣很嚴肅。

『如果倒在草地裡，那就不容易發現了。要不要叫消防隊來？』

「我讓立石太太自己去決定。現在觀山正在跟她講電話。」

『這樣啊。我已經向消防隊報備過了，他們隨時可以出發。』

我聽見椅子發出的軋軋聲。復甦課的每一張椅子在坐下來時都會發出這種哀號般的聲音。

『……所以你是特地打電話回來報告嗎？』

「不是，其實我想問課長一件事。」
『問我？孩子的事我一概不知，我連自己家的孩子都不了解。』
「我要問的是久保寺家以前住戶的事。」
我又聽到了比剛才更大的軋軋聲。
『你說中杉先生啊？他已經過世很久了，走的時候非常寂寞。這件事跟那件事有什麼關係？』
「我認為速人可能會想辦法進入久保寺家，因為久保寺先生跟他說過沒人的時候也可以自己進去，再說他也沒理由去其他地方。」
『喔喔。嗯，也對。』
課長回答得很敷衍，他說他對孩子的事一概不知，看來確實是如此。不管這個了，我繼續說道：
「然後我就想到久保寺先生說過的話，他說以前的住戶中杉先生在村子裡不受歡迎。」
『你知道這件事了？』
知道了又怎樣？我很想這麼問，但課長先回答：
『說不受歡迎似乎有點誇張，他只是受到一些冷眼罷了。』
「久保寺先生說中杉先生是因為在戰爭時準備避難才惹得其他村民不高興，他還說這是課長告訴他的。」

電話的另一頭沉默下來。

良久以後，課長才以慣用的推託口吻說：

『我說過這種話嗎？所以呢？那又怎麼樣？』

接下來才是重點。我更用力地握緊手機。

「所謂的準備避難，是指什麼？」

『你這問題還真奇怪。』

課長乾咳了一聲。

『現在應該快點去找孩子，而不是聊這些古早時代的事吧。』

「我就是為了找到速人才問的。」

『你想到什麼了？說說看吧。』

我交互望向乾涸的池塘和小土山。如果池塘的存在是用來掩飾另一個地洞，那個地洞是做什麼用的？

在太平洋戰爭時、在大家都認為簑石村不會有危險時，中杉先生獨自一人準備著避難。所謂的避難到底是什麼行動呢？

這兩件事一定有關。

我吞了口口水，問道：

「……中杉先生是不是挖了防空洞？」

簑石村不像是會遭到空襲的地方，所以村民們並沒有多做防備。當村民們全都懷著「不做防備工作就代表安全」的共識，中杉先生卻一個人做著避難準備，等於是在破壞秩序。這就像是有人想要開會討論如何防範土石崩塌，其他人就跳出來反對，說「這附近又不會發生土石崩塌」。發生火警時第一個逃走的人會被嘲笑，大概也是出自同樣的心理。至於戰爭這種特殊情況，要求全體一致的壓力想必還要更大。

可是中杉先生為防萬一，還是悄悄地挖了防空洞，大家發現以後一定會很反感吧。

課長在電話的另一端沉吟著。

『萬願寺，我還以為你的腦袋很死板呢。』

「課長。」

『哎呀，我也不知道詳情啦。但是你說的沒錯，聽說他自己悄悄挖防空洞的事被村民發現了。』

果然是這樣。

中杉先生想要瞞著大家挖防空洞，但簑石村是個小地方，在戶外挖防空洞很快就會被人發現。那麼，該挖哪裡呢……只能是屋內了。農具小屋看起來還很新，應該是戰後才蓋的，所以防空洞應該是在主屋裡面。

「防空洞有沒有通往屋外的路？」

『我都說了不知道詳情嘛。』

我聽到了嘆氣聲。

『……照理來說，防空洞應該要有通往屋外的地道。挖防空洞是預設房子會遭到轟炸，如果沒有通往屋外的路，不是會被斷瓦殘垣埋住嗎？』

「如果有出口，會在哪裡呢？」

『萬願寺，難道你覺得孩子從防空洞進了久保寺家？』

我立刻回答：

「是的。」

如果久保寺先生對速人說過防空洞的事，速人一定很感興趣，因為小孩都喜歡祕密通道。說不定久保寺先生也跟他說過出口的位置，又或許是速人自己找到的。

『這樣啊……那就難辦了。』

「怎麼了？」

『沒有，我只是在自言自語。我不知道防空洞的出口在哪，但我覺得出口應該在不容易被人看到的地方。』

課長只是以常理來推論，但這句話提醒了我。沒錯，中杉先生一定會把防空洞的出口設在隱密的地方。

這麼說來，一定是那裡。

「謝謝課長，我晚點再跟您聯絡。」

我馬上掛斷電話，拔腿就跑。

我繞到主屋後方，從山崖小心地爬下溪谷。雖然山崖挺高的，但坡度平緩，所以不會太危險。

好不容易降到河邊岩岸，我回頭望向剛才爬下的斜坡。如果久保寺家的地下有防空洞，想要設一個不容易被人發現的出口，最好的方法就是往橫向挖掘。朝著河流的方向挖過去，就能造出一條通往崖壁的通道。

如果坡道上有出口，從上面看不容易發現，從下面看應該會比較好找。我仔細凝視著山崖。

「……找到了。」

大約在久保寺家下方四、五公尺處，那裡覆蓋著雜草，但其中有個不太自然的凹陷。我手腳並用爬上坡道，發現凹洞裡有一扇和孩子一樣高的老舊門扉，而且門還稍微打開，看得到裡面是漆黑的隧道。我猜對了，我找到了。就是這裡，不會錯的。

「萬願寺先生！」

我聽見觀山的喊叫。我爬下來之前沒有先跟她說一聲。我也大喊：

「我在這裡！」

我繼續發出聲音引導觀山到山崖邊。她一看見我就露出愕然的表情。

「你在那裡做什麼啊?」

「立石太太怎麼說?」

「她說得先跟丈夫商量才能決定要不要報警。你到底在做什麼啊?」

我揮著手說。

「我找到祕密通道了,應該是通往久保寺家的。」

「咦!真的假的!」

觀山驚訝地喊道,接著像在溜滑梯一樣滑下坡道。她衝得太急了,我趕緊伸手抓住她的手腕。觀山不好意思地笑著,站穩了腳步,她一看見斜坡上的凹洞就露出不敢置信的表情。

「這是什麼?為什麼會有這種東西?」

「這是防空洞。」

「防空洞?怎麼回事?」

「我晚點再跟妳解釋。走吧。」

這地方看起來像是年久失修,門扉、門框、鉸鏈都腐爛了。門上沒有門把,但是用指尖輕輕勾住門扉就能打開。

西斜的陽光照進了隧道。裡面空間很寬,但天花板很低,我們兩人都得彎著身子才進得去。走了幾公尺,又碰到另一扇門,這扇門沒有明顯的損傷,可能是因為沒有受到日晒雨淋。門沒上鎖。觀山在後面問道：

「速人在這裡嗎？」

「我不知道。」

我很希望他在這裡。只要打開這扇門，就能知道答案了。

我拉開第二扇門。

天花板變得比較高，但我們還是無法站直身子。外面的光幾乎照不進來，我剛才一直待在盛夏的大太陽下，現在就算瞇起眼睛還是什麼都看不到，但我隱約覺得這裡不是隧道，而是一個房間。

我的身上當然沒有手電筒。我們兩人一起拿出手機，同時舉起，黯淡的光芒頓時照亮了四周。

這個地方空無一物，不過地板和牆壁都鋪了木板，看起來像是一個房間。西野課長和久保寺先生都說中杉先生是一個人做避難準備，但我覺得他並不是真的單獨一人，而是還有家人。這個房間給一個人避難實在太大了，看起來似乎有兩坪多。我真不敢相信這個空間是靠人力挖出來的，中杉先生一定是感到危機將近，才會這麼緊張吧。

「萬願寺先生，你看那個。」

觀山指著黑暗深處。我朝著她指的方向望去，黯淡的光芒照亮了那個角落，有大量書本凌亂地散落在地上，旁邊不知為何還有一支掃把。

「這是以前住戶的藏書嗎？」

「不……我覺得不是。妳看，那邊有梯子。」

滿地的書本之中有一條梯子延伸出來，想必是緊急避難用的。也就是說，梯子的上方就是主屋。

我小心避開書本，走到梯子旁邊，抬頭一看，有一條短短的垂直洞穴，頂端有一道很大的裂口，似乎是主屋的地板裂開了。光線從裂口照進來，塵埃在光線中飛揚。

「那麼這些書……」

我感覺到觀山在點頭。

「應該是久保寺先生的藏書。因為書太重，把地板壓垮了。」

防空洞的出入口想必就藏在地板底下，出口上方不能打地基補強地板，承重力一定比較差。對了，久保寺先生抱怨房子老舊時曾經提到地板下陷的問題，或許就是因為下面有個防空洞。

「真可憐……」

等到久保寺先生出差回來，發現藏書壓垮地板掉到防空洞時，會是怎樣的心情呢？我一想到個性溫和的久保寺先生會有多驚訝，就很想掩蓋這一切，讓這些資料繼續藏在地底。

「速人進到屋子裡了嗎？」

我喃喃說著，一隻腳踏上梯子。

就在此時，觀山尖聲叫道：

「萬願寺先生！你的腳邊！」

「嗯？」

我已經提起的腳停在半空中，然後慢慢放回地面。我望向腳下，書本下面好像壓著某種白色的東西，那東西細細長長的，大概有三、四根。

不，不對。

那是人的手指！

我們同時把手機朝向那堆書本。光芒一照亮書山，我就看到了。找到了，是孩子。是立石速人。速人被壓在書本底下，一動也不動。我嚇得渾身一涼，趕緊蹲下來，摸摸他的脖子。

起初我什麼都感覺不到。或許是按得太用力了。我做了一次深呼吸，吸到滿是霉味的空氣，接著再測一次他的頸動脈。

……在跳。還有脈搏。他還活著。

我想也不想就立刻喊道：

「觀山，聯絡立石太太！我來叫救護車！」

4

根據我的經驗，打給一一九之後，救護車要花四十分鐘才能到達簑石村，但這次路況似乎特別不順，總共花了五十分鐘，從特殊地點把速人搬出去又花了二十分鐘。

速人的頭部遭到重擊，但是沒有生命危險。至於會不會有後遺症，立石夫婦並沒有告訴我。

過了一段時間，立石善己先生來到了復甦課。他心中一定有無處發洩的怒氣，但從他的語氣中完全聽不出來，他只是用公事公辦的態度說：

「我兒子跑到危險的地方，他自己必須負責，我們當父母的沒有阻止他，所以我們也有責任……可是，送他去醫院要花兩個小時以上，這不是孩子或我們夫妻該負責的。雖然住在簑石村有很多好處，但我還是不想讓速人住在送醫要花兩小時以上的地方。謝謝你們。」

另一位當事者久保寺先生更是令人同情。當他得知自己的藏書壓垮地板、傷到了速人時，他一句話都說不出來，面對大批湧來採訪這件奇聞的媒體記者和電視工作人員，他同樣不發一語。久保寺先生的臉頰原本就不豐腴，如今更是大幅凹陷，那悽慘的模樣讓人看了就難過。

這件事只有一點值得欣慰，警方調查後發現地板不是被書本的重量壓垮的，而是速人找到防空洞後，為了進入主屋而拿起一旁的掃把往上戳地板，才會造成崩塌。

可是復甦課沒辦法把這項調查結果告訴久保寺先生，因為他已經離開簑石村，只留下了一張紙條：

『請原諒我不告而別，對不起。』

多年前中杉先生住過、後來住了久保寺先生的房子又變得空無一人了。被丟下的大量書本是要當成失物交給警方，還是要讓相信久保寺先生會再回來的復甦課暫時保管，還是要繼續留在無人的房子裡任其腐朽……西野課長至今還沒做出決定。

第四章 一

黑網

1

夏天的餘韻漸漸消散，風開始由涼轉冷。從高地俯瞰簑石村，眼下那片風景大半都是枯葉色，如果看得仔細點，會發現其中還混雜著嶄新車輛的白色，以及在路上玩耍的孩子身上穿的粉紅色。如果之前的居民全都不在了，這個地方還能叫作簑石嗎？地名不是應該和住在此地的人連結在一起的嗎？或許應該假設會有人提出這種意見。南袴市「I Turn協助推廣專案經歷了幾次不幸的事件，很多移居者因此離開了，但是只要還有人在，這片土地就還有活力。只要其他移居者能在簑石村落地生根，這項專案就能展開第二波招募活動。如果繼續有人遷入，或許遲早會有人提議更改地名。

到了那一天，我的工作一定又會增加吧。

「變得更熱鬧了呢。」

觀山用手遮著西晒的陽光，含笑說道。

觀山已經在市公所待了一年半，差不多該擺脫菜鳥的形象了，但她身上卻還帶有學生的氣息。今天也一樣，她身上穿著水藍色制服，但手上還套著綁馬尾用的髮圈，看起來像是戴著手鐲。我一想到她那不像公務員的裝飾可能會引來批評，就覺得心情沉重，但她可能正是因為親切得不像公務員，在移居者之中評價頗高。正如我們猜不到災禍從何而來，我們也同樣猜不到幸運從何而來。

「……好了，開始工作吧。」

不能只顧著眺望簑石村，我們的工作永遠都是堆積如山。

「喔～」

我們來到這片高地並不是為了眺望簑石村。在高地上，靠近山的地方有一道水泥牆，有移居者向我們詢問，會有那道水泥牆是不是因為發生過土石崩塌。

因為經歷了市鎮合併的繁複過程，簑石村的公共建設紀錄非常混亂。土木課說不知道資料放在哪裡，因為當時尚未檔案數位化，所以沒辦法迅速地找出來。我們決定先親自過來看看，結果一眼就看出這地方鐵定發生過崩塌。我用相機拍下了用十多公尺長的水泥牆圍繞的山坡。如果只是這點工程，應該很容易找到當時的負責人。

「好了，走吧。」

我對觀山說道，觀山拉長聲音回答「好～」，坐上公務車的副駕駛座。我也坐上駕駛座，正要發動引擎時，觀山說：

「真是標準的雜工呢。」

「新家後面有發生過崩塌的痕跡，當然會擔心啊。讓移居者放下擔憂也是我們的重要工作。」

「真是標準的場面話呢。萬願寺先生真成熟啊。」

「我是公務員嘛。」

「其實我也是。」

不想聽市民抱怨就別當公務員……我本來想說這句話，但又把話吞回去。處理申訴確實是公務員的工作，但是沒有一個公務員會喜歡這種工作。觀山只是個新人，當然更加不情願，我不該以前輩的身分教訓她，而是該以同事的立場憐憫她。

「不過這次的工作算是很輕鬆的了。」

「妳只是袖手旁觀吧。」

「我哪有袖手旁觀，只是從旁看顧。」

我忍不住要承認她真是伶牙俐齒。我可能是累了吧。觀山看到我癟著嘴的反應就微微一笑，不知道她是怎麼想的。

從高地下來的道路窄得只能容納一輛車經過，而且都是大轉彎，所以我沒有踩油門，而是一邊踩著煞車慢慢前進。

坡道下方約一百公尺左右的房子只有瀧山先生一個人住。請我們去高地調查的就是瀧山先生。他一定看到我們下山了，所以站在門庭前面等我們。

瀧山正治先生是札幌人，大學畢業後找工作找了一年才應徵進一間電器行，卻因為工作太累，沒多久就因為健康失調而離職。今年二十四歲，單身。他體型偏瘦，說話時有些畏縮，給人一種不太可靠的印象，但是看起來挺真誠的，應該是個值得信賴的人。

他站在門口等我們，想必是急著知道調查結果。我們一下車，瀧山先生就一臉愧疚地鞠躬說：

「不好意思，麻煩你們專程跑一趟。」

「不會啦，這是我們份內的工作。」

「情況如何？真的發生過崩塌嗎？」

想必是錯不了，但我沒辦法直接說出口。

瀧山先生看起來是個厚道的人，但他若是聽到「沒錯，那裡發生過崩塌」，恐怕還是會破口大罵「為什麼介紹這種房子給我！」，所以我得說得婉轉一點。

「只靠我們還不能認定，所以我拍下了現場的照片，我會再去向土木課詢問從前的工程紀錄。還有，這是防災課整理的災害潛勢地圖。」

我從公事包裡拿出的地圖上標示著紅藍各種顏色，不同的顏色代表不同的災害，顏色深淺代表危險的大小，整個簑石村都是粉紅色的。

「如這張地圖所示，附近一帶不算是特別危險的區域。」

「是嗎……那個，難道這不是說整個簑石村都有危險嗎？」

「不會啦，只要是河川和山地，不管有沒有實際的危險都是這種顏色。」

「喔……」

等到崩塌防範工程完成，災害潛勢地圖上的顏色就會改成藍色，但是因為預算問題，沒辦法一下子就做完南袴市的所有工程，並不是只有簑石村特別慢。

「我也會去跟防災課確認。還有什麼事的話，請隨時聯絡我們。」

「好的。辛苦你們了。」

看到瀧山先生深深鞠躬，我不禁有些罪惡感。我沒有欺騙瀧山先生，也不算完全誠實，但我能做的也只有這樣。開車離開時，我望向後照鏡，看到了瀧山先生拖著腳步走回家的模樣。觀山問道：

「瀧山先生能接受這種說法嗎？」

「應該不能吧。」

「我想也是。」

今天的工作只是在爭取時間，把瀧山先生可能指向我們的矛頭推給其他部門，但瀧山家後方發生過崩塌的事實是不會改變的。我還以為市公所委託處理租約的不動產公司已經把重要事項告訴瀧山先生了，但他似乎不知情。可能是因為他家和山崖還有一段距離，所以在法律上沒有告知的必要，但法律義務和生活的安心感是不能相提並論的。

「他只是現在很擔心，以後就會漸漸覺得『不會發生在我家』了。」

「如果只是心情的問題也就罷了，但若真的發生了崩塌……」

這真是不祥的猜測。

「……崩塌防範預算有限，而且人類也敵不過大自然。有些事是無可奈何的。」

如果真的發生那種事，南袴市 I Turn 協助推廣專案和復甦課想必也會一起被土石埋葬吧。

「對了。」觀山突然說道。「這條路沒錯嗎？」

我不禁咂舌。

進出簑石村的路只有一條，不過村子裡還是有很多錯綜複雜的路，因為分散各處的房子之間都有互相連接的小徑。都是我太在意瀧山先生的反應了，一不小心就開到另一條路。但是這條路很麻煩。我一邊踩油門，一邊祈禱不要發生什麼事。

結果我的祈禱並沒有成真。前方道路右邊那間民宅的後門猛然打開，有個女人衝了出來，張開雙手擋在路中間。我嘆了一口氣，遷怒地向觀山抱怨：「妳早點說嘛。」

觀山用細若蚊鳴的聲音回答：

「……對不起。」

這不是觀山害的，而是我自己的疏忽。車子一停下來，就是一陣夾七夾八的痛罵。

「又是你們！我都說過多少次了！你們不是真的那麼笨吧！」

這位是河崎由美子太太，我記得她是二十九歲，但她此時橫眉豎目、皺緊眉頭，看起來比實際年齡更大。

「對不起，因為我們在趕時間。」

「這條是公家道路，我不會叫你們不准走，那種話我怎麼可能說得出來？可是，我希望你們能多為別人著想一點，這件事有那麼難嗎？我只是要你們走那邊的路，而不是這條路。我自認已經退讓很多了，你們卻還是這麼沒有常識，講都講不聽。」

「真的非常抱歉。」

「我沒有要叫你道歉，可是呢，跟人家道歉的時候還坐在椅子上是不是太沒禮貌了？」

「是，妳說得對。」

我解開安全帶，準備下車，但她卻大吼著：

「不用了！你們快走吧！這件事我會告訴你們西野課長的！」

既然她開口叫我走，我就把安全帶重新繫上。河崎太太沒有從車子前面退開，我只能大幅轉動方向盤，慢慢踩下油門，後照鏡幾乎要撞上河崎太太，但她還是文風不動。如果後照鏡稍微碰到河崎太太，她恐怕會立刻叫警察來，又叫又跳地鬧到太陽下山，最後甚至鬧上法庭。我對自己的駕駛技術很有自信，不管走怎樣的窄路或山路我都沒怕過，此時卻緊張得直冒冷汗。

我好不容易才轉過去，從擋在路中央的河崎太太身邊經過。我在駕駛座上向她點頭致意，她只是傲然地睥睨著我，下巴沒有移動分毫。車子開過去時，她還刻意做出捏鼻子的動作。

觀山關上了副駕駛座的窗子，彷彿要避免聲音傳出去。她的訝異大過生氣，疑惑地問道：

「那是怎麼回事？」

「什麼怎麼回事？」

「為什麼不能走這條路？我從來沒聽說過。」

我往副駕駛座看了一眼，觀山的嘴角有一抹興致盎然的微笑。或許她自己沒注意到，能笑著應付市民謾罵對公務員來說可是上等的資質。

「我沒跟妳說過嗎？」

車子開上了從簑石村通往南袴市的唯一道路，這條路彎彎曲曲又陰暗，交通流量也很低。我看著柏油路上的裂痕，一邊說：

「河崎太太覺得車輛廢氣有毒，所以不希望有車子從他們家門前經過。」

「喔……」聽我漫不經心地說道，觀山也漫不經心地回答：「廢氣對人體確實沒有好處嘛。」

「是這樣沒錯啦。」

「她是不是有呼吸道疾病啊？」

我搖搖頭。

「沒聽說過有這種事……河崎太太說，因為汽油裡面含鉛，吸了廢氣會導致鉛中毒。」

「啊，我有聽過，用含鉛的杯子喝酒會毀滅國家。」

「妳在說什麼啊？」

「她好像緊張過頭了。是不是有什麼理由呢？」

南袴市面積廣大，但大眾交通不夠發達，所以必須自己開車。觀山自己也有一輛淺藍色的 **Lapin**，但她對車子似乎不太了解。

「汽油含鉛是很久以前的事，現在已經沒有了。」

「咦？是這樣嗎？」

「幾十年前就禁止在汽油裡添加鉛了，那時我都還沒出生，河崎太太當然也還沒出生，所以我才覺得奇怪，汽油會造成鉛中毒的事她是從哪裡聽來的？」

觀山歪著頭說：

「你可以去跟她講啊。」

唉，如果把民眾不知道的事告訴他們就能解決一切，當公務員會是多麼地輕鬆啊。

「我講過了。」

「那她怎麼說？」

「她說，只要不能保證所有汽油都不含鉛，就該認定汽油是含鉛的。」

「喔……」

車子轉過一個大彎道，觀山挺住身子避免隨著離心力甩動。過了彎曲路段，回到直路後，觀山一臉無趣地說：

「萬願寺先生，外星人已經來到地球了。」

雖然觀山有時不太正經，但她的腦袋確實轉得很快。

「因為不能保證地球上沒有任何外星人。」

「是啊。」

明明是在說笑，但我們兩人都沒有笑。

真是太累人了。

2

復甦課的日常業務之中包括家庭訪問。

我們要定期去移居者的家裡拜訪，看看他們是否有不便的地方。因為太常去會讓人覺得煩，所以訂為兩個月一次。等到移居者決定要定居以後，這項工作就沒必要了，但現在還是有這個需要，瀧山家的後山有發生過崩塌的痕跡也是我們在家庭訪問時得知的。

說是這樣說，但是就算問到移居者的情況，我們也不是事事都能解決，如果他們說路上有個洞，或是水門生鏽了沒辦法開關，我們只能回答「知道了，我們會紀錄下來」，能不能真的改善還得看明年的預算，所以我們工作實際上只是讓移居者發洩情緒。

九月過了一半，在天空出現魚鱗雲的某一天，我們又前往簑石村做家庭訪問。我在車子裡向觀山確認：

「今天也要去河崎家嗎？」

「是啊。」

移居者之中有不少愛抱怨的人，所以我們設定家庭訪問最多只能待一個小時。從中午開始，扣掉午餐時間，總共只能訪問三家。今天預定要訪問的是瀧山家、河崎家、上谷家。

觀山沉默了一下，等車子開出山路，看見簑石村時，她才喃喃地說：

「真討厭。」

我自認我的表情沒有透露出端倪，但新手同事的一句話卻讓我的心中出現了超過想像的動搖。

觀山來到復甦課以後一直表現得很開朗，開朗到像是沒有責任感，就算聽到移居者任性的要求或不講理的謾罵，她也能笑咪咪地應付過去。我很擔心她的態度反而會讓民眾更火大，不過到現在還沒發生過這種事。而且，我此時才發現，觀山那不屈不撓的開朗原來給了我這麼有力的支撐。

如今觀山也開始討厭應付移居者了。這樣實在不太好。我努力思索著該說什麼，好不容易才說出一句：

「河崎太太還算好的。」

這根本算不上安慰。

「是這樣沒錯啦。」

我往旁邊瞥去一眼，觀山正靠著車門望向窗外。外面是連綿的樹林。

「只要想辦法拖下去就好了，說不定以後會調到其他部門。」

「真是標準的真心話呢。萬願寺先生還真成熟。」

「我是公務員嘛。」

車子開出了樹林，陽光灑落。遠方的山林開始變色了，簑石村已經進入秋天。

考慮到動線規劃，我們第一個訪問的是上谷家。

上谷先生現在是單身，三十一歲，來到簑石村之前是在大阪賣參考書的推銷員，依照他自己的說法是「雖然工作很辛苦，卻看不到前途」，所以才辭職搬來簑石村。他說平時沒時間花錢，存了不少錢，短期之內還不需要擔心收入，他想要一邊種種菜，一邊試著把用來賺些零用錢的網頁設計工作發展成正職……他是這麼說的。

現在上谷先生住的是一棟紅色屋頂的兩層樓建築，在大房子居多的簑石村裡，上谷家卻像是硬擠進一塊狹小土地的小房子。這間房子是入贅的女婿蓋的，我大概是知道這件事，才會覺得這狹小的房子有種寄人籬下的感覺。

不過，說這房子狹小是和簑石村其他民宅相比，用一般角度來看，這房子還挺大的。雖然建築物本身不大，但前庭寬廣得足以停放一輛公車，上谷先生只有一個人住，對他來說算是綽綽有餘了。

我停好了車。觀山下車之後就仰望著豎立在前庭角落的某樣東西。

「萬願寺先生，這個東西是以前就有的嗎？」

那是個白色的碟型天線，比衛星電視的天線還要大一圈，以手工打造的鐵管架得高高的。

「是啊，妳沒注意到嗎？」

「唔……難道上一次我沒來嗎？如果來過應該會發現啊。」

這麼一說，或許真是這樣。我的確經常獨自一人去做家庭訪問。

「這是什麼東西啊？」

觀山摸著鐵架問道。

「這是業餘無線電的天線。」

上谷先生的碟型天線直徑大約有一點五公尺，天線是買來的，但我聽說這是上谷先生自己架設的。我連電視的收訊設定都不太會弄，所以這東西看在我眼中就像魔法一樣神奇。

一旁突然傳來聲音。

「你好，萬願寺先生，你們是來做定期訪問的吧。」

是上谷先生。他正站在門口。因為我們停了車之後遲遲沒進去，所以他親自出來迎接我們。

上谷景都先生的體型有些豐滿，感覺不像是重視打扮的人。他在面試時穿的是西裝，但今天穿的是很舊的灰色運動服，不過他至少把鬍子剃得乾乾淨淨，頭髮長度適中，不至於到邋遢的地步。他臉色紅潤，看起來很有精神，但他今天卻顯得悶悶不樂。

「啊，你好，很久沒來問候了。這位是我的同事觀山，以前應該向你介紹過吧。」

「是的，我們見過一次。」

觀山回過頭來，簡單打過招呼之後就指著天線說：

「這東西真壯觀耶。」

我還以為上谷先生聽到自己的興趣受稱讚會很開心，但他的臉色還是一樣黯淡。

「的確是……好了，請先進屋吧。」

情況不太對。

上谷先生是一個人住，但房子收拾得很乾淨，東西雖然多，卻整理得井然有序。鋪榻榻米的房間挺寬敞的，我估計大約有五坪大。

「不好意思，我還沒去買坐墊，下次我會先準備好的。」

他一臉愧疚地向我們道歉。我回答「不用在意」，直接坐在榻榻米上，觀山也輕輕地跪坐下來，她的坐姿真的很端正。

上谷先生走進廚房，拿了三杯麥茶回來。三人在一張小矮桌旁各自坐定。

「最近過得怎麼樣啊？」

我先從簡單的寒暄開始。上谷先生含糊地笑著說：

「差不多都習慣了。」

「那真是太好了。買東西會很不方便嗎？」

「還好啦。」

我們各自端起麥茶來喝。我本來想先閒聊一下，製造出輕鬆的氣氛，但觀山連杯子都沒碰，就單刀直入地問道：

「那天線怎麼了呢？」

她突然進入主題，上谷先生反而有些手足無措。

「喔喔……妳說那件事啊。」

上谷先生慢慢把杯子放回桌上，開始說起：

「我以前跟萬願寺先生提過，那是無線電的天線。我之前沒說過，我會想要搬來這裡是因為附近沒有太高的建築物，收訊應該會很暢通……雖然以前發生過不少麻煩，但我如今覺得，無線電才是我生活的意義。」

這時上谷先生嘆了一口氣。

「我自己也很清楚，這個興趣是很難受人認同的。」

「也不至於吧。」

「我說的是一般人的看法，雖說無線電在這時代還被稱為高級興趣。我不是覺得沮喪，而是……」

他似乎有些事情難以啟齒。等了好一會兒，明明沒有被人偷聽的疑慮，上谷先生卻壓低聲音說：

「有人跑來跟我抗議。」

「抗議？」

「對方說這個天線很大，好像會放射出強烈的電波，對人體很不好，叫我快點拆掉……」

上谷先生的表情變得越來越憂鬱，姿態也越來越畏縮。

「事實不是這樣的。要說會不會發出電波，那當然是會的，可是並不會傷害人體，要不然手機什麼的都不能用了嘛，而且天線大部分時間是關閉的，發出的電波不會比日用品更多。那個……你們可以理解嗎？」

我想，無線電這種興趣不是一開始就被大家排斥，而是一而再、再而三地不被別人理解才會變成這樣。上谷先生臉上討好的笑容彷彿也透露了這樣的經驗。我可以理解，我也很同情他，但是身為公務員，我只能這樣回答：

「不過，有人感到不舒服是事實啊。」

上谷先生沒有感到意外，而是一副「果然是這樣」、「原來你們也一樣」的表情。

「是這樣沒錯啦。」

「如果又有什麼事，請隨時告訴我們，我們什麼事都可以陪你商量。」

其實我也知道跟我們商量一點用處都沒有，真的有什麼事的話，那也是警察該處理的，我們復甦課什麼都做不了。我不禁懷疑自己到底在做什麼。

觀山在一旁問道：

「那個，來抗議的人是誰啊？」

「這個嘛……如果對方知道我向市公所職員打小報告，說不定事情會變得更嚴重。」

「那我換個問題好了。你跟對方說了無線電跟手機差不多、天線平時是關閉的，對方有什麼反應？」

上谷先生皺起眉頭，彷彿想起了當時的情況。

「對方說，只要我不能保證天線絕對安全，那就是有危險，當然要拆掉……」

我和觀山面面相覷。

光是一個眼神，我們就知道對方在想什麼。我們想的是「果然是她」。

不遠處就是河崎家。

該說的都說完了，我說些無謂的安慰之詞就離開了上谷家，前往第二家。

「要先去哪一家？」

「瀧山家，我已經跟他約好了。」

「今天是平日，他白天會在家嗎？他做的是什麼工作？」

「妳先讀一下資料嘛。瀧山先生正在養病。他有圖書館館員的證照，他說希望以後能好好活用這個證照……」

我說得有些遲疑。

「有什麼問題嗎？」

「這個……我們市內的所有圖書館館員都是非正規的，所以職缺很少，工作很辛苦，薪水也很低。」

「那根本行不通嘛。」

「確實行不通。」

本市的預算真的太低了。

天空看似快要下雨，瀧山先生卻在庭院裡給花澆水。那只是用水泥磚圍著土壤做成的簡單花圃，裡面開滿三色堇。瀧山先生好像瘦了一點。我對他說道：

「你好。」

他虛弱地笑著說：

「喔喔，你好……辛苦了，請進吧。」

我們走過軋軋作響的走廊，進入客廳。

我來過這棟房子幾次，總覺得灰塵好像越來越多，紙門、紙窗、電話桌好像變得比以前髒，但我無法具體指出是哪裡髒。可能是因為他正在療養，又是一個人住，所以沒有太多心思打掃吧。瀧山先生沒準備茶水，但準備了三張坐墊。

「打擾了你真是不好意思。」

瀧山先生一聽就搖頭說：

「不會，我也沒打算做什麼事。」

幾句話交談下來，我就明白了。雖然只是無關緊要的閒聊，但瀧山先生顯然和平時不太一樣。移居者之中多半是個性強硬的人，瀧山先生是少數比較沉穩的類型。我並非特別對他偏心，但是只要能讓他平靜地生活，他有什麼問題我都會盡量幫忙。我維持著溫和的微笑試探地說：

「對了，你最近有沒有什麼困擾的事？不管是什麼事情，我都會盡力幫忙，請千萬不要客氣。」

「喔……」

瀧山先生抓著頭沉吟，過了一會兒，他才下定決心。

「那我就直說吧。」

他以這句話做為開頭。

「其實最近有鄰居邀請我去吃晚餐。」

觀山笑著說：

「這樣不是很好嗎？」

「是這樣的，他們家有夫妻二人，邀請我的是太太，她說我一個人住，可能沒辦法吃到像樣的料理。事實確實是如此，我完全不會煮飯，附近也沒有超市或便利商店，我多半靠著家裡囤積的泡麵來解決三餐，這樣真的很不健康。但是……」

我忍不住插嘴：

「我明白，去不熟的人家裡吃飯確實不太自在。」

「是的。如果只是這樣倒是沒什麼。」

瀧山先生又開始猶豫，然後他用更小的音量說：

「那個……這件事請不要告訴別人。」

觀山挺起胸膛說：

「這是當然的。」

瀧山先生盯著觀山好一陣子，嘆了一口氣，說道：

「那位太太每次邀請我去吃飯，都是先生不在家的時候。」

可以的話，我真想像外國影集一樣仰天長嘆「噢……」。

「我覺得應該不會發生什麼事，但還是不太放心。我已經找了很多理由拒絕她，但她最近邀請得更勤快，甚至直接送烤魚來給我。雖然是人家送的，但那烤魚焦得跟木炭一樣，我實在不想吃，結果她就批評我辜負了別人的好意，很沒有常識……真是快把我逼瘋了。萬願寺先生，難道這是我的問題嗎？」

我說不出話來。

我有點想問那個人是誰，但我隨便猜也猜得到。瀧山先生說那人是鄰居，簑石村大得很，每戶人家都離得很遠，稱得上鄰居的只有少數幾家，至於夫婦同住而先生常因工作很晚回家的只有一戶……那就是河崎家。

我很想照本宣科地說，復甦課不能干涉移居者之間的交際自由。這確實是個大問題，瀧山先生也真的為此而煩惱，但我實在是愛莫能助。從事行政工作以來，我一再深刻體認到所有問題都是來自人際關係，而且身為市公所職員根本無力介入市民的人際關係，無力到可悲的程度。

「那個……請你振作起來。」

我只能說出這種無濟於事的廢話。

「啊啊，已經這麼晚了，真是抱歉，我們還要去拜訪下一家，得先告辭了。我明白你的情況了，我會省略細節、婉轉地跟上司商量看看。再會，瀧山先生，有任何事情請隨時聯絡我們。」

然後我就拉著觀山逃命似地離開。

觀山在荒田旁走著，一邊甩動著雙手。涼風迎面而來，感覺有些冷。秋意越來越深了。

「真頭痛耶。」

聽到觀山這麼說，我也用力地點頭。

「確實很頭痛。」

不用說，我們指的當然是河崎太太。如果開車過去，她一定又會鬧得天翻地覆，所以我把車子停在遠方的路肩。我本來打算暫時把車留在瀧山家，但是才剛聽到那種事，我只能放棄這個想法。

我不是故意要拖延，但還是慢慢地走著。一隻蜻蜓從我的面前飛過。

「……河崎太太的先生是做什麼的啊？」

「計程車司機。」

「喔喔，所以才會常常在晚上工作啊。」

河崎太太的先生名叫一典，比太太大六歲。一典先生用簡單的一句話來形容就是個好人，如果要用兩句話來形容，那就是人雖好，但個性太軟弱了。他體型矮小，走路時彎腰駝背，臉上總是掛著愧疚的笑容，他的低姿態已經不能說是謙虛了，我跟他見面沒有一次聽不到「對不起」的。但是他並不會讓人感到不愉快，我覺得他上了年紀以後應該會是個慈祥的爺爺。

因為他太太給人的印象太強烈了，所以我很少想到他這個人。

「河崎太太那麼討厭汽車，先生卻是計程車司機，感覺真奇怪。」

「她應該有自己的一套擇偶標準吧，再說計程車用的不是汽油，而是液化石油氣。」

我們逐漸走近河崎家。

說不定太太不在，只有先生在家。如果是這樣，想必會是一次順利又圓滿的家庭訪問……雖然我這麼想，但大門一打開，走出來的是河崎太太。看來事情不會那麼順利。

「妳好。」

我面帶微笑說道。

「妳正要出門嗎？」

河崎太太原本面無表情，但馬上就皺起眉頭。

「你在說什麼啊？我當然是在等你們。」

「等我們？那真是失禮了。」

「好了，快進來吧，會被別人看到的。」

我走在打掃得一塵不染的走廊上，心中充滿了疑惑。

第一，她說她是在等我們，那為什麼要走到門外？

第二，她出來迎接我們的時機也太剛好了，難道她一直在監視著我們的一舉一動？

第三，市公所職員被別人看到會有什麼問題嗎？

我想了很久才想到了一個結論，或許是因為復甦課的人是不請自來的客人，她不希望鄰居知道家庭訪問的事，為了讓我們快點進來才一直等著我們。既然如此，我最好還是不要想太多。

河崎家的客廳充滿了上谷家和瀧山家所缺乏的生活感，牆邊的桌上擺著相框和花瓶，往窗外看出去可以看到晒衣桿和衣架，看來一人獨居或兩人生活的氣氛確實大不相同。河崎太太說在等我們應該是真的，客廳的桌上已經備有白色茶壺和白色馬克杯。河崎太太坐在白色木椅上，拿起茶壺幫我們倒茶。

「這是洛神花茶，對健康很有益。」

「這樣啊。謝謝。」

「喝過這種茶就不會想再喝咖啡了。」

虧我還誠心致謝，幹麼又補上這一句？我可是很愛喝咖啡的。

河崎太太把杯子遞過來，我立刻聞到一股微酸的花香味。我還來不及拿起來喝，河崎太太就立刻說：

「請快點拆掉附近那個白色天線。」

真是太突然了。

「白色天線？」

我本來還打算裝傻。

「別裝傻了。」

她一下子就看穿了。河崎太太果然一直在監視我們。

「你們剛才去拜訪隔壁家的時候，不是看到那個天線了嗎？那東西正對著我家耶，太可怕了，真希望儘快拆掉。」

我該從哪裡開始解釋才好呢？河崎太太的眼神認真到嚇人，看來是沒辦法用玩笑話打發過去。用科學角度向她解釋鐵定是行不通的，畢竟我的科學知識沒有豐富到可以向她詳細說明，就算我能說明得很詳細，河崎太太也聽不進去，上谷先生已經證實過這一點了。

既然如此，只能採取迂迴戰術。

「我很了解妳的心情，但上谷先生裝設天線並沒有違法，就算我們是市公所職員，也不能隨便拆除沒有違法的東西……不對，就算是違法的東西，我們也不能隨意破壞市民的所有物，所以這件事請恕我們無法照辦。若是上谷先生做了違反電波法的事，妳就可以去檢舉他，要求他停止天線運作，改成適當的使用方式。」

扯到處理程序似乎挺有效的。河崎太太露出了疑惑的表情。

「也就是說……只要上谷先生被警察逮捕，就可以拆掉那個天線嗎？」

「不是的。就算是那樣，頂多只能要求他把天線的電波調弱一點。」

我感覺河崎太太的臉色似乎一下子變得煞白。她的雙手依然捧著茶杯，哇的一聲趴在桌上。

「為什麼，為什麼會這樣！我只是想要在大自然中好好地生活，所以才搬來這裡。我就是為了遠離那些可怕的東西才來這裡的！誰知道隔壁竟然住了那種人！這是詐欺！我被騙了！」

然後她抬起頭來，指著我說：

「你不是說過復甦課是移居者的夥伴，無論有什麼事都會盡力協助嗎！那你就協助啊！快給我想個辦法啊！」

這下麻煩了。我制止似地張開雙手說：

「哎呀，河崎太太，請妳冷靜一點。」

我說的根本是廢話，如果叫人家冷靜人家就會冷靜，就用不著這麼辛苦了。觀山也慌張地說：

「會被人看見的。」

這種時候河崎太太怎麼可能還會在意被別人看見……我原本是這麼想的，沒想到河崎太太聽到觀山這句話還真的停止了大呼小叫，用警戒的眼神望向窗外，剛才的哀號彷彿沒發生過一樣。開著窗簾的落地窗外只看得見簑石村的秋意。

「……也是。就算叫你們去拆，你們也辦不到。」
雖然我對她的說詞頗有微詞，但她至少認同了復甦課沒辦法拆除天線這件事。
「雖然沒辦法拆掉，但我們還是會去跟上谷先生商量看看有沒有其他的解決方法。用某種遮蔽物擋在那個天線和你們家之間應該不難，說不定還可以叫上谷先生把天線移到他家後方。」
我覺得自己已經盡量讓步了，但河崎太太卻嗤之以鼻。
「那樣只是看不見而已，事情根本沒有解決嘛。看不到反而更令人害怕。」
「不是吧，天線換個方向，電波量就會差很多了。」
「你敢保證嗎？」
我當然敢保證，但我覺得保證了也沒用。
我們兩人大眼瞪小眼。應該說，只有她在瞪我。現在該怎麼辦呢？乾脆丟下一句「我辭職好了」直接走人如何？我正在這麼想，河崎太太垂下眼簾，深深地嘆了一口氣。
「你們一定覺得我是個怪人吧。」
啊……
「不會啦，我們不會這麼想的。」
「沒關係，我明白。可是請你們聽我說。」
河崎太太雙手撫摸著茶杯，開始說明：

「我小時候並沒有這麼怕人工產物，顏色繽紛到嚇人的點心我也可以吃得很開心，現在想起來還真是膽戰心驚……

我開始改變想法是在國中的時候，那時我的外婆和爺爺相繼病死，死因分別是腦中風和心肌梗塞，他們兩人都還沒有老到那種地步，卻說走就走了。昨天還很有精神的人，今天就變成了慘白的死屍。我聽說他們是因為吃得太鹹和太油，真的很恐怖。我很害怕，平時如果不注意飲食，說不定明天就會突然死掉，可是我爸爸卻笑我想太多。

我也試著說服過自己，或許爸爸說得沒錯，真的是我想太多了，可是我高中的時候，爸爸卻得了肺氣腫。現在回想起來，大概是因為他工作的地方有很多粉塵吧。發現得病的時候，他的生命已經剩不到五年了，我和媽媽都很驚慌……在那之後我就非常在意身邊的環境，任何對健康有害的東西我都敬而遠之。」

我的腦海裡浮現出幾個念頭。

家人早逝確實令人同情，她可能也因此吃了很多苦頭。

可是，排斥人工產物是另一回事。第一，她自己也說了，親戚得了腦中風和心肌梗塞是因為吃得太鹹和太油。第二，這點更重要，並不是每個幼年喪親的人都會要求拆掉業餘無線電的天線。那些不幸事件和河崎太太要求復甦課去做的事看起來好像有關，其實根本無關……說是這樣說，如果我這樣告訴她，她一定又會暴跳如雷。中肯的反駁是最令人生氣的。我現在最好不要多嘴。

可是觀山並沒有保持沉默。

「原來是這樣。的確有很多東西會損害健康，我也聽說過食物燒焦會產生致癌物這種事。」

哎呀，別說了。

河崎太太一臉愕然地問道：

「燒焦？」

「啊，不過燒焦的食物應該不算人工產物吧。不好意思。」

觀山這麼一說，河崎太太就搖搖頭。

「不對，不對。燒焦食物是人使用火加工製造出來的，雖然是天然的東西，還是對健康有害。真是可怕。」

如果是被自然發生的火災烤焦的呢……

河崎太太又堅決地說：

「總而言之，關於上谷先生的天線，請你們一定要想辦法處理。我不會強人所難，只要稍微拆一下就可以了。只要跟上谷先生好好談過，他應該會接受吧。」

我已經說過不能隨便破壞人家的私有財產，河崎太太應該也明白，但她還是繼續鬼打牆。我不想一直在這件事上糾結，可是現在如果隨便敷衍她，將來絕對會更麻煩。

「不行啦，我已經說過了……」

同樣的事情到底要我解釋多少次啊？我們就是知道會這樣，才限制家庭訪問要在一個小時之內，但是我們如果現在走了，說不定河崎太太會以為復甦課同意拆除天線。我辦公室裡還有很多工作等待處理，可是眼下看來還走不掉。

牆上時鐘的指針無情地繼續走著。

3

有移居者提議舉辦秋日祭典。

名義上是「為了慶祝新簑石村的誕生，並且有助於居民之間的交流」。復甦課也受到了邀請，基於西野課長的判斷，我們決定出席。

提議舉辦祭典的是長塚先生。在簑石村這種小地方，權力慾是藏不住的。長塚先生無論在任何集會上都想要掌握主導權，提議辦活動也不是第一次了，如果南袴市 I Turn 協助推廣專案上了軌道，今後人口逐漸增加，他說不定會把簑石村當成票倉去競選市議員。

相較於把政治當成正職的市議員之中的某些人，長塚先生這種主動又熱心的態度確實非常可取，這次他也幾乎包辦了所有雜務，諸如調配帳棚、桌椅、烤網、木炭、炭爐、食材等。雖然他自己渴望成為領導者，但是看他幹練的辦事能力，反而像是誰都差遣得來的好人才。

要說長塚先生有哪裡想得不夠周全，那就是他錯估了簑石村的氣候吧。秋日祭典是在十月中旬舉行，但簑石村位於高地的山林之間，十月初天氣就已經轉涼了，可以想見再過兩週以後會變得多冷。

結果正如我們所料。

秋日祭典當天早上，天氣預報說南袴市正午的氣溫只有十二度，海拔較高的簑石村鐵定會更冷。

「穿防風夾克夠暖嗎？」

開始上班一個小時，觀山看著時鐘喃喃說道。南袴市公所提供了各種外套讓職員可以穿出去參加活動，也就是所謂的制服外套，但是防寒外套的種類不知為何特別少，目前只有防風夾克這一個選項。真的很冷的時候，我們只能穿便服外套了。

「誰知道呢，裡面最好還是穿厚一點吧。」

「我也這麼想。可是如果裡面穿得很厚，熱的時候又沒辦法脫……」

西野課長嚴肅地板著臉說：

「和移居者交流也是重要的工作，如果去參加祭典卻得了感冒就麻煩了。你們自己要多注意一點。」

課長從開始上班就只是在喝咖啡、抽菸、看報，現在又喝起了咖啡。我慎重地再次跟他確認：
「課長不參加嗎？」
「喔，我有其他事要做，所以就不去了。」
我知道。我也知道他其實沒有其他要務，只是因為不想去所以就不去了。
觀山面帶微笑地敷衍聽完課長的訓話，然後問道：
「是從五點開始嗎？」
「開始時間……是五點沒錯。」
「那四點出發還來得及。」
胡說什麼啊。
「一過中午就要出發，午餐最好吃快一點。」
「咦？為什麼？」
「雖然我們是受邀的客人，但妳以為我們可以不幫忙準備、只顧著吃嗎？看是要架帳棚，還是要搬運食材或生火，需要幫忙的事情多得是。如果一大早就去會讓對方臉上不好看，但我們還是得提早到。」
觀山用戲劇般的動作仰天長嘆。
「唉！我還以為至少這一天可以好好地當個客人呢！」
很遺憾，穿著市公所的制服外套是不可能只當個客人的，無論在世上的哪個角落都一樣。

長塚先生的調派能力確實優秀，秋日祭典的準備工作進行得非常流暢。因老朽而關閉的公民館前庭架起了帳棚，周圍搬來桌子、擺好炭爐和木炭。現場還準備了小瓦斯爐。我還以為他們要煮火鍋，但觀山告訴我：

「這是要用來蒸菜的。」

還真是講究呢……我還真沒聽過在室外做蒸菜。我本來還不太相信，可是沒過多久就看見一位移居者搬來了大蒸籠。

「竟然還特地買了這種東西。」

觀山聽到就冷冷地看了我一眼。

「當然是租來的啊，有店家專門在出租這種器具。」

「真的嗎？」

「萬願寺先生，你有時還挺缺乏常識的耶。」

「因為我是公務員嘛。」

「請你收回這句話，並且向全國的公務員道歉，尤其是我。」

「好了啦，快去做事吧。」

移居者們各自做著自己負責的準備工作。我看見穿著藍色運動服的上谷先生用雙手抱著一個大籮筐，走得有些踉蹌，可能是籮筐太大讓他看不見腳下，真危險。我趕緊跑過去幫他扛。

「我們一起搬吧。」

上谷先生粲然一笑。他的額頭都是汗水。

「謝啦。其實不會很重啦。」

我們兩人橫著走。上谷先生說得沒錯，確實很輕。籮筐裡面裝的是各種香菇，有大的，有小的，有傘狀的，還有沾著泥土的。

「這是香菇啊？」

我問了一句廢話。

「是啊。」

「還真多呢。」

「只是體積比較大。我好像摘得太多了。」

聽到這句話，我訝異地看著他說：

「這是你自己去摘的？」

「嗯，是啊。你別看我這樣，我還挺會摘香菇和山菜的。」

我忍不住直勾勾地盯著他豐腴的臉龐。

「看起來不像嗎？」

「不是啦……」

他哈哈大笑。

「因為我平時都在當火腿族……我是說業餘無線電玩家。我的老家就在山邊，我現在每到適當的季節還是會回去。」

接著他放低音量，一臉開心地說：

「到了春天你再來一趟吧，我可以請你吃香菇。附近一帶應該也摘得到。」

我很久沒有像這樣真摯地回答了。

「真好，我很期待。」

我們把香菇分送到各個帳棚中。在其中一座帳棚裡，瀧山先生正在賣力地點著瓦斯爐。他的臉都快要貼在爐子上了，我看了都覺得危險。

「點不著嗎？」

我這麼一問，瀧山先生就轉過頭來，不好意思地笑了。

「嗯，我明明當過電器行的店員，卻連爐子都點不起來，真是太丟臉了。」

「沒辦法，瓦斯爐不是電器嘛。」

瀧山先生搖搖頭說：

「我們店裡也有賣瓦斯爐。」

虧我還幫他找臺階下，他卻自己一腳踢開。

試了兩三次以後，才發現點火器的火花太弱。可能是電池快沒電了。

「我家有電池，我回去拿吧。」

瀧山先生一說完就跑走了。我看著他離去的背影，不知何時來到我身旁的觀山說：

「跑得真快，不愧是年輕人。」

大學剛畢業不久的觀山說出這種話還真令人火大。

瀧山先生跑走的同時，有兩人和他擦身而過，走向秋日祭典的會場。觀山立刻移開視線。

「來了喔。」

那兩人的距離還很遠，我看不清楚他們是誰，但是觀山的態度已經讓我猜到了，那兩人八成就是河崎夫婦。因為河崎太太很堅持自己的生活原則，我本來還以為她不會參加這種活動。

我和河崎先生四目交會，他就突然朝我們跑來。來到我面前以後，他先調勻呼吸，拿下帽子，然後才對我深深一鞠躬。

「你好，萬願寺先生，好久不見。我後來都沒什麼機會去跟你打招呼，真是太失禮了。」

我早就知道他是這種個性，但我們已經好一陣子沒見了，難免有些不習慣。

河崎一典先生是計程車司機，比妻子大六歲，今年三十五歲，但是他的相貌和舉止看起來都很老氣橫秋，令我不禁懷疑文件上登記的年齡有誤。他矮小的身軀總是畏畏縮縮的，看起來很不乾脆，如果和他當同事一定會很受不了。但是以復甦課職員的角度來看，我很喜歡一典先生，至少他不會把我們當成下人一樣頤指氣使。

一典先生回頭確認妻子由美子還在後面慢慢走，又朝我鞠躬了一次。

「我太太好像經常給你們添麻煩哪。我也跟她說過，不要讓人家太困擾，但她根本不聽我的。真的很抱歉。」

「不會啦，沒什麼好麻煩的。是吧？」

我望向觀山，她卻用一種「少胡說了」的批判眼神看著我。幹麼擺出這種表情？我總不能跟他說「是的，你太太讓我們很頭痛，請你嚴厲地教訓她一番」。

但是我有一件事非得向他確認不可。

「呃，你太太今天沒問題嗎？」

「喔，她很好啊。」

「不是啦，是那個……」

我望向帳棚，裡面逐一擺出了炭爐、蒸籠、裝滿了肉、蔬菜和香菇的竹篩。我壓低聲音說：

「因為今天是促進居民交流的場合……」

「……喔喔。」

我只說了這麼一句，一典先生就明白了。

「你是想問她的老毛病會不會發作，又開始抱怨這個不好那個不行，搞得氣氛很僵，是不是？」

「我沒有說得那麼嚴重啦。」

雖然沒有說得那麼嚴重，但我確實很想這樣說。我真心希望這次的秋日祭典可以融洽安詳又和平地結束。移居者之中也不是每個人都能容忍由美子太太像平時那樣為所欲為的。

一典先生的臉上擠出了笑容。

「這件事請你不用擔心。」

「喔……」

「我太太在人多的地方會比較收斂。她絕對不吃別人給她的東西，可能多少會讓氣氛變差，但她至少不會直接跟人起衝突。這一點我可以保證。」

意思是別人幫她倒酒她也不會喝嗎？有些人確實很介意這種事，但也不至於鬧出大麻煩。不過，請恕我冒犯，我不太確定一典先生的保證有多可信。

我不能表現出心中的懷疑，還是得笑著說：

「那我就放心了。」

姍姍來遲的由美子太太不知是否發覺我們在說悄悄話，眉頭皺了起來，但她什麼都沒說，只是默默地點了個頭。

到了下午五點，風漸漸地變冷了，瓦斯爐和炭爐也變得更吸引人了。會場裡不知何時出現了一個用倒過來的啤酒箱做成的臨時演講臺。

我數了一下廣場上的人數，發現幾乎所有移居者都來了。這些人之中有半數都不算是很隨和的人，所以這樣的出席率已經很高了，想必是因為長塚先生的人望，或是因為事前準備做得很徹底。我看到現場開始倒飲料準備乾杯，也主動跑去幫忙，用托盤端著裝在紙杯裡的啤酒和烏龍茶分送給各人。

長塚先生拿著擴音器走出來。他今年五十四歲，特徵是炯炯有神的眼神，看起來活力十足，他不是個平凡人，但也不像是大人物。我對他的第一印象是「喜歡大談輝煌往事的中小企業老闆」，這種印象直到現在都沒改變。長塚先生朝大家一鞠躬，站上看起來不太穩的啤酒箱，但他站得四平八穩，然後把擴音器拿到嘴前。

「喂～喂～」

擴音器發出回授的尖銳噪音，有幾個人摀住了耳朵。長塚先生不以為意地調整了擴音器，然後用力咳了一聲，開始說道：

「嗯，各位鄉親，今天簑石村舉辦了秋日祭典，我長塚昭夫想要藉此機會向大家打聲招呼。我們這些簑石村的新居民原本各自過著截然不同的人生，如今卻能像這樣聚集在一起過生活、互相交流，人家都說十年修得同船渡，所以我們真的是很有緣呢。要打造出一個新的村莊，等於是在建設新世界，第一步當然很重要，而我長塚昭夫提議的這場秋日祭典如果能為這重要的第一步帶來一些幫助，那真是我無上的喜悅。接下來……」

我猜長塚先生應該還想說下去，但他環視眾人一圈，發現大家都懶得聽他長篇大論，就迅速地做了結尾。

「接下來，請大家一起舉杯慶祝吧。那麼……願簑石村今後發展蓬勃，乾杯！」

眾人跟著喊「乾杯」的聲音比我想像得更開朗、更響亮。

我們的工作總算有一些成果了。我無法否認自己有這樣的想法。我的手上還端著托盤，沒辦法一起乾杯，但我又想到這樣才像市公所職員，不禁莞爾。

廣場的四張桌子各自圍了一些人，比較心急的人已經開始吃肉了。

「萬願寺先生，快來快來。」

觀山揮手叫著我。圍繞在那一桌的有河崎夫婦、上谷先生、瀧山先生，再加上觀山總共有五人。一張桌子六個人似乎太擠了，但我還是過去跟大家說說話。

「謝謝你，辛苦了。」

瀧山先生笑著說。他正拿著夾子站在炭爐前，爐子上烤著兩根很粗的香腸、洋蔥、青椒、高麗菜，還有上谷先生摘來的香菇。

「請等一下，很快就能吃了。」

可能是火太小了，每樣看起來都還很生。瀧山先生頻頻翻動烤網上的食物。雖說只是烤個東西，但我覺得移居者在做事而自己光是站在一旁看著好像很奇怪。

「我來烤吧。」

聽我這麼一說，瀧山卻搖頭回答：

「沒關係啦，這個還挺好玩的。」

瓦斯爐和蒸籠是河崎一典先生負責的。看來熱水已經煮開了，竹蒸籠的蓋子縫隙冒出縷縷白煙。

「裡面放的是什麼？」

他愉快地回答：

「有很多東西啊。什麼都有。」

「喔喔。」

然後我又問了一次。

「有哪些東西啊？」

「這個嘛，有花椰菜、蘆筍，還有燒賣。啊，還要很久才會好啦。」

雖然一典先生說還要很久，但他一直拿著長筷子守在蒸籠前，說話的時候還一邊夾著筷子發出聲響，真是個稱職的廚師。

「想喝什麼飲料?」

上谷先生在一旁問道。我本來想回答啤酒,但這樣可不行,我是開車來簑石村的。

「我要烏龍茶,麻煩你了。」

「來,給你。」

上谷先生從排放在桌上的紙杯裡拿起一個遞給我,然後幫我倒烏龍茶。我也想幫他倒,但他已經有一杯飲料了。

不知道是因為炭爐的熱度,還是因為身體已經適應,我並不覺得冷。也幸好今晚沒起風。隔壁桌傳來了笑聲。他們可能都不認識彼此,還是可以圍繞著桌子談笑風生。

突然間,有隻手按在我的肩膀上。

「真不錯。」

是觀山。她拿著一個紙杯,我聞到了裡面的味道。

「我覺得不太可能啦,但還是多嘴問一句,這是什麼飲料?」

「嗯?是啤酒啊。」

她怎能回答得這麼理所當然啊?的確啦,回去時也是我負責開車,但是就算不用擔心酒駕的問題,我們還在工作中呢。

「萬願寺先生不能喝酒真是可憐啊。」

我已經懶得罵她了。之後如果發生什麼問題,我絕對不會幫她說話的。我正這麼想的時候，一個冷冷的聲音說道：

「市公所的人也喝起酒了，這樣沒關係嗎？」

妳看吧。

我不用看也知道說這話的人是誰，但我還是轉頭了。河崎由美子太太捧著一個紙杯，皮笑肉不笑的。由美子太太和我四目交會，又說道：

「竟然喝起酒來了呢。」

雖然我才剛決定不幫觀山說話，但我也不想對由美子太太說「就是啊，真是個不懂事的新人」。我努力裝出愉快的神情說：

「沒關係啦，開車的人是我。」

由美子太太想必很不是滋味，但她只是把臉轉開，沒再多說什麼。河崎先生說她在人多的時候比較收斂，看來是真的。

「好，高麗菜應該可以吃了！」

瀧山先生高聲喊道，然後夾起烤過之後變得更綠的高麗菜，放到大盤子裡。

在室外烤東西吃，通常是大家各自拿著小盤子，自己夾喜歡的東西吃，像這樣把烤好的食物放到大盤子的做法我還是第一次看到，但這樣似乎更妥當。我也覺得有點餓了，就剝開免洗筷，伸出去夾菜。

高麗菜半生不熟，吃起來溫溫的，離熟透還差很遠，但只是稍微加熱還是引出了蔬菜的甘甜。

「嗯，真好吃。」

這可不是假話。

除了我們兩個復甦課的人以外，上谷先生和由美子太太也只負責吃。沒過多久，一典先生也開始把蒸熟的蔬菜盛放在大盤子上。

「燒賣應該還沒好吧。」

我也這麼覺得，但我直到現在吃的都是蔬菜，真想吃點肉。預備燒烤的食材裡面有比較快熟的薄肉片，我正想夾起來烤，就被瀧山先生用夾子擋住。

「讓我來吧。萬願寺先生平時那麼關照我們，至少現在給我一點機會來為你服務。」

接著他又把粗大的香腸放上烤網。

雖然我希望自己決定要吃多熟的肉，但瀧山先生的心意和話語還是讓我很開心。

4

觀山的臉已經紅了。她真的喝起來了……

桌子共有四張。我穿著市公所的制服，一直待在同一桌似乎不太對，所以我拿起紙杯裝的烏龍茶走到別桌看看。

有人醉了就哭，有人醉了就笑，有人喝酒開心，有人喝酒鬱悶。我剛聽到秋日祭典的提案時，還感慨過移居者之中不全是開朗的人，不過大家聚在一起吃吃喝喝時看起來都挺快樂的。

開始起風了。幸虧處處都放著烤肉、烤玉米、烤香腸等食物，我吃得身體都熱起來了，吹吹風還覺得挺舒服的。抬頭一看，還沒變黑的天空掛著上弦月，看看手錶，快要到六點了。就算留下來幫忙收拾，大概也拿不到加班費吧。

「萬願寺先生。」

後面有人叫我。是觀山的聲音。

「唷。」

我回頭一看，觀山的表情很僵硬。

「唷什麼唷，現在還在工作中，你怎麼這麼悠哉啊？」

「妳才沒有資格說我……」

「別說這些了啦！」

似乎有事情發生了。我頓時繃緊全身神經。

「怎麼了？」

「河崎的情況不太對勁，又是頭痛又是肚子痛。」

「是河崎太太還是河崎先生？」

「是太太。」

我想了一下。

「是不是感冒了？請她先生陪她先回家就好了嘛。」

可是觀山卻氣急敗壞地拉著我外套的袖子說：

「事情才沒有那麼簡單！你去看看就知道了，快來！」

情況似乎很嚴重。我立刻跟她跑過去。

河崎由美子太太正趴在桌上，她的手腳綿軟無力，好像隨時會癱在地上，只是憑意志力勉強撐住。情況確實不對勁。

「怎麼了，河崎太太？妳沒事吧？」

我如此問道，但我只能聽見她紊亂的喘息聲，她可能快要昏過去了。

我大聲地叫著，由美子太太慢慢抬起頭來，額頭上全是汗水，臉色蒼白得嚇人。

「河崎太太！」

「不要這麼大聲……真丟臉……太沒規矩了……」

說到一半，她就摀住自己的嘴。

我看看周圍，除了一開始就在這一桌的上谷先生、瀧山先生、河崎一典先生以外，還有幾個發現了異狀從別桌跑過來的人。我對一典先生說：

「叫救護車了嗎？」

一典先生看看右邊，看看左邊，又看看右邊，然後他發現沒人想替他回答，就一臉愧疚地說：

「還沒。」

「請快點打電話。」

「可是我太太……」

正在吁吁喘氣的由美子太太突然直起身來，大喊著：

「不行！不可以這樣做！」

她這麼一喊反而引起了所有人的注意。一典先生扭扭捏捏地交握手指又鬆開，用快要哭出來的聲音說：

「我太太都這麼說了……」

「現在哪裡還顧得了這麼多？」

「可是……」

這時由美子太太又叫道：

「如果叫救護車，我會丟臉到活不下去！這樣的話，我就是被你害死的！」

我正在想她還很有精神嘛，結果她隨即倒下，彷彿連意志力都耗盡了，接著她虛弱地伏著身子開始嘔吐，可能已經意識不清了。

「河崎先生！」

我朝一典先生大吼，而他回答的卻是：

「可是我太太……」

真是講不通耶。

我拿出手機，一典先生看了就緊張地說「啊，啊，可是我太太……」，我不理他，逕自打給一一九。

『你好，這裡是一一九。是火災還是要叫救護車？』

「喂喂？我要叫救護車。」

『是什麼情況？』

「我們正在戶外烤肉，有一位女性突然身體不適，頭痛又肚子痛，而且不停地嘔吐。」

我一邊說一邊望向桌上。我先前沒空思索她身體不適的原因，直到說出這句話時才注意到，頭痛還是其次，吃了東西以後就肚子痛又嘔吐，那一定是食物有問題，如果放著不管，或許還有人會出現相同的症狀。

桌上擺著盛放生食材的塑膠托盤，還有裝著熟食的大盤子，此外就是各人所使用的小盤子。這事跟生食材無關，所以我注意的是裝著烤好食物的大盤子。

大盤子裡有堆積如山的熟食。負責炭爐的瀧山先生可能沒調整好步調，一下子烤太多東西，所以一口大小的肉塊、高麗菜、青椒、洋蔥以及香菇全都有網狀的焦痕。就算肉壞掉了，也不會引發這麼快、這麼激烈的症狀吧？我的視線自然而然地移向帶有焦痕的香菇。

旁邊傳來刺耳的哀號聲。那尖銳的聲音似乎沒有任何意義，我仔細一聽才聽出來。

由美子太太到了這種時候還在叫著：「不可以！」

5

秋日祭典已經過了兩天。

我在間野辦事處的復甦課長時間盯著一張文件。那是檢討書。

這不是我第一次寫檢討書，我手邊也有社會人士必備的檢討書範例集，但我還是不知道該寫什麼。那天發生的事到底有什麼地方應該反省呢？就算要敷衍交差，我也不知道該怎麼敷衍。

當天救護車還是花了四十分鐘才抵達，雖然比立石速人那次更快，但還是等了很久，而且移居者們對南袴市的地理位置還沒有清楚的概念，所以他們鐵定覺得等待時間很漫長，不斷有人跑來問我「救護車還沒來嗎？」、「你真的叫了救護車嗎？」。可是救護車姍姍來遲又不是我的錯，我乾脆寫該反省的地方是「事先應該準備飛天救護車」好了。

河崎由美子太太的症狀看似嚴重，但我聽說她被送進醫院打點滴之後就漸漸恢復了，既沒有生命危險，也不會留下後遺症，算是不幸中的大幸。

辦公室裡的霧面玻璃晃過一條人影，沒有敲門聲，門直接打開，觀山走了進來。她甩著一張薄薄的文件說：

「萬願寺先生，保健所的調查結果出爐了，果然是香菇。」

「我就知道。那是什麼菇？」

「很可能是褐黑口蘑。」

原來如此。

「我不認識這種菇類。」

「萬願寺先生，哪種毒菇是你認識的啊？」

「仔細想想，我知道的也不多，只有豹斑鵝膏菌之類的吧。」

「那你幹麼問那是什麼菇？」

因為我在考慮把這點寫進檢討書裡。

除了檢討書，我之後還得寫一份報告交給課長，所以我必須知道所有詳情，就算原因是出自我不認識的菇類。觀山把文件放在桌上，換了一種沉重肅穆的語氣。

「還有另一件事，我有個壞消息要告訴你。」

「比起值得紀念的第一屆秋日祭典被搞砸更嚴重嗎？比起這黑鍋不知為何要由我來背更嚴重嗎？」

「我也不知道哪個比較嚴重，我們可以晚點再討論這件事。」

觀山噘起了嘴。就算我遭受不合理的處分，也不該發洩在新人同事的身上。我深吸一口氣，慢慢吐出。

「……不好意思。妳說的壞消息是什麼？」

「其實也沒有多壞啦。」

觀山聳著肩說。

「上谷先生不見了。他偷偷搬走了。」

「哎呀！」

我忍不住叫道。這是第六戶了，虧我還覺得這個專案已經漸漸上軌道了！

「原因呢？」

「天曉得。但我應該猜得到。」

「……我也是。」

秋日祭典的香菇是上谷先生自己上山摘來的，既然是香菇引起了食物中毒，他當然脫不了責任。而且出事的偏偏又是脾氣古怪的河崎由美子太太，就算食物中毒是意外，她也不會輕易地善罷甘休，所以上谷先生會想偷溜也很正常。雖然很正常，但我如果早點注意到就能阻止他了。

「又有一間房子變空了。」

我實在無心回應。從開村典禮……不，從更早之前開始就接連不斷地發生壞事，到底是為什麼呢？

「……上谷先生應該不是故意下毒吧。」

我在心灰意冷之中說出了這句話。觀山「咦？」了一聲，停下了動作。這話說得太過分了。我無力地揮揮手說：

「沒有啦，我只是在開玩笑。好像有點過頭了。」

「你是在開玩笑嗎？」

「我只是太累了。妳別告訴課長喔。」

可是觀山搖著手說：

「你是不是有什麼誤會？我也是這樣想的。」

「難道……妳也覺得上谷先生是故意拿毒菇來的？」

觀山默默地點頭。寂靜的辦公室裡只能聽見風敲著窗戶的聲音。

「妳先坐下吧。」

聽到我這麼說，觀山就從自己的座位搬來椅子，放在我附近，坐了下來。她探出上身，小聲地說：

「因為事情真的很奇怪嘛，四桌的香菇都是上谷先生準備的，摘了那麼多香菇，或許真的有可能不小心混入一些毒菇，可是吃到的人卻是……」

「只有跟他有衝突的河崎太太中毒，妳覺得這樣太巧了？」

「難道你不這麼覺得嗎？」

我盤起雙臂，把身體靠在椅背上。這老舊的椅子只要壓得用力一點就會發出不祥的軋軋聲，可能沒過多久就會折斷了。

我維持著原本的姿勢搖頭說：

「上谷先生讓河崎太太吃毒菇又能得到什麼好處？他只是想要盡情享受他的業餘無線電，如果他在這種可疑的情況下給河崎太太下毒，結果必須丟下辛苦架設的天線逃離簑石村，根本一點意義都沒有嘛。」

觀山露出鄙視的眼神。

「萬願寺先生，你真不懂人心耶。」

「幹麼這麼說？」

「搞不好他是受不了河崎太太一直找碴，早就決定要離開了，為了洩憤才在臨走之前給她吃了毒菇。」

喔喔，還有這種可能性啊？這樣說來，上谷先生就是被逼到想要不顧一切地復仇了。這種情節也不是不可能。

「唔……」

可是想到上谷先生的態度，我實在無法同意觀山的看法。

上谷先生很享受簑石村的生活，雖然河崎由美子太太的抗議讓他很煩惱，但他只是跟我們稍微提過一次。若是他真的被逼到非得下毒不可，一定會表現出某種徵兆，譬如更認真地拜託我們居中協調。我記憶裡的上谷先生一講起自己的興趣就眼睛發亮，講到有人反對時則是一副逆來順受的認命態度，如果他突然決定在人來人往的秋日祭典下毒，改變得未免太激烈了。

……還是說，他那種認命的語氣背後其實藏著無法對人說出口的鬱悶？

「光看外表是看不出來的。」

我伸直了雙腿。

「以貌取人本來就是不對的，你在學校沒學過嗎？」

「觀山，妳能不能對前輩多點尊重啊？」

我仰頭說道。

「如果真是這樣，那就是警察的事了。」

觀山用一種類似評論午餐好不好吃的輕鬆語氣說：

「不講出去就沒人知道了。」

怎麼可能嘛……我很想這樣說，但我覺得若是不講開，這件事很可能真的會被當成意外。香菇中毒事件每年都發生很多起，而且我們也不是在警方調查時隱瞞消息，只是沒有主動報告。好，除非有人來問，否則我就不說出去。

「真的是上谷先生嗎……」

觀山喃喃說道。聽她的語氣，彷彿連她自己都不太相信。

「可能吧，畢竟香菇是他準備的。」

「他看起來對山上很熟悉，若是去摘秋日祭典要用的香菇時碰巧發現毒菇，突然想到可以用來給河崎太太下毒，所以一起帶回去……這也不是不可能吧。」

我正想回答「就是說啊」，卻突然發現不對。

「他摘了毒菇，帶回家裡，接著秋日祭典來臨，然後呢？」

「啊？然後就是讓河崎太太吃下去啊。」

「要怎麼做？」

「怎麼做喔……我記得那天是用炭爐烤香菇的。」

沒錯。香菇放在炭爐的烤網上面烤。我還記得大盤子裡擺滿了附有黑色網狀焦痕、看起來非常可口的香菇。

「烤熟以後當然……」

觀山突然歪了腦袋。

「嗯？要怎麼做呢？跟她說『請用』嗎？」

由美子太太不可能想到會有人利用香菇向她下毒，或許會毫無防備地吃下去。

……不對，我想起來了。

「河崎太太只吃自己拿的食物。」

「咦?你怎麼知道?」

「河崎太太的先生在秋日祭典開始之前說過,他太太絕對不吃別人拿來的東西,可能會讓氣氛變得有點僵。」

觀山深深地點頭。

「喔喔,很像她會做的事。」

河崎太太對生活細節非常堅持,就連路過車輛的廢氣和業餘無線電都不能接受,吃的東西當然就更不用說了,所以她只吃自己選擇的食物,絕對不吃別人拿給她的東西。

觀山往後靠在椅背上。她的椅子也很老舊,同樣發出了不祥的軋軋聲。

「我去醫院詢問過河崎太太事發經過,如果她是吃別人給的食物而中毒的,她一定會跟我提到。既然她什麼都沒說……」

「那就表示香菇不是別人拿給她的。」

「所以真的只是意外囉?如果那是意外的話,上谷先生會覺得自己有責任也是應該的。」

「是意外嗎……」

「你覺得不是嗎?」

「該怎麼說呢……」

沉默籠罩著辦公室。椅子的軋軋聲和窗戶被風搖晃的聲音格外清晰。

我緩緩地開口說：

「老實說，我不覺得這是巧合。河崎太太確實找過上谷先生的麻煩，也讓瀧山先生感到很困擾。」

「要說困擾的話，她的丈夫一典先生也是吧。都是因為太太喜歡大自然，他才不得不搬來不利於工作的簑石村。我也聽過他抱怨太太呢。」

「一大群人圍著桌子用餐，只有河崎由美子太太一個人中毒……怎麼想都很奇怪。」

我轉向桌子，拿出一張影印紙，用原子筆在紙上畫了一個長方形。我打算畫出那一晚桌上的情況。

桌上放著裝了食材的托盤、盛放烤熟食物的大盤子、啤酒瓶、寶特瓶裝的烏龍茶、每個人用的小盤子、紙杯、免洗筷、烤肉醬、鹽罐、放了蒸籠的瓦斯爐，桌子邊還擺著炭爐。

「我看到的時候，負責用炭爐烤東西的是瀧山先生，負責看蒸籠的是一典先生，幫大家倒飲料的是上谷先生。我有一段時間去了別桌，後來的情況是怎樣的？」

觀山從頭到尾都待在同一桌，但她會注意到每個人的行動嗎……我本來還很擔心，但她的回答比我想像得更肯定。

「一直保持原狀。瀧山先生始終拿著夾子不放，河崎一典先生也是同樣熱心，好像很怕沒事做。」

「妳確定嗎？」

觀山盯著半空，想了一下才慎重地回答：

「我不可能從頭到尾監視著每個人的動作，所以如果他們有一些可疑的行動，我不一定會發現。」

「譬如下毒？」

「是啊。負責炭爐和蒸籠的人一直到最後都沒有變，但上谷先生不同，他只有一開始幫大家倒飲料，後來想喝的人都是自己倒的。」

「說是這樣說，但飲料確實是上谷先生倒的……」

「如果飲料裡漂著香菇一定會被發現的。」

真的嗎？我們只知道引起中毒的是褐黑口蘑，至於吃下去的是不是整朵香菇就不確定了，搞不好上谷先生是把香菇弄成粉末混進飲料裡。

「再說，河崎太太既然不吃別人拿給她的東西，就算有人倒了下毒的飲料給她，她也不會喝的。」

唔……確實是這樣。

既然如此……

「所以只能當作是河崎由美子太太自己從大盤子中……從烤好的香菇中自己選到了毒菇吧。」

「這樣的話，那就真的只是意外了。」

我搖頭說：

「不，只要用某種方法讓她從香菇之中自行挑出毒菇就好了。」

觀山露出不以為然的表情。

「聽起來像魔法一樣……難道是用了催眠術嗎？」

我不高興地反駁：

「這不是魔法，而是魔術。有一種方法可以讓別人選擇你要的結果，對方卻以為是自己選擇的。這叫作『強迫選擇法（Magician's Selection）』。」

「你是從哪學來的？」

「從電視上看到的。」

觀山嘆了一口氣。不知道是不是因為逐漸熟悉職場，她對我越來越不客氣了。

「萬願寺先生，我也知道一些魔術手法，一般的強迫選擇法是不可能讓河崎太太在那桌的食物裡面挑出毒菇的。」

我還是第一次聽到觀山具有魔術方面的知識。她經常會在意想不到的時候讓我感到訝異。

這就先不管了。就算一般的魔術手法辦不到，或許還有其他方式可以誘導別人做出選擇。譬如說……

……我想不出來。這種事是不可能做到的。怎麼可能讓特定的人在同一個炭爐烤出來、有著可口的網狀焦痕、放在同一個大盤子裡的香菇之中挑到毒菇呢？簡直跟魔法一樣。

瀧山先生一直沒有離開過擺著烤網的炭爐。

河崎一典先生一直沒有離開過蒸籠。

上谷先生一開始幫大家倒了飲料，之後都是自由行動……

這時我想起了秋日祭典那天的事。

「……仔細想想，我們那一桌和其他桌有些地方不一樣。」

我自言自語似地說道。

「其他桌的人都是直接從烤網上夾東西起來吃，會先把食物放在大盤子再各自夾到自己盤子的只有我們那一桌。」

這代表著什麼意思呢？

還是說，這並不代表什麼？

時間在我的疑惑之中逐漸流逝。檢討書上仍然是一片空白。

6

聽到課長說「把河崎先生找來」的時候，我完全猜不到他的用意。

我和觀山合力寫完報告的兩天以後。課長平時的工作態度非常敷衍塞責，最近我卻看到他坐在桌前認真地讀那份報告。其實我也不確定他有沒有看進去，至少他在讀報告的時候停止了其他所有工作。

我忍不住問道：

「為什麼？」

這個問題包含了兩層涵義，第一個是「你為什麼想見河崎先生？」，第二個則是「你想見河崎先生怎麼不自己去找他？」。課長很少去簑石村，偶爾跑一趟又不會少塊肉。

課長把鬆垮的領帶調整得更鬆，一邊回答：

「唔，因為我看過你的報告了，什麼都不做的話似乎不太好。偶爾還是要做點工作。」

我還以為是自己聽錯了。課長竟然會意識到自己沒在工作。

「我有事想要問問河崎先生。」

「有他的電話號碼啊。」

「不行，用電話來講太那個了。我預約好會客室了，你去聯絡他吧。」

竟然連地點都準備好了。為什麼課長突然變得這麼有效率？

「……我知道了。可是河崎太太還沒完全恢復，可能沒辦法來喔。」

課長似乎很在意快要指向六點的時鐘，揮揮手說：

「啊，只有河崎先生也行……應該說，只需要找河崎先生來。有勞你了。」

辦事處的會客室裡掛著一幅像是富士山的畫。畫中梯形的上方是白色的，多半是富士山吧，但我到現在都還不太確定那是什麼。我問過從合併之前就在這棟建築物工作的人，對方只是歪著頭回答「上面是白色的，應該是富士山吧」。

西野課長要求我跟他一起去和河崎一典先生會面。一典先生坐在椅子上顯得比平時更畏縮，令我感覺狹窄的會客室變得寬闊了一點。

「你好，久未問候。請不用起身。你太太的身體還好吧？」

西野課長的語氣非常親切……或者該說非常隨便。一典先生的臉上寫滿了狐疑，他慢慢把椅子往前調，擔心地盯著課長，他一定猜不透自己今天為什麼被找來。

「託你們的福，已經好很多了。」

「那真是太好了。請你一定要代為轉告說我會找一天去探望。」

一典先生皺起了眉頭。

「喔，真是謝謝你。」

他似乎在想，難道我們找他來辦事處只是為了這件事嗎？我可以理解他的心情。如果現在一典先生問我有什麼事，我也沒把握能答得出來。

「你太太一定受了很大的打擊吧。」

「打擊嗎……」

課長的面前擺著一疊文件。那是秋日祭典事件的報告。課長把手按在報告上，說道：

「我屬下的報告一向寫得很詳盡，真是幫了我一個大忙。從這份報告看來，你太太非常崇尚自然主義，對生活各方面的小細節都很講究。其實我也很想這樣做，前陣子做了健康檢查，檢查出來的數值實在不太樂觀。」

「喔……」

「你太太那麼注重養生，結果卻發生了食物中毒，而且還是來自她最相信的自然產物。這簡直就是背叛嘛，我可以體會她的心情。」

一典先生微微地點頭。

「有勞你的關心。我太太確實很消沉。」

「我想也是。」

然後課長用諄諄教誨的語氣緩緩說道：

「這實在是太不幸了。大家在祭典上都吃了香菇，卻只有你太太一個人食物中毒。雖然我們亡羊補牢地調查過了剩下的食材，卻沒有找到褐黑口蘑。也就是說，那天很可能只出現了一朵毒菇，這還真是令人訝異，若要說是巧合，這未免太巧了。」

「呃，那個……」

一典先生從口袋裡掏出手帕擦擦額頭。

「如果你是想要問候我太太，我已經收到你的心意了。那個，不好意思，可以快一點結束嗎？我今天晚上還要工作……」

「請再等一下，我現在才要開始說重點。」

課長抬手制止他，然後咳了一聲。

「請恕我冒昧說一句，你太太似乎跟其他人有過不少摩擦，然後她就吃到了僅有的一朵毒菇。我認為，這件事絕不只是單純的巧合。」

一典先生驚訝地抬起頭來。

「怎麼會！難道你覺得有人故意讓我太太吃了毒菇嗎？」

「喔？難道你不這麼想嗎？」

被這麼一問，一典先生又恢復了戰戰兢兢的態度。

「啊，是的，我不這麼想……我不是要反駁你，可是香菇裡面混了一朵毒菇，誰都有可能吃到，我太太應該只是運氣比較差……」

「這也不是不可能。」

「就是啊。」

課長盤起雙臂。

「真是奇怪呢。我剛才說你太太遭此災厄或許是有人刻意造成的，你卻覺得那只是意外。說得難聽點，那可是害了你太太的凶手喔，你不憎恨讓你太太吃了毒菇的凶手嗎？」

一典先生肯定地回答說：

「又沒有證據，我是不會隨便憎恨別人的。」

「這樣啊。」

談話之中逐漸冒出火藥味。

課長認為這場食物中毒是出自於某人的陰謀，而一典先生否定了這一點。我忍不住插嘴說：

「課長，我在報告裡提過，河崎由美子太太只吃自己挑的東西，就算有人想讓她吃毒菇，她也不會乖乖吃下別人拿來的東西。」

一典先生聽到有人支持他，就信心十足地說：

「是啊，沒有錯，我太太是自己夾到毒菇的。」

「這樣啊。」

「你想要自己去問我太太也行。」

「這樣啊。」

課長慢慢探出上身。

「照這樣說來，如果有辦法誘導你太太自己夾起毒菇，凶手就能輕鬆得逞了。河崎先生，你說我可以去問你太太是不是自己夾了毒菇，但我想問的是另一件事。」

課長的視線朝我望來。那是隨興散漫的眼神。

「萬願寺，你來說說河崎太太討厭的是哪些東西。」

「那個……」

當著一典先生的面還真不好說。

「拜託你囉。」

雖然不好說，但西野課長是我的上司，他嘴裡說著拜託我，事實上就是命令，我非得遵從不可。

「她討厭車輛廢氣，還有上谷先生的業餘無線電……應該說，她擔心天線射出的電波對人體有害。還有……她說過喝咖啡不好。」

「還有呢？」

「她親口提過的只有這三樣。」

課長「唔……」地沉吟著。

「你可能是工作太忙了，所以才會有所遺漏。這份報告裡還寫到了另一樣河崎太太會想要遠離的東西。」

一典先生突然大聲說道：

「是瀧山先生！我不知道他用的是什麼方法，但若真的有人讓我太太吃了毒菇，一定就是瀧山先生！」

……他的眼睛睜得渾圓，太詭異了。一典先生按著桌子，激動得幾乎要站起來，他繼續叫道：

「錯不了的，因為當天就是他負責烤香菇的！那個人、那傢伙竟然對我太太……」

一典先生說到這裡就赫然停止，如同電池沒了電，縮起脖子坐了回去。

課長一臉無趣地說：

「是啊，烤香菇的是瀧山先生，如果上谷先生沒有溜走，被懷疑的可能就是瀧山先生了。這就是你期待的事吧？可惜你的期待落空了。」

怎麼可能……

「課長，難道你覺得是河崎先生讓自己的太太吃了毒菇嗎？這太離譜了！」

「雖然河崎太太中毒嘔吐、被救護車載走，但是並沒有生命危險。」

「如果是上谷先生或許還有毒菇的知識，但河崎先生……」

「你憑什麼斷定上谷先生知道這事，河崎先生卻不知道？雖然我最近沒有去山上，但我也多少知道一些關於毒菇的知識，我從來沒聽過有人因為吃了褐黑口蘑而死掉或是留下後遺症，而且我也知道褐黑口蘑的尺寸可以放在口袋裡、輕易地夾帶進去。」

課長又問我說：

「先不說這個。你想起來了嗎？河崎太太會想要遠離的還有什麼東西？觀山不是提過嗎？」

觀山……？

是說我不小心把車開到河崎家，結果被由美子太太擋住的那次嗎？不對，當時觀山和河崎太太並沒有時間交談。那就是家庭訪問的時候囉？

「……啊！」

我忍不住喊出聲。

對了，我想起來了。是由美子太太告訴我們她為什麼討厭人工產物的那次。至於觀山當時說的話是……

「是說食物燒焦會產生致癌物的事嗎？」

課長用力點頭。

「河崎太太本來不太在意食物燒焦這件事，因為她送去給瀧山先生的烤魚焦得像木炭一樣。不過，在觀山說了那句話之後，河崎太太才知道食物燒焦會產生致癌物，就開始害怕了。她就連使用無鉛汽油的車輛排出的廢氣都擔心會造成鉛中毒，這麼敏感的人一旦開始排斥燒焦食物，一定會做得很徹底。」

一典先生依然縮著脖子，沒有抬起頭。

「瀧山先生用炭爐和烤網烤香菇，放在大盤子裡的香菇全都附有網狀的痕跡，也就是說，香菇都燒焦了，所以河崎太太不可能會吃的。如果這時出現了一朵沒有焦痕的香菇，會怎麼樣呢？」

「對耶，用烤網來烤香菇多少會有燒焦的痕跡，河崎太太不可能吃那些香菇，那她吃的到底是……」

課長對我的插嘴不以為意，點點頭說：

「就這麼辦吧，我明天去探望你太太時，我打算這樣問她：『妳那一天是不是挑了沒有燒焦的香菇來吃？譬如說……用蒸的。』」

用蒸的。

負責蒸籠的是河崎一典先生。

「因為大盤子裡還放著烤香菇，所以看不出來要怎麼讓特定的某人從裡面夾起特定的一朵香菇。換句話說，大盤子等於是障眼法。對了，我也可以去問問看瀧山先生『當天是誰建議把烤好的食物放在大盤子裡的？』，希望他還想得起來。」

如果附著焦痕的香菇之中摻雜了一朵蒸熟的香菇，河崎太太一定會選那一朵。這就是隱藏在秋日祭典裡的強迫選擇法嗎？

一典先生此時趴在桌上。我看不到他的臉，只能聽見他的聲音。

「不是……不是的……」

課長沒有加以理會。

「你會做出這種事一定有什麼理由吧？你應該已經知道了你太太和瀧山先生的事，或許你也想教訓一下太過崇尚自然的太太吧。你們夫妻之間的事情跟我們沒有關係，但你的所作所為實在太過分了。我對你們夫妻爭執的事還可以睜隻眼閉隻眼，但你有沒有想過其他人也有可能不小心吃到毒菇？雖說吃到毒菇的人十之八九會是你太太，但也不是百分之百，要是出了什麼差錯，被救護車送走的人說不定就是萬願寺了……河崎先生，你覺得發生這種事也無所謂嗎？」

「我……不，我沒有……」

「算了，我沒有真的要你回答，我也不想問。但是你惹出的麻煩已經給我們帶來了很大的困擾。怎樣啊，河崎先生，如果你收拾家當搬離簑石村，這件事就能順利落幕了。這個提議不錯吧？」

「不是……是上谷先生……香菇是那個人準備的……」

「你還想繼續嘴硬嗎？」

課長輕嘆一口氣，攤開了文件。裡面不知為何夾著一個信封。

「這是趁夜逃走的上谷先生留下來的信，是觀山在他家找到的。」

課長拿出信紙，攤開，推到一典先生面前，但他只是渾身顫抖，看都不看那封信。

「這封信的內容大致上是這樣的……上谷先生不知道為什麼會發生食物中毒。這種事是不可能發生的，因為他說自己上山摘香菇是假的，那些香菇其實是買來的商品，可是裡面卻出現了毒菇，這一定是某人的陰謀。他發現居民之中有人刻意用毒菇給別人下毒，不敢繼續住在這裡，所以決定偷偷搬走。」

一典先生慢慢抬起頭，用顫抖的聲音喃喃說道：

「買來的商品？可是他說那是他自己摘的……」

「你就是聽到他那句話才想出了這個計畫吧？算了，這不重要。河崎先生，你知道上谷先生為什麼要說謊嗎？」

一典先生愣愣地搖頭。

「他在信上寫到，如果他聲稱自己很了解山裡的植物，或許可以跟愛好大自然的鄰居改善關係。他的這份用心真是令人感動啊，你對此沒有什麼想法嗎？」

聽到這句話，一典先生變得比平時更畏縮，他張開嘴巴像是想說話，結果什麼都沒說，嘴巴像金魚一樣不斷地一張一合。

就這樣，簑石村又有兩戶人家消失了。

冬日將近。

曾經是上谷家的空房子前面還架著碟型天線。要拆除還得花錢，所以至今仍然擺在那裡，但是上谷先生或許會想辦法處理掉那個天線吧？一直被大眾對業餘無線電的偏見折磨的上谷先生，想必不會丟著那個碟型天線給別人添麻煩的。

第五章 —

深沼

1

南袴市公所使用的是從前的南山市公所的辦公大樓，因為這建築物在參加合併的四個地方自治體之中最接近南袴市的地理中心位置，而且規模很大，屋齡也很新。現任的市長飯子很不認同這一點，所以在市長選舉時一直攻擊前任市長是因為對自己的出生地偏心，才把南山市公所選為南袴市公所。經過五年後，飯子市長去年二度參選，成功地獲得連任，至今他都沒再提過遷移市公所的事。

我平時的上班地點是設立於間野辦事處的復甦課，不過還是經常要去本部洽公。現在是二十一世紀，所有業務都能靠著電話線和光纖網路解決，不過有些文件必須蓋章，所以我每週會有一兩次需要花三十分鐘跑市公所。在今天這個秋高氣爽的日子，我穿西裝打領帶、胸前掛著市公所職員證件走進南袴市公所的自動門時，卻感到一股前所未有的緊張感。我們收到以飯子市長名義發布的命令，要我們說明一下簑石村的現況。

我早就知道遲早會有這麼一天，應該說，這天還來得比我想像的慢。在四月底、開村典禮尚未舉行之前已經有兩戶人家搬離簑石村，典禮之後又走了五戶人家，我也很清楚一定會被質問這是怎麼回事。

「哎呀，遇上好天氣真是太好了。」

西野課長用毫無緊張感的語氣說道。原本應該只需要課長一個人來，但是他說「最了解第一線情況的應該是萬願寺吧」，所以把我也一起帶來了。雖說觀山也是直接和移居者接觸的人，但是復甦課今天被找來不像是為了賞功，而是為了罰過，若是派新人來當砲灰就太可憐了。因為不能讓復甦課唱空城計，所以今天就讓觀山留守了。

市公所的一樓是市民課，今天還是一樣熱鬧滾滾。那些人都是為了辦理結婚或離婚、遷入或遷出、出生或死亡等手續，所以要來領取住民票、印鑑證明、戶籍證明書等等。我們的同事們可能受理也可能不受理，如果受理就繼續辦理接下來的手續，如果不受理就要告知對方正確的申請方式，南袴市就這樣運作著。

「不好意思。」

突然有個低沉的聲音說道。有位駝背的老婆婆一臉慌張地抬頭看著我。

「我想要申請受照護資格，要去哪裡辦呢？」

「喔喔，好的。」

這的確很容易搞混，負責辦理受照護資格的不是市民課，而是地域課。

「要去二樓的地域課辦理，請搭乘手扶梯上樓。」

老婆婆露出微笑，朝我微微鞠躬。等她走遠之後，西野課長發出「哇喔」的聲音。

「萬願寺，你應該沒有待過市民課或地域課吧？虧你記得受照護資格要在哪裡辦理。」

「……呃，這個嘛，是啊。」

我把那句「這不是本來就該知道的嗎」吞了回去。

有人通知我們說報告要在市長室進行。我們搭電梯到最頂樓。我被派去復甦課之前是在這裡上班，在用地課待了兩年，我自認是個認真工作的人，別人還會揶揄我說下次人事異動就會被調到總務部，也就是所謂的出人頭地路線，結果我卻被派到不知道是幹什麼的復甦課，南袴市 I Turn 協助推廣專案也面臨了悽慘的結果，我怎麼想都不覺得自己還回得了出人頭地路線……不，說不定還有轉圜的餘地，譬如說，如果我表現得好、得到了市長的青睞又會如何？我看著自己映在電梯玻璃門上的模樣，感覺領帶似乎有點歪，忍不住一再地調整。

市長室的整體裝潢都是深棕色，而市長的辦公桌大到超乎必要。市長正坐在有椅背的大椅子上。

飯子市長今年六十二歲，他的體型說好聽點是厚實，說難聽一點的話……就是肥胖。皮膚看起來油滑光亮，晒得黝黑的臉龐滿是紅光，看起來渾身充滿了精力。他講話時聲音宏亮，還會一邊誇張地比手畫腳，但他應該不是刻意製造心理效果，只是天生大嗓門又容易激動吧。他以前是營造公司的老闆，聽說選上市長以後就把公司交給女婿了。

市長把雙手擱在桌上，默默地將上身往後仰，怎麼看都不像很高興的樣子。此外，那雙彷彿總是在找尋別人弱點的眼睛今天卻是低垂的。

房間裡還站著兩個人，分別是山倉副市長和大野副市長。只有六萬人口的自治體卻安排了兩位副市長是很不尋常的事，其實這是因為要從以前的南山市和間野市各挑一人。山倉副市長戴著方形眼鏡，身材高䠷，頭髮永遠都是往後梳齊。大野副市長肩膀寬闊、體格壯碩，他最自豪的就是學生時代打過英式橄欖球。這兩人都用漠然的眼神看著我們。

市長室裡有待客用的桌子和沙發，但是沒人請我們坐下。西野課長圓滑地問候：

「市長好，副市長好，讓你們久等了。我現在就把資料給你們。萬願寺，你幫忙一下。」

我把昨天加班至十一點半才做出來的二十二頁資料分給三人。市長慢慢地翻閱著，山倉副市長似乎只是隨便翻一翻，但至少還是全部看完了，大野副市長一直盯著封面，碰都不碰一下。

「我們等一下會以這份資料為基礎來說明簑石村的現況。萬願寺，開始說明吧。」

雖然我早就猜到課長什麼都不會做，但我沒想到他還真的半點事都不做。

「好的，我要開始說明了。請先看資料的第二頁……」

我循序漸進地說明了從四月開始發生的事。

首先，久野家和安久津家在開村典禮之前就搬進來了，但是因為發生了火災，安久津家逃跑似地漏夜搬走，久野家也離開了。

五月的開村典禮之後，牧野先生打算開創事業卻遭到挫折，因而離開。到了七月，立石家還沒上小學的孩子走失，被發現昏倒在久保寺家的地下。久保寺先生覺得是自己害鄰居家的孩子遭到生命危險，而立石家開始對簑石村的救護體制產生疑慮，所以兩家都放棄了簑石村的生活。

十月舉行秋日祭典時，發生了食物中毒事件，提供香菇的上谷先生和發生食物中毒的河崎家因此雙雙搬走。

由於西野課長的指示，資料上只寫了這些事件的表面情況，但我們還是得向市長報告事情的真相。也就是四月的火災很可能是久野先生造成的，河崎太太會從一堆香菇之中挑到毒菇應該是丈夫刻意安排的，如果警方調查起這兩椿事件，我們一定會全力配合，但要不要報警還是交由受害者自行決定……之類的事。山倉副市長和飯子市長在聽我報告時連眉毛都沒有動一下，好像一點都不意外。他們兩人可能早就知道這些事了。

不過大野副市長卻聽得目瞪口呆，滿臉通紅地大喊著：

「這是怎麼回事！太誇張了吧！為什麼移居者之中會有這麼多奇怪的人？到底是誰挑選的？」

我忍不住看了西野課長一眼。從專案申請人之中挑出移居者不屬於復甦課的管轄。西野課長一臉困擾地皺起眉頭，但是什麼都沒說，我只好無可奈何地說：

「是市長。」

山倉副市長接著說：

「實際進行的是我，祕書課也有幫忙。」

我還記得，有一天西野課長突然拿著一份清單走進來說「這些是移居者的候選名單，有勞你了」。我只知道這事跟祕書課有關，但我不知道連山倉副市長都參與其中。

由此可見，復甦課真的完全被排除在挑選工作之外。

大野副市長臉上的紅潮很快地褪去。

「喔，是這樣啊。那人選應該沒問題吧。」

山倉副市長翻著資料說：

「移居者鬧出來的事我已經很清楚了，但是他們為什麼不能留在簑石村，而是決定搬走呢？萬願寺，你怎麼想？」

我沒想到會有人詢問我的意見，所以一時之間反應不過來。

「……是。」

我看了西野課長一眼，想確認我是不是真的可以說出自己的想法，但課長彷彿沒有看到，也沒表現出任何反應。我真想嘆氣。

「呃，簑石村確實發生了很多不幸的事情……」

我一邊說，一邊慎選措詞。

「但我覺得最根本的原因還是因為移居者們對簑石村沒有地域認同感。他們多半是在都市長大，沒有在山上或農村生活的經驗，雖然他們懷抱著鄉居夢想來到簑石村，但夢想和現實生活一定會有落差。他們還來不及培養出地域認同感來彌補這份落差之前就先遭遇了挫折，當然找不到堅持留下來的理由，我覺得這就是最大的原因。」

「地域認同感啊……」

大野副市長感觸良多地喃喃說道，然後他突然臉色一亮。

「我們得讓移居者擁有地域認同感才行。或許可以設計一些活動，譬如寫一首簑石村之歌。這樣大家對這塊土地就會更有感情。」

如果靠一首簑石村之歌就能解決問題，這份工作也太輕鬆了吧。而且我才剛剛說過，移居者基於同樣目的而舉行的秋日祭典，結果卻發生食物中毒事件，導致兩戶人家搬離簑石村。

山倉副市長沒有理會簑石村之歌的提議。

「移居者不可能從一開始就有地域認同感，要時間久了才會漸漸培養出來。」

說得對。

「是的，如同副市長所說，那是最根本的理由，不可能在短時間內解決。但是除此之外還有其他技術性的問題。」

我看見市長稍微抬起頭來。我停下來想了一下，才慎重地繼續說：

「我們這項專案為移居者提供搬遷補助金，原本的目的是為了讓他們能比較容易搬來簑石村，但是在遷入後的一年內，以現在的移居者來說，就是從今年四月一日到明年四月一日，如果他們要搬走也可以得到補助。換句話說，這項措施雖然可以鼓勵大家搬來簑石村，但也會讓他們可以很容易地搬走。」

大野副市長的臉一下子就漲紅了。

「這是怎麼回事？為什麼會這樣設計啊？這到底是誰決定的？」

他問這是誰決定的。決定發放補助金的當然是……

「是市議會。」

我不清楚提出討論案的人是誰。補助遷出費用實在太奇怪了，應該說，實在太蠢了，但是補助金制度已經定案，我們復甦課也無法改變。

「這樣啊，那制度應該沒有問題……」

大野副市長喃喃低語時，臉色又漸漸恢復正常。真有趣。

市長至今一直沉默不語，他緊抿嘴巴，皺著眉頭，盯著桌上的資料。

山倉副市長一邊調整鏡框一邊說：

「對了，關於七月的那件事，找到走失孩童的就是你吧？」

報告書上又沒有寫是誰找到的，他怎麼會知道？

「是的。」

「你熱心救人，本來應該發感謝狀給你的，但我聽說你不想公開接受表揚，這是為什麼？」

「我只是在工作的時候做了份內的事，我覺得沒有必要表揚。」

這理由已經很充足了，其實我更擔心的是，救助孩子的事一旦公開，簑石村發生意外的消息也會散布出去，這麼一來大家可能會開始質疑這個專案，搞不好連其他移居者都會打起退堂鼓。如果有媒體跑來採訪，我是不會隱瞞啦，但我不打算主動公開這件事。

山倉副市長的雙眼隔著鏡片凝視我良久，然後簡短地回答：

「這樣啊。」

好一陣子都沒人再開口。山倉副市長對飯子市長問道：

「市長，你有什麼要說的嗎？」

市長依然眉頭緊皺，輕嘆了一口氣。

「……沒有。」

然後他咳了一聲，用力地點頭。

「你們很努力，希望你們接下來也好好地做。」

一直保持沉默的西野課長迅速到驚人地回答說：

「謝謝市長。如果沒有其他事，我們就先告辭了。」

結果確實沒有其他事。

2

這次報告還真離奇，我本來以為會被痛罵一頓，結果只有大野副市長比較激動，卻沒有一個人追究復甦課的責任。最令我在意的是，飯子市長有這麼沉默寡言嗎？

「呼……比我想像得更順利呢。萬願寺，你也辛苦啦。」

我「也」辛苦嗎……

西野課長按下電梯按鈕，然後看看手錶。我也跟著看了自己的手錶，現在是三點半。課長鬱悶地說：

「唔……下班時間還很久，那就先回辦公室吧。」

從這時就開始擔心下班的事也太厲害了，但是這個就先不管了。

「不好意思，我還有其他事情要處理。」

「其他事？是什麼事？」

「我要去土木課辦點事。」

課長頻頻點頭，說著「喔喔，這樣啊」，也不知道他是不是真的明白了。

「那我就先走了。你會回復甦課吧？」

「是的。」

「好～」

課長隨興地回答時電梯門正好打開，他走了進去。我等到電梯門完全關上才轉身走開。

我要去的土木課就在樓下，其實我大可跟課長一起搭電梯下去，但市公所有一條不成文規定「職員上樓兩層以內、下樓三層以內必須走樓梯」，無論是膝蓋疼痛或撐著拐杖，只要破壞這條規定就會被當成不環保的自私分子、被大家投以責難的目光，所以我還是乖乖地走樓梯。

南袴市公所被譽為開放的市公所，各部門之間沒有用牆壁隔開，全都是連通的，所以既通風、視野又好，冷暖氣的效率也很低。我一走近土木課那區，跟我約好的人就轉過頭來，舉起手說：

「萬願寺，我在這邊。」

「喔。」

我和土木課的中池是同期就職的，我還待在本部的時候經常和他一起喝酒。在公務員的世界裡飲酒文化非常濃厚，我們兩人雖然不討厭喝酒，但酒量都不太好，所以我們這對難兄難弟常常聚在一起大吐苦水卻不喝酒。中池以前就有點福態，一陣子沒看到他，似乎又胖了一些。他坐在椅子上笑著說：

「好久不見，你還好嗎？」

「還過得去啦。辦事處太破舊，風還會吹進來，這點比較討厭。」

「如果你要叫我幫忙改建辦事處，那可不是我負責的喔。」

我對他的公務員笑話回以微笑，然後拍拍自己的公事包。

「我帶來了，要在這裡看嗎？」

中池豎起拇指，指著辦公室的角落。

「我借了會議室，去那裡說吧。」

我依言走進會議室。說是會議室，其實只是用隔板圍起來的一個小空間，裡面放著一張桌子兩張椅子。至少也該放個白板，但每個部門的預算都不太夠。

「我就不幫你泡茶囉。」

中池如此說道，拉開椅子坐下。我坐在他對面，迅速地拿出資料攤在桌上，那是簑石村的地圖，有人住的房子都塗了紅色。

「我在電話裡跟你說過，這些房子是有人住的。」

中池一看就露出困擾的表情。

「真的很分散。」

的確，塗成紅色的房子幾乎遍布整個簑石村。這不是故意造成的，我們只是把屋主同意租出的房子分配給移居者，自然而然地就變成這樣了。

「看這情況……」

中池說到這裡就說不下去了。

中池是除雪計畫的負責人。南袴市經常下雪，除雪是攸關生死的問題，負責除雪計畫的除了中池以外還有好幾個人。我已經打了幾次電話討論簑石村的除雪問題，但是一直討論不出結果，所以趁著來向市長報告的機會跟他當面討論。

「萬願寺，不用我說你也知道……」

中池用凝重的語氣如此開頭。

「照規定來看，要除雪的基本上只有幹線道路，通學道路、地區聯絡道路、主要設施周圍、市中心則是例外。簑石村通往舊間野市中心的那條路確實是聯絡道路，但其餘部分都不在除雪範圍內。就算我退讓一百步，頂多也只能加上這條路。」

中池指著簑石村的出入口「東袋之口」那條南北向的幹道。

「原則上從民宅到幹道之間都得由民眾自己除雪。」

這太過分了。

「中池，不用我說你也知道，規定也提到為維護生活機能的必要情況下可由市府出資除雪，我想簑石村以前應該都有全面除雪才對。如果你們只負責這條南北向的道路，有很多戶人家得自行除雪一百公尺以上才能出門耶，這樣怎麼可能不影響到生活機能？」

我指著地圖的某處。

「最遠的這一家甚至要自行除雪三百公尺以上，這樣太不合理了，再說有很多移居者都不習慣下雪的地方。」

「不習慣下雪的地方不是給予特別待遇的理由。移居者應該多半都是年輕人吧?就算是七、八十歲老人家的房子都沒辦法全部除雪。」

中池盤起雙臂。

「……不過叫居民自己除雪三百公尺確實太勉強了。就算只有一百公尺,除雪一兩天也就算了,要在下雪的期間一直除雪應該沒辦法吧。」

「我也這麼想。」

除雪可說是市政之中最嚴重的問題。收垃圾和修路也是維護市民生活不可缺少的項目,但若因為預算問題而停止除雪可是會出人命的,因為若不除雪,市民就不能出門工作或購物了。雖然我很難比較除雪和停電斷水哪個比較嚴重,但是從歷年降雪量來看,停止除雪所造成的危險絕不會輸給停電斷水。我明白土木課預算不足,沒有一個部門的預算是足夠的,橋墩和水管早就過了耐用年限,中央公園的水道也還是一直斷水,連圖書館都雇不起正職的館員,我們復甦課的辦公室也還是持續漏風,但是,只有除雪這件事非做不可。

「當然……」

中池盯著地圖說。

「我們編列預算時也編入了足以為簑石村除雪的費用,但是當初在估計時根本沒想到移居者會住得這麼分散。現在只能祈求今年冬天是個暖冬了,不然的話……」

中池無奈地聳肩。

「光靠預備金是不夠的，只能靠補正預算了。」

我對著中池雙手合十說道：

「真是麻煩你了。」

中池揮揮手笑著說：

「別這樣，我們都是在做份內的工作嘛。」

確實是這樣沒錯。我並不是靠著私交在談工作，而是以復甦課職員的身分來說明現況，而中池也是依照土木課的規定來處理簑石村的問題，但是私交和工作是很難區隔清楚的，畢竟做工作的還是人。我一想到中池必須為了補正預算勞苦奔波，還得被追究預算估計失準的責任，不禁對他感到虧欠。下次一起喝酒時就由我來請客吧，到時一定要找一間好一點的店。

「對了。」

中池隨手把地圖推回來給我，一邊露出了刻意的笑容。

「你在復甦課待得如何？那可是市長直屬的部門呢。」

「嗯，是啊……沒什麼大問題。」

「怎麼？你今天不是來見市長的嗎？被罵了嗎？」

「沒有……」

我想起市長今天一直坐在位置上沉默不語、眼神凝重的模樣。他該不會是身體不舒服吧？

「雖然我們沒有做得很好，但市長沒罵我們，他什麼都沒說。」

「是嗎？」

中池稍微睜大眼睛。

「真沒想到。我還以為依照市長的性格一定會毫不留情地罵人呢。」

「他從頭到尾都沒說話，最後只說了一句『你們很努力』。」

「喔喔！看來市長很欣賞你呢。太好了，萬願寺，你真是前途無量啊。」

我知道中池沒有惡意，但他竟然對一個斷了出人頭地之路的人說什麼前途無量，神經真是太大條了。不對，這或許是他鼓勵我的方式吧。我敷衍地笑了笑，中池摸著下巴說：

「畢竟你們課長是出名的菁英，市長鐵定對你們寄予厚望啊。」

菁英？

「你說西野課長？」

中池點點頭，比出了投球的姿勢，說道：

「我聽人家說，他在合併之前被人稱為間野市的郭源治。」

「郭……那是誰啊？」

「我倒是比較想稱他為南袴市的佐佐木主浩。」
「這個名字我倒是聽過。」
中池一臉無趣地再次做出投球姿勢。
「你對棒球沒興趣嗎？總之他就像守護神或救火隊一樣啦，任何複雜的案子都能處理得妥妥當當，很嚴重的案子也能大事化小。實際的事蹟我也聽過……算了，改天再詳談吧。」
中池一邊說，一邊用食指在臉頰上劃過一道。這動作應該是在暗示跟黑道有關。
可能是我的表情太過呆滯，中池忍不住問我：
「怎麼？難道復甦課不是這樣嗎？」
「這個……」
西野課長有工作都丟給我，我每天至少有兩、三次想抱怨「你可不可以自己做啊？」。說他是米蟲好像不太貼切，說他敷衍塞責好像又太輕描淡寫，說他是懶鬼又不夠對味……不管怎樣，他和菁英一詞根本八竿子打不著。
「這個……」
四月的火災騷動，還有上個月的食物中毒事件，西野課長本人什麼都沒做，也幾乎沒給屬下任何指示，但是最後解決問題的確實都是西野課長。
「萬願寺，怎麼啦？」

被他這麼一問，我才回過神來。

「這個嘛……唔……該說是那樣嗎？」

聽到我回答得如此含糊，中池疑惑地皺起眉頭。

3

到家的時候已經是晚上十點了。不算早，也不算太晚。

我沒時間吃晚餐，所以在便利商店買了鮭魚便當。這一帶的商店最晚九點打烊，但我幾乎不曾在這個時間之前結束工作，如果主要幹道上沒有便利商店，我還真不知道要怎麼活下去。回到家以後先換個衣服，喘一口氣，趁著放熱水時用微波爐加熱便當，解決晚餐，然後丟掉空盒，把明天要拿去回收的垃圾整理好放在門邊，這時已經十一點了。

我約好今晚要通電話。為了小心起見，我還拿出手機檢查訊息內容。

『要找我的話，可以在晚上十一點左右打我的手機。如果我沒接，那就抱歉了。』

我想這時間應該沒問題，就按下撥號，鈴聲響了幾下以後，傳出無人接聽的電子語音。我嘆著氣把手機放下，立刻聽到來電鈴聲，螢幕上顯示出「弟弟」。

「……喂喂？」

『喔喔，老哥，抱歉，我有點忙。不好意思，你可不可以再打過來？』

我弟弟在東京當系統工程師，他沒跟我說過具體的工作內容是什麼，總之他一直都很忙。我和弟弟的手機不是同一家電信公司，所以就算是跟家人講電話還是得收費。弟弟叫我重打一次，意思就是要我出電話費。我雖然生氣，但畢竟是我主動找他，也沒辦法抱怨什麼。我再度撥號，這次還沒聽到鈴聲他就接起來了。

『喂喂？』

我好久沒聽到弟弟的聲音了。我和弟弟並非感情不好，但也沒有特別要好。我覺得弟弟的聲音跟老爸有點像。

「喔，不好意思，這麼晚還打給你。」

『沒關係，我還在工作。』

「你還在工作？那你可以講電話嗎？」

『沒關係，我旁邊沒有其他人。』

我有點想問他為什麼一個人在工作，但最後還是決定不問。以我自己的經驗來看，獨自一人留下來加班也不是什麼稀罕的事。

『找我有什麼事？』

「三回忌（註7）。你應該記得吧，就是下下週。老爸說要準備午餐，所以得先確定人

7　過世兩週年。

數。」

爺爺因病去世已經兩年了，他的人生都奉獻在稻米上，雖然他平時少有笑容，但是在盂蘭盆節和新年的宴席上看到有人多添一碗飯，他就會稍微瞇起眼睛，像是很開心的樣子。爺爺在三年前的秋天健康開始出問題，就連站起來都很勉強，等到他忙完那年的收割工作、被老爸帶去醫院時已經太晚了，之後沒多久就過世了。三回忌的法會要幫大家準備中午的便當，所以必須事先弄清楚該準備多少個。

弟弟回答說：

『喔喔，抱歉，我去不了。』

那就沒事了。

「這樣啊。你要多保重。」

『謝謝。我盡量。』

「那就掰啦。」

我的話還沒說完，弟弟就問道：

『老哥最近怎麼樣？』

「問我？」

弟弟從來沒有問過我的近況。我反射性地說出毫無意義的回答：

「還可以。」

『千花很擔心你喔，她問我老哥是不是被踢到窗邊坐冷板凳了。』

「她這樣說？」

妹妹在我面前倒是沒表現過這一面。

『她的用詞不太一樣，總之她覺得你負責的盡是些奇奇怪怪的工作，好像很辛苦的樣子。實情究竟是怎樣？』

「……我也不太清楚。」

這是真話。

「我現在做的雖然不是典型的出人頭地路線，但至少是市長親自訂立的專案。今天我才剛去見過市長，至於是不是坐冷板凳，我真的不知道。」

『專案？怎樣的專案？』

我沒跟弟弟說過復甦課的事，一來是沒機會，二來是沒必要，但他既然問了，我也不打算隱瞞。我從頭說起這專案的目的是幫無人的簑石村找回居民、讓滅亡的村莊重生，以及之後的進展，包括和屋主溝通、挑選不動產公司、對移居者說明，好不容易舉行了開村典禮，結果又因為一些不幸的事件導致幾戶人家離開了簑石村。我也提到我那個大而化之的同事，以及只把熱情投注在準時下班的上司。弟弟一直沉默地聽著。他專心聽話而不插嘴是很少見的情況。

「……我今天去見市長就是為了這件事。」

講完以後，電話另一端終於傳來了略帶遲疑的聲音。

『讓十戶人家搬進簑石村又能怎樣？頂多只有三十個人吧？既然居民都走光了，就代表這塊土地已經沒用了。老哥，這種逆勢而行的專案根本沒有未來嘛。』

基於工作上的立場，我沒辦法回答「是啊」。

『開田町已經滅亡了。』

弟弟說的開田町不是南袴市的地名，而是合併前的自治體的地名。那是我們的故鄉，以前我父母在那裡開小餐館，現在已經變成南袴市開田。

『開田町和周圍合起來，改成南袴市這種怪名字。那裡原本只是個小市鎮，現在卻成了大市鎮的邊緣地帶。其實從全國範圍來看，南袴市也是位於邊緣地帶的城市，不管老哥再怎麼努力，都不可能變成東京、大阪、橫濱、福岡那些大城市。老哥，你不覺得那是個沒有像樣的產業、只會消耗稅金的沼澤嗎？』

「……」

南袴市幅員寬廣，要維護市內正常生活機能就得持續不斷地汰換老舊設施、防大雪、防颱、防地滑等等，市鎮面積越大，這些工作也越困難。以南袴市的稅收根本支撐不了這些無止境的奮戰，財政上完全依賴地方交付稅（註8），但是南袴市就算年度收入

8　將中央徵收的特定稅款轉移給地方。

加倍，還是遠遠比不上年度支出。

『老哥，你這麼聰明，大可來東京工作，何必在那種地方打雜？這裡的工作機會多的是，不然我也可以幫你介紹。你要下決定就得趁早啊。』

這樣啊……

原來弟弟這麼擔心我，他認為我與其屈就於南袴市的邊緣部門，不如像他一樣去東京工作。弟弟從小時候就經常說「老哥很聰明」這種話，有時還會用一種自卑的神情不斷說著「真好，老哥的腦袋這麼聰明」。其實不是這樣的，我只是學校成績比較好，但是以全國範圍來看只能算是中間偏上。我很清楚自己有幾兩重，但弟弟直到現在都還覺得我是個「腦袋聰明的哥哥」。

『老哥到底為什麼要做那種工作啊？把人生耗在已經滅亡的小市鎮是得不到幸福的。』

弟弟繼續說道。

我很高興弟弟這麼關心我，我也不禁感慨弟弟已經成為一個懂得關心別人的人了，但他說的這些話太傲慢了。

「幸福啊……」

我喃喃說著。

「那我問你，你過得幸福嗎？」

『我？』

「老爸退休時你沒有回來慰勞他，最疼愛你的爺爺要做三回忌你也不回來參加。」

『那些事情……』

弟弟的語氣激動了起來。

『只不過是感情用事罷了。我不是不重視老爸和爺爺，但是法事根本沒有意義，再說我也沒有休假，就算有一天假日也該好好休息，不然就太傷身了。』

「這樣哪裡幸福了？」

我聽到弟弟喃喃說著「我真的很忙嘛」。

「你說南袴市是個沼澤，確實是這樣沒錯。可是，我們又能怎麼辦呢？難道讓市民全都遷到東京就能得到幸福嗎？那樣可是強制遷移耶。我知道有些國家做過這種事，但沒有一個能得到好結果。再說，就算強制遷移能帶來幸福，那又會是誰的幸福呢？」

『我就直說了吧。』

弟弟說道。

『沒辦法自己出錢更新水管的市鎮有什麼資格抱怨？你以為缺少的錢都是誰出的？是我，就是我們，中央努力賺錢，而地方只會花錢，讓南袴市這種窮鄉僻壤繼續存在對經濟來說太不合理了，你應該明白吧？』

「你是說住在窮鄉僻壤是罪惡的嗎？」

『這個……我又沒有那樣說。』

他的語氣明顯透露出他的心底就是這樣想的。

「你的意思我明白，但你是不是本末倒置了？不是人民要去配合經濟上的合理性，而是經濟上的合理性要去配合人民。如果要把經濟合理性無限上綱，那麼奴隸制和種族隔離制度都是合理的了。」

『老哥，你太天真了，奴隸制雖然廢止了，其實只是被其他類似的制度取代，你不可能完全不考慮經濟上的合理性，順應其道才是聰明的做法。』

「確實是有這種做法，但並不是唯一的做法。要住在哪裡是個人自由，對幸福的定義也是個人自由，只要不會危害到別人，要住在哪裡、要用怎樣的方式生活都無所謂。而我的工作就是要保證居民能在這裡安居樂業，我認為市公所的工作是值得投注一生去做的。」

『你根本是把壓榨合理化吧？不論你怎麼說，南袴市都沒有居住的價值，在合併的時候……不，在更早的時候就已經沒有了。這樣的市鎮到處都是，不知道有多少個縣市都是這樣。如果住在日本的哪個地方差別都不大，那麼負擔高額生活費住在都市不就只是有害無益的感情用事嗎？』

「人就是感情用事的動物啊。」

『老哥，你這是在打撤退戰耶。』

「那你打的就是消耗戰了。前進是戰鬥，後退也是戰鬥，這世上沒有一處是樂園啊。」

弟弟用快要落淚的語氣說：

『老哥，我才不管南袴市會怎麼樣，我只是希望你能待在更能發揮長處的地方。』

我明白。

「謝謝。你在那裡奮鬥，我也會在這裡奮鬥的。」

好一會兒沒有聽見聲音。

最後弟弟才說：

『……抱歉，老哥，我不是要批評你的工作。幫我轉告老爸老媽一聲，說我不能回去參加法事，非常抱歉。』

「好，你自己多保重。」

我掛斷了電話。

水滿出浴缸的聲音傳入我的耳中。日常生活還是持續地進行。

第六章 — 白佛

1

我不知道圓空是江戶時代的人，還以為他的時代更久遠。坐在副駕駛座的觀山說道：

「可能是空也和行基給人的印象太強烈了吧。」（註9）

通往簑石村的道路蜿蜒曲折，在這裡開車必須非常專注，但我還是往副駕駛座瞄了一眼，觀山正對著小鏡子梳理瀏海。她大概是想說，提到圓空之類的雲遊僧人，一般人最先想到的就是空也和行基，所以才會覺得年代很久遠。聽她這麼一說，我也覺得確實沒錯，但我更訝異的是我對觀山的洞察力似乎已經習以為常了。

自從我被調去幫居民一個接一個離開、最後變得空無一人的村落招募新居民、讓村子起死回生的魯莽專案之後，多半是和觀山一起行動。我對觀山的第一印象是「還沒完全擺脫學生氣息的散漫後輩」，她和我們寶貴的移居者說話時總是沒大沒小，我被她嚇得冒冷汗也不只一次兩次了。她講電話的態度和文件的筆調也不夠嚴謹，令我不禁悄悄感嘆，和如此輕率、學習又慢的同事搭檔真是太不幸了。

但是在移居者遷入的半年後，冬日將近的時期，我對觀山的印象卻變得好壞參半。

9　空也生於平安時代，行基生於奈良時代，皆為向平民百姓推廣信仰佛教的僧侶。

我至少可以確定觀山不是一個無知的人，若要說她光是死讀書卻缺乏常識，好像又不太對。觀山的工作態度雖然不夠謹慎，但也沒犯過大錯，有些移居者對她說話不經大腦的態度頗有微詞，但也不至於有人跑來投訴。那麼觀山遊香是因為能力很好，所以才看不起一板一眼的業務程序和公務員必須對市民百般容忍、如同背負十字架一樣的悲苦宿命嗎？不對，我覺得她應該沒有這種叛逆期少年的個性。那她表面上的散漫隨興到底是怎麼回事？

觀山突然打了個噴嚏。我一不小心把方向盤轉得太用力，路旁沒有護欄，車子的一邊輪胎陷入濕地。我忍不住抱怨道：

「別嚇我啦。」

之後我都很專心地開車。觀山睜大了眼睛，拍著胸口喃喃說著「嚇死我了」。

2

我們會在車上聊到圓空，是因為簑石村裡有圓空雕刻的佛像。

移居簑石村的專案是在無人村莊裡選出堅固實用的房子，委託民間不動產業者當仲介，讓屋主把空屋租給移居者。無論屋主住在國內或國外，沒有一個人打算回簑石村居住，與其平白繼續支付房屋稅，那還不如租給別人、多少賺取一些收入……這個理由成功地說服了屋主，所以租賃契約多半進行得很順利。

很多空屋裡還放著沒帶走的器物，這些東西大多會以附屬物的方式一起租出去。除了衣櫃、矮桌、餐具櫃以外，還有按摩椅、腳踏式縫紉機、映像管電視，甚至有些屋子裡還留有神壇或佛龕。而我們談論到的圓空佛就是其中一件留下的物品。

「是圓空耶，圓空。這還真厲害。」

興奮地這麼說著的是其中一位移居者長塚昭夫。他今年五十四歲，在搬來簑石村之前是在橫濱的零件製造商工作，我不清楚他搬來這裡的詳情，只知他是因為離婚而決定搬家。他在移居者之中特別積極，不用看也知道他自詡為新生的簑石村的領導者。

「圓空佛這麼有名，如果送到相關機構，鐵定會被當成國家重要文化財產，那樣可就麻煩了。我認為應該成立一間博物館，把圓空佛當成一大賣點，對外宣傳這裡是圓空之村，之後再舉辦一些相關活動。啊，圓空之村這個名字是我想出來的，你們可別擅自拿去用喔。是不需要到申請版權的地步啦，但這種事可要謹慎一點，你說是吧，萬願寺先生？」

「喔……」

我說不出先前已經有人說過這些話了。

長塚先生坐在自家客廳的壁龕前，高談闊論長達一個小時，那個壁龕裡什麼都沒放，那空蕩蕩的空間看起來格外突兀。

昨天傍晚長塚先生打電話來，說他有事要找我們商量，請我們立刻過去。我客氣地回答說沒辦法立刻出發，他說「那就明天過來吧」。我不知道發生了什麼重大事件，帶著觀山去到長塚家以後，他就領我們到客廳裡，開始演講。客廳裡的暖氣不太有力，我跪坐著聽他講話時一直覺得寒意從榻榻米逐漸上湧。而觀山早就把茶喝光了，大概十分鐘左右就放棄了跪坐的姿勢，露出一臉想睡的表情。觀山對跪坐還挺熟練的，可見她真的覺得很無聊。

「話說回來，簑石村這個地名的由來本來就和圓空有關，這點一定得好好運用才行。在我看來，這個地方的產業不夠興盛，所以最後還是要靠文化。現在可是能靠文化賺錢的時代喔。」

他好像有些誤會了。我聽說簑石村這個地名的由來不是因為圓空，而是和弘法大師有關。

「我們可以把圓空當成觀光賣點，在最近的車站安排接駁車。不過道路可是個大問題，如果只有小山路就發展不出觀光業了，我們需要一個有發言權的人來改善村裡的路況。」

接下來他似乎會說出「所以在下長塚昭夫將不惜一切努力……」之類的話，所以我趕緊插嘴說：

「長塚先生說得很有道理，我會把這番話如實轉告課長。此外……你今天是不是有什麼重要的事要談？」
「就是圓空的事啊。」
長塚先生焦躁地說道。
「圓空佛是這個村子、整個南袴市的寶物，不管要如何運用，都得先看看實物才行。可是那對夫婦卻把圓空佛當成自己的東西，真是太惡劣了，你說是吧？」
我知道他口中的那對夫婦是指誰。就是若田夫婦。他們是一對感情和睦的俊男美女，兩人都不到三十歲，申請文件上寫著他們之前住在神戶。長塚先生說的圓空佛是若田夫婦租的房子裡的東西，他們不知為何堅持不讓別人看。簡單說來，長塚先生的要求就是想看圓空佛，要我去想辦法。
「我說啊……」
長塚先生更加激動地說。
「那尊圓空佛又不是他們的東西，而是屋主的東西吧，我不知道屋主的名字就是了。而他們卻擺出一副擁有者的嘴臉，說不能讓人家看。真是太蠻橫了，你不覺得他們很不講理嗎？這可是個大問題。」
「你說得是……」
我這句話只是同意圓空佛不屬於若田夫婦這一點，但長塚先生聽了卻很滿意地點頭。
「就是嘛。而且那家的先生真是莫名其妙，簡直像是被什麼附身了。」

他露出了厭惡的表情。始終盯著自己指甲、不知道在看什麼的觀山帶著一臉睏意說道：

「那尊佛像不是有複製品嗎？」

對耶。已經離開簑石村的久保寺先生跟我聊過那尊佛像的事，我後來去跟教育委員會確認過，聽說確實有複製品被收入合併之前的間野市的歷史資料館，此外還有好幾個試作品。

長塚先生沒料到觀山會開口，有點意外地睜大眼睛，但隨即板著臉繼續說：

「我知道，我也見過複製品，但我想看的是真貨。真貨才有那種與眾不同的氣場。算了，像妳這種人或許沒辦法理解吧。」

我還在思索該怎麼打圓場，但觀山只是淡淡地「喔」了一聲，好像完全沒放在心上，所以我也沒再說什麼。長塚先生不再理會觀山，用更重的語氣說：

「萬願寺先生，事情就是這樣，希望你去跟那對夫婦談談，說服他們讓想看的人都可以看，讓想借的人都可以借。這件事跟這村子的未來息息相關，你務必要盡力喔。能不能打造出圓空之村就看你了。你們課長那邊我會親自去講，你一定要好好地做。」

「喔……」

我回答得有氣無力，但長塚先生把想說的話都說完了，顯出一副很滿足的樣子。

走出長塚家後，我大大地伸了個懶腰。無論任何場合，只要跟市民接觸都是令人緊張的工作，但長塚先生的情況完全是另一個層次。我吐出一大口氣，一團白霧隨風消散。

早上氣溫很低，但太陽出來以後也沒有比較溫暖。天空清澈透明，儼然一番冬日景象。進入十二月以來已經下過初雪，雖然下得不多，但簑石村被大雪掩埋的那一天應該不遠了。環繞村莊的山巒染上了一片深綠。過去數百年，甚至打從有人在此居住開始，林木就不斷遭到砍伐，山上已經沒有一棵自然生長的樹木了，現在山上的樹全都是人工種植的杉樹，到了冬天葉子會稍微褪色，卻不會掉落。如今簑石村的林業衰退，這些樹木要到哪一天才會被人砍掉？如果一直放著不管又會怎麼樣？如果我以後調去林業課再來研究看看吧。

我打開車門，坐上公務車，一邊問道：

「剛才長塚先生說的話，妳怎麼想？」

觀山也坐進了副駕駛座，一邊繫安全帶一邊回答：

「簡單說，他只是想看若田家的佛像，這也沒什麼大不了的。」

「瞧妳講得一副事不關己的樣子。」

「的確是事不關己啊。」

「這可是我們的工作耶。」

「是這樣嗎？」

被她這麼一問，我也不太確定長塚先生想看佛像的事算不算市公所的工作了。可是我們自己說過「任何事都可以找我們商量」，現在人家來找我們商量了，總不能置之不理吧。

我發動引擎，空調吹出了暖風。車子還沒開始動。我看看儀表板上的電子時鐘，現在剛過下午三點。

「時間還早，要不要去若田家看看？」

觀山不滿地發出「嗄」的聲音。

「沒先說一聲就突然上門拜訪，會讓人家覺得很困擾吧。再說，他們家白天有人在嗎？」

「若田夫婦現在應該都沒有工作，或許他們會在家做一些工作，但我確定他們不用上班，他們夫妻倆待在家裡的可能性很高，頂多只會出去買東西。」

「咦？為什麼你知道得這麼詳細？」

因為了解移居者的日常起居也是我們的工作內容。

「他們已經搬來半年多，就算房租很便宜，一直不工作還是不太好吧……」

「天曉得。」

「一定是夫妻其中一人的老家很有錢。」

觀山得意洋洋地說道。這次她的判斷或許是對的。總而言之，突然跑到別人家裡拜訪確實會給人添麻煩。

「好吧，先回去向課長報告吧。」

觀山一聽就笑咪咪地點頭。

我發動車子，開向簑石村唯一一條聯外道路。觀山把椅背放倒，毫不客氣地開始休息。她本來就不是會在乎長幼輩分的人，但是讓前輩開車、自己擺出這種姿態，是不是太過分了點？我正想說「妳這個人喔」，觀山卻先開口問道：

「對了，那尊圓空佛到底是誰的啊？」

「這還用問嗎？當然是若田家的屋主啊。」

「我就是問那個屋主是誰嘛。」

我還以為觀山知道，但是仔細想想，一開始在處理空屋出租時，觀山還沒加入復甦課，所以她當然沒機會知道。

「屋主叫檜葉太一，七十歲，是家中的長男，下面還有四個弟妹，他年輕時就離開村子出去工作，父母過世以後，他繼承了房子和土地，但他目前住在仙台，連孫子都有了，現在只有掃墓時才會回來，所以今後也不可能搬回簑石村。」

觀山歪著頭說：

「他應該知道自己家裡有一尊圓空佛吧？為什麼放著不管呢？」

「……聽說是長輩交代過，那尊佛像是他們家的守護神，也是村子的守護神，以後世世代代都絕對不能隨便移走。」

觀山一下子就坐起來。

「什麼跟什麼啊？我最怕這種事了。」

既然會怕幹麼還一直問？

「沒有啦，我是開玩笑的。抱歉。」

觀山愣愣地張著嘴，皺起眉頭，又躺在椅背上。

「萬願寺先生，你平時明明是不苟言笑的人，你就繼續扮演那種角色嘛。」

「什麼角色啊……」

車子開到視野不佳的彎道，我按響了喇叭，因為這裡只有單線道，如果對向有車子衝過來，我根本閃不掉，所以得發出示警的聲響。

「玩笑話就先不說了，其實檜葉先生認為那尊圓空佛是贗品，公諸於世只會丟人現眼，他也覺得父母根本不該同意製作複製品。話雖如此，那畢竟是祖先傳下來的東西，有可能是真貨。他打算好好調查一下，所以在那之前先放在屋子裡。」

如果他真的有心調查，在這幾十年間多的是機會。我想他只是錯失了丟掉佛像的時機吧。

「唔……」

觀山把手指靠在嘴脣上沉吟。

「也就是說，佛像是檜葉先生交給若田夫婦保管的。呃，這在法律上該如何看待呢？這好像是公務員考試會出的題目……」

我想了一下。

「這是無酬保管的東西，可以當作自己的所有物來保管，但以租屋時的附帶物件來看，就要負擔善管注意義務。我也不太確定……」

觀山面有難色地說：

「……萬願寺先生。」

「怎樣？」

「善管注意義務是什麼？」

「竟然問我這個……」

一般人不知道這個詞也就算了，但她明明考過公務員考試，應該知道這是什麼意思吧？我真搞不懂這位後輩。還是說，她只是在跟我裝傻？

「就是善良管理者的注意義務，要小心保護自己負責保管的東西，如果不小心弄壞了，就要承擔賠償責任，就算只是丟著不管讓東西發霉了也是一樣。」

「喔喔，這麼一說我就想起來了。」

真的嗎？

我瞥了觀山一眼，她露出了然於心的表情點頭說：

「這樣說的話，我就明白若田夫婦為什麼不讓別人看佛像了，如果隨便拿出來給人看，結果不小心弄壞了，之後又發現這是真正的圓空佛的話……」

「他們就要破產了。」

我隨口回答，一邊想著「原來是這樣啊」。我本來不明白若田夫婦為何不想讓別人看佛像，原來這會造成他們的經濟危機。我還不確定這是不是他們拒絕的理由，但我若是接受長塚先生的要求，就得幫他去說服若田夫婦了。我正在思考這件事時，彎道另一側傳來了喇叭聲，我也按響喇叭表示這邊有車，同時輕踩煞車減低速度。簑石村和市區之間的道路只有單線道，但除非是大型車輛，應該還是有辦法會車。過了一會兒，左轉道路的盡頭出現一輛綠色廂型車。

「啊，是魚新。」

觀山把椅背拉起來，朝著對面開過來的車子揮手。駕駛廂型車的男人看到觀山，也輕輕朝她揮手。那人體格魁梧，坐在駕駛座裡看起來非常擁擠。我把車停下來，廂型車從旁邊開過去，可以看見車身的側面用白字寫著「魚新」二字。

簑石村連一間商店都沒有，之後或許會有人開店，但目前還無法在簑石村買到食物或日用品，要購物只能開車去市區，來回得花一個半小時。最近魚新這間小規模超市開始來此販售，簑石村的生活應該會大大地改善……本來應該是這樣的。

「居民對魚新的評價好像很差。」
觀山聽到我這麼說，就不高興地回答：
「怎麼會差呢？魚新的老闆明明是個很好的人。」
「那個人不是魚新的老闆，而是老闆的兒子……」
「你不用跟我解釋，我很了解魚新。我想知道的是，為什麼大家對魚新評價不好？」
我再次踩下油門，一邊回答：
「跟我抱怨有什麼用？那是移居者講的，他們說魚新沒賣料理要用的西洋蔬菜，也沒賣他們慣用品牌的衛生紙。」
「什麼嘛！」
觀山難得如此憤慨。
「是他們自己要求太多了吧，魚新本來只是賣魚的，能提供蔬菜和衛生紙他們就該感恩戴德了。」
「就說了別跟我抱怨啊。」
「魚新非常注重魚的新鮮度，他們用來送貨的車子也費了不少心思，為了讓大家能買到新鮮的魚，還特地用保麗龍箱……」
「我有一個問題，妳為什麼一直幫魚新說話？妳跟他以前是同學嗎？」
觀山一臉驕傲地說：

「我高中的時候在他們店裡打工過，辭職時老闆還給我一筆錢，說感謝我的辛勞。魚新真的是很好的店。」

原來她是被錢收買的，直到現在還是那間店的忠實粉絲。我彷彿看到了善用金錢的優良範本。車子離開山路，視野豁然開朗，前方已經看得見市區了。

3

西野課長似乎認為長塚先生的提議很有前景。

負責復興簑石村的復甦課並不是設立於市公所本部，而是位於郊區的間野辦事處，辦公室很小，而且冬冷夏熱。課長坐在堆滿各種申請文件的復甦課辦公室裡歡暢地笑著說：

「圓空之村啊，這是很好的願景啊，還可以找知名建築師來蓋一間圓空博物館之類的，將來遊客絡繹不絕，工作機會大增，前途似錦，或許還有機會成為世界遺產呢。館長一職應該由了解簑石村的人來擔任，像我就很了解簑石村，這麼一來退休以後也不用擔心了。這不是很好嗎？萬願寺，你就多幫幫他的忙吧。」

「真的要嗎？」

復甦課會為移居者提供各式各樣的協助，但這並不代表我們很閒。如果要去做長塚先生拜託的事，其他的工作就得暫時擱下，更重要的是……

「我不覺得這件事可以促成產業。」

課長依然掛著笑容，問道：

「喔？為什麼？」

「就算進行得順利，頂多只能促進觀光吧。」

課長往後靠在椅背上，發出軋軋的聲響。

「也是啦，觀光業是瞬息萬變的，昨天還在天堂，今天出現了一點壞評價就會墜入地獄。如果原來已經有一些產業基礎，試著發展觀光業也挺不錯的，但是像樣的產業如果只有觀光業，那就像是窮途末路市鎮的賭博……你想說的是這個意思吧？」

我感到背脊發涼。原來課長早就看透了，既然他這麼了解狀況還叫我把長塚先生的要求當成復甦課的工作，那他的想法應該有兩種可能：第一，他覺得讓長塚先生看了圓空佛也不會演變成發展觀光產業那麼誇張的情況，第二，觀光產業發展失敗時他已經不在復甦課了，所以覺得無關緊要。

課長像調皮的小學生一樣不斷壓著椅背發出聲音。

「不過這年頭什麼事都很難說呢，有些地方吉祥物一下子就紅遍了全國，搞不好簑石村自創的圓空娃娃有一天也會變成大受歡迎的明星呢。」

全日本的自治體都懷著這種夢想吧。應該說，不可能沒有這種夢想。

「算了，以後的事就先不提了，既然多少有一點希望，那就努力去實現吧。還有，如果若田夫婦堅持不肯的話就沒辦法了，但你還是得去跟他們談談看。」

「……我知道了。」

「有勞你囉。長塚先生一打電話來就沒完沒了。」

課長說完就站起來，把兩根手指貼在嘴前。

「好啦，我出去抽根菸。」

還有三十分鐘就到下班時間了。我敢斷言，課長之後都不會再回辦公室了。

我當天就打電話到若田家，約好隔天下午兩點過去拜訪。隔天早上要去市公所開會，我呼吸著睽違已久的本部的空氣，聽大野副市長抱怨移居者不能穩定住下來的事聽了一個半小時，接著我和觀山會合，一起前往簑石村。

若田家蓋在山坡上，四周圍繞著荒廢的梯田。有一棟很大的老舊主屋和一間較新的小偏屋，整頓得當的腹地十分廣大。因為這裡會下大雪，所以兩棟房屋的屋頂都是鐵皮製。偏屋是十年前長男回來繼承房子的時候蓋來當作隱居所用的，結果並沒有用到。今天是個冷天，天空蓋滿了烏雲，我不禁為了沒有起風感到慶幸。

主屋的門前有門鈴，按下去以後卻沒有聽到聲音。

「……壞掉了嗎？」

觀山歪著頭說。

「好像是吧。」

我一邊說一邊摸摸那扇玻璃門，發現門鎖住了。沒辦法，我只能放聲大喊：

「有人在嗎？」

過了一陣子，屋內傳來聲音。

「……來了。」

玻璃門裡面出現一條人影，我們報上姓名以後，門鎖就開了。若田一郎打開門，對我們輕輕點頭說：

「你們好。」

一郎先生穿著厚厚的運動服和棉褲，一副居家休閒的打扮，但近距離一看還是令人不由得讚嘆他的帥氣。他身材高䠷，長相端正，而且臉又很小，他今年二十七歲，但肌膚細緻，看起來簡直就像十幾歲的少年。就像我先前幾次跟他見面時一樣，他今天也是憂鬱地低垂著視線。

我只顧著讚嘆，好一會兒才想起來要打招呼。

「啊，你好。感謝你今天撥空見我們。」

「謝謝你。」

觀山也附和道。一郎用細若蚊鳴的聲音說著「請進」，做出請我們入內的手勢。

我們被帶到一間不知道有何用途的六坪大小寬敞房間，房間中央擺著一張大大的矮桌，旁邊備有厚厚的坐墊。主屋是老式建築，通風良好，所以在這季節非常冷。房間一角的暖爐正燒著火，但我感覺一點用都沒有。

「我去泡茶。」

聽到一郎先生這麼說，我急忙回答「不用麻煩了」，但他沒有回答，還是逕自走出房間。觀山瑟縮著身體說：

「哇……還真冷耶。」

「別說得太大聲。」

「我帶了暖暖包。」

「我也是。」

我們來過簑石村的房子無數次了。日式老房子最重要的是防濕，氣密性非常差，我們早就知道屋內會很冷，所以事先已有準備，但這間屋子實在冷到讓人無法忍受。我維持跪坐的姿勢，把手伸進口袋裡握住暖暖包。還好沒有等太久，一郎先生很快就端著茶壺茶杯，和太太一起回來了。

一郎先生的妻子公子太太有一種特別的氣質，她的一舉一動都非常優雅，雖然她性格恬靜、從不主動發言，但她就是有一種令人無法忽視的存在感，她的家教想必非常好。或許是因為這樣，他們看起來不像是搬來簑石村定居，比較像是把這裡當成暫住的別墅。她體態有點豐滿，笑起來時會有一種困擾的神情。

茶杯擺在我的面前。

「只是粗茶。」

我又說了一次。

「不用麻煩了。」

但一郎先生還是沒有回答，只是默默地倒茶。算了，也沒有人聽到這句「不用麻煩了」就會把準備好的茶水收起來。

「謝謝！真開心，我要享用了！」

觀山大聲說道，立刻拿起茶杯，吹了幾下，喝起甘甜的茶。然後她吁了一口氣，露出開朗的笑容。

「好暖和啊。今天真是太冷了！」

一郎先生也微笑了。

「真抱歉，我們家的暖爐不太夠力，可能是因為房間太大了。」

他道歉說。

「早晚應該會更冷吧？生活上有不方便的地方嗎？」

我這麼一問，一郎先生就輕輕點頭。

「的確是很冷，不過我本來就想搬到冬冷夏熱的地方，所以反而覺得很開心。我太太會比較辛苦就是了……」

這種喜好還真奇怪，不過世上就是有這種人吧。公子太太把手按在一郎先生的手上，說道：

「我一點都不覺得辛苦。」

這兩人都是二十幾歲，感覺卻像一對老夫老妻。我正在這麼想的時候，觀山突然問道：

「這麼說來，你們沒有在使用偏屋囉？」

我不明白她為什麼說「這麼說來」，但一郎先生很自然地回答「是啊，平時都沒在用」，我才想到偏屋是新蓋的，氣密性應該很好，冷暖溫差不會像主屋這麼大。觀山一定已經猜到，一郎先生既然想要體驗冷暖差異，自然會住在主屋，而不是住在偏屋。

「偏屋有在使用的房間只有佛堂，那是以前的住戶留下來的，所以我們沒有去更動。」

對方自己提起佛堂真是太好了。

「其實我們今天就是為了這件事而來的。」

一郎先生露出訝異的表情。

「這件事是指……？」

「就是以前的住戶留下的東西。這房子裡還留著圓空雕刻的佛像吧？」

「嗯，有的。」

一郎先生正襟危坐，表情嚴肅，我感覺他的語調也透出一絲緊張。

「關於那尊圓空佛……」

我講到一半就講不下去了，雖然我從昨天就開始思考這件事，但我還沒想到要怎麼說服他。

「呃，有人說很想參觀一下。那確實是難得一見的寶物，所以我很能理解那種就算只看一眼也好的心情……你怎麼想呢？」

「也就是說，有人希望我們公開展示佛像？」

「不需要到公開展示的地步啦，我只是想要問問看，能不能讓簑石村裡的居民有機會私下參觀。」

一郎先生正色回答：

「我拒絕。」

「可是……」

「那是我幫忙保管的佛像，不能隨隨便便就拿出來。我們只是搬來簑石村時碰巧租到了供奉這尊佛像的房子，沒有資格擅自處置。」

他這樣說也有道理……應該說是非常合理，但我總覺得有些奇怪，因為他的話中表現出異常的堅持，感覺太過頑固。一郎先生又繼續說：

「其實我覺得自己會遇見這尊佛像也不是偶然的。如果要給別人看，非得慎重其事不可，但我並不是古董專家，說不定會發生什麼閃失，所以我真的沒辦法答應。」

「那尊佛像是屬於檜葉先生的，所以我可以理解你的心情……」

一郎先生皺起了眉頭。

「檜葉先生？那是誰？」

檜葉先生雖是這棟房子的屋主，但租約是由不動產公司居中處理的，所以一郎先生和檜葉先生並沒有直接見過面。雖說租賃契約書上有他的名字，但一郎先生不記得也無可厚非。

「就是把佛像交給你保管的人。剛才你也說過佛像是幫別人保管的吧。」

一郎先生聽到這句話，那端正的臉龐就露出不屑的神色。

「哎呀，你說的是法律上的持有者啊。他是姓檜葉嗎？我不記得了。我說幫忙保管，並不是指幫他保管。」

「不是幫他保管，那是幫誰保管？」

「這個嘛……我不知道你能不能明白……」

一郎先生停頓片刻，然後嚴肅地說：

「是老天爺。」

原來如此。

「我知道想要看佛像的人是誰，那個人只想把佛像當成賺錢的工具。我明白你們復甦課夾在中間也很為難，但這件事恕我難以同意。我要說的話都說完了，失陪了。」

說完以後，一郎先生就直接站起來走出房間。我不由得望向觀山，她也愣然地睜大了眼睛。

公子太太沉著地說道：

「我先生真是太失禮了。」

「啊，不會啦……是我們太強人所難了。」

「請你們不要誤會他，他只是覺得自己保管的東西很貴重，所以才變得比較神經質。」

如果那佛像是真貨，保管這種無價的古董藝術品當然要格外慎重，但一郎先生會有那種態度似乎不只是這個原因。公子太太轉頭望向一郎先生走出去的那扇紙門，依然用柔和的表情說：

「其實從我們搬來這裡的一年前開始，一郎就碰到了很多不幸的事。」

我點點頭，安靜地聽著。

「他的弟弟在工作時發生意外事故，父親得了重病，母親也因為在路上被人搶劫而受了重傷，之後姊姊還被壞男人欺騙，背了一大筆債務。接連不斷地碰上這麼多壞事，讓一郎非常不安，後來有人建議他去找算命師，結果他就對算命的結果深信不已。」

「算命？」

公子太太歪著頭思索。

「我也不太清楚，或許是巫師術士吧。那個人對一郎說，會發生這麼多壞事是土地在作祟，因為都市的土地充滿了人的惡念，如果不趕快搬家，接下來就會輪到他自己發生壞事了……」

聽到這番話，我突然想到一件事。

「剛才一郎先生說想要住在冬冷夏熱的地方，難道也是算命師建議的？」

「應該是吧，也有可能是一郎聽到『搬離都市』這句話而自己做出的解釋。」

的確，簑石村從各方面來看都不是都市，在復甦課的專案開始之前的好幾年都沒有人住，對一郎先生來說一定是可以安心居住的地方。

「我們搬過來以後，一郎看到屋主留下的那尊佛像就非常驚訝，他覺得這是命運的安排，所以認為自己有義務保護那尊佛像。」

觀山問道：

「他會向佛像祈禱嗎？」

「這個我不清楚，我只知道他會在佛堂裡面待很久。」

接著公子太太用一種置身事外的語氣說道：

「一郎那種心態就像是某種流行病吧，反正信者恆信，只要他覺得這樣心裡比較平安就好了。你們就由他去吧。」

只要一郎先生想要這樣，公子太太就覺得無所謂嗎？

「妳不覺得委屈嗎？」

被我這麼一問，公子太太仍舊露出那種傷腦筋的笑容說：

「我一點都不覺得委屈。」

4

圓空佛的事暫且擱下了。課長聽到若田一郎堅持反對的事，就說「這樣啊，真可惜」，然後就沒再給我其他指示了。長塚先生不時會打電話來，但我每次都跟他打太極拳，說我們正在積極檢討中。

我每天都被繁重的業務搞得焦頭爛額，但偶爾還是會想起若田公子太太說的話。雖然她叫我們不要誤會一郎先生，但她說的話等於是在為長塚先生那句「簡直像是被什麼附身」背書。她對自己的丈夫究竟是怎麼想的？

「若田太太不是說了由他去嗎？」

我問觀山對若田家的那次談話有什麼看法，她一下子就做出了結論。

「我覺得那句應該是她的真心話，此外就沒有其他想法了。」

或許觀山說得對。

若是這樣，公子太太的心願就落空了。一週以後，若田一郎先生打電話過來。

很難得，這次接電話的是西野課長。他因為明年的垃圾處理計畫有事需要協商而被叫到本部，午後回到復甦課以後，課長一臉困擾地說：

「萬願寺，若田先生打電話來，說佛堂的情形不對勁。」

「不對勁？」

「他說氣氛好像變得怪怪的。」

我完全聽不懂。

「課長，那個……我不知道該怎麼說，總之我沒有幫人做心理輔導的能力。」

「是這樣沒錯啦。」

課長用手指敲著桌面，神情猶豫地說：

「我聽到的大綱是若田先生不希望讓佛龕留在新蓋的偏屋裡，想把圓空佛放回原本的位置，以便日常燒香拜拜，但他不知道佛像原本放在哪裡，所以非常困擾。他說倉庫裡有檜葉先生的日記，就是屋主父親的日記，說不定可以從裡面找到線索，但是那些字寫得龍飛鳳舞，日記的分量又很多，他一個人實在整理不完。」

我有一種不祥的預感。

「課長，你應該不會打算……」

「喔，嗯，我就是那樣打算的。」

課長無心地轉開視線。

「人家都來請我們幫忙了。萬願寺，你能不能跟觀山去一趟？後天你應該有空吧？」
「後天是星期六耶。」
「嗯，所以是以私下幫忙的方式。」
看來課長不打算把這當作是假日加班了。
接著他突然得意洋洋地加了一句：
「只要去幫忙一天，就有立場提出要求了。」
課長顯然想要把說服若田先生的事當成是自己的功勞，但我從一開始就不太同意，話雖如此，既然已經答應幫忙了那也沒辦法。我忍住了嘆息。
「我知道了，我會把這件事當成公務去做。」
不用說，當成公務的話就能領到假日加班的薪水。若是為了脫離復甦課回到本部的夢想，我也不是不能放棄這點薪水，但這次的事實在令我忍無可忍。課長一臉不高興的樣子，還盤起了雙臂。
「喔，公務啊……嗯，也罷，沒辦法。這次就當作是特例，這個我會處理的。那就有勞你了。」
「在那之前我會先聯絡檜葉先生，問他記不記得圓空佛以前擺在什麼地方。」
課長一聽就呆若木雞。
「……喔喔，原來還有這一招啊。」

「我等一下就打電話去。」

結果不如我想像的順利，檜葉太一先生已經離開了以前工作的鐵工廠，現在過著輕鬆自適的生活，所以我很快就跟他聯絡上了。但我提到若田先生想把圓空佛放回原來的地方時，他只回了一句「真搞不懂他要幹麼」，我問他搭建偏屋之前佛像是放在哪裡，他也只有一句「不知道」。

這下子非得假日加班不可了。

因為這次的任務被視為公務，所以我開著公務車去簑石村。我本來想先去接觀山，但是我問她的意見時，她卻回答：

「我會坐魚新的車過去，回來時再麻煩你。」

我稍微調查過寫日記的那個人，他是檜葉太一先生的父親，名叫振太郎，以林業和農業維生，一輩子都住在簑石村，四年前已經過世。

在一個晴朗但風很大的冬日，約定的時間是上午十一點。我不方便留在市民的家中讓他們請吃午餐，但是簑石村沒有賣食物的店家，回市區吃飯又要花很多時間，所以我先在便利商店買了便當放在車上。我平時開公務車時不會播放音樂，但假日加班應該無妨，所以我一邊開車一邊播放自己喜歡的搖滾樂。

我在約定時間的十分鐘前到達若田家，這不是因為我一邊聽搖滾樂所以開得比較快，而是為了避免遲到而稍微提早出發的結果。這時我看到有個人穿著羽絨外套、披肩、保暖耳罩、毛線帽、手套，一身全副武裝，那人看到我就揮動雙手，原來是觀山遊香。我沒想到觀山會比我早到，有點不悅地下了車。

「早安。」

觀山開朗地打招呼。

「妳動作還真快。」

「動作快的不是我，而是魚新。明明是星期六卻這麼早起。」

我心想，搭民眾的車出公差真的可以嗎？參加市公所的法令講座時好像也沒有聽過這種例子。魚新算是需要迴避利益衝突的對象嗎？他們確實是在簑石村做生意的商家……

「……算了。」

「你說什麼？」

「沒什麼。」

每次接受別人的些許好意都要檢討一遍，實在是太累了。

我猶豫片刻，決定把便當留在車上。今天天氣這麼冷，應該不會餿掉吧。我不像觀山穿著齊全的防寒裝備，還是和平時一樣穿著印有市名的防風夾克，如果真的太冷就擋不住了。我原本打算在車上待到約定的時間，既然觀山已經來了，那就是另一回事了。

「妳見到若田夫婦了嗎？」

「是啊，若田太太還給了我小點心。」

「這樣啊，真好。」

觀山拉開大門，朝裡面喊道：

「若田先生！萬願寺先生來了！」

一郎先生聽到聲音就走了出來，他的鬍鬚依然剃得乾乾淨淨，看起來非常整潔，穿著則是和我們上週來訪時一樣。

「你好，萬願寺先生，假日還這樣勞煩你真是抱歉，謝謝你今天過來。」

一郎先生向我致謝，光是這樣就讓我覺得跑這一趟有價值了。做了這個工作之後，有時被叫出去工作還要被人痛罵、被趕走，雖然我不期待別人有所回報，但是聽到感激之詞還是很開心。

一郎先生帶我們到上週去過的大房間，桌上擺著十幾本筆記本。

「這就是你說的日記嗎？」

我問了一句沒意義的話。

「是的。上面沒寫所有人的名字，但我覺得應該不會錯，就是以前住在這裡的檜葉先生寫的。」

此時觀山不知為何開始發號施令。她已經脫下帽子和手套，但依然穿著外套和披肩，一臉嚴肅地說：
「萬願寺先生請和若田先生一起在這裡看資料，我去偏屋那邊。」
「偏屋？」
我看看周圍，這房間有六坪大，再多的資料都放得下，三人一起待在這裡也不嫌窄。
「為什麼要去偏屋，在這裡就行啦。」
觀山睜大了眼睛。
「如果待在這個房間工作，我會死掉的。」
有這麼誇張嗎……我不禁仔細打量觀山，看到她在室內依然沒脫下來的外套才想通。
「喔喔，原來如此。」
這房間太冷了。因為太過寬敞，所以暖爐也起不了多少作用。一郎先生有些尷尬地補充說：
「偏屋有在使用的只有佛堂，所以我把一部分的日記放到那裡去了。我不怎麼怕冷，在這裡工作也行，但是觀山小姐說她想要待在比較溫暖的地方，問我能不能使用偏屋的房間。」
觀山說了這種話？如果一郎先生個性再差一點，搞不好就會生氣了。我該說觀山還是一樣粗線條或是天真無邪呢？身為公務員，她實在太不嚴謹了，若非如此，她應該是個親切又容易相處的好公務員。我瞥了觀山一眼，她只是若無其事地說：

「麻煩你了。」

「其實我覺得萬願寺先生也應該去偏屋，比較不會這麼冷……但是那間佛堂給兩人使用好像擠了點。」

「我是無所謂啦，不過那個房間不是……」

一郎先生不是說過那裡「氣氛怪怪的」嗎？我不太相信鬧鬼或作祟這種事，但是讓後輩獨自待在那種不平安的地方還是令我有點擔憂。一郎先生迅速地回答：

「是的，我已經跟你們課長說過，那地方讓我覺得有些不對勁。不過這樣想的只有我，我太太說沒有什麼不對勁的地方，觀山小姐去看過以後也說沒問題。」

觀山聽了也跟著點頭。既然她自己覺得沒問題，那就無所謂了。反正她如果中邪了，再叫課長出錢請人來驅邪吧。

我又跟一郎先生確認一次要查的東西。事情跟課長在電話裡聽到的內容幾乎完全一樣，若田先生想要知道以前住在這裡的檜葉先生先前是怎麼處置圓空佛的，如果有在拜拜，他希望知道拜拜的程序，如果只是收藏，那調查日記的目的就是要確認這件事。我暗自下定決心，只要能讓一郎先生安心地住在簑石村，不管是日記還是月記我都願意讀。

「那就開始吧。」

觀山一邊說，一邊站了起來。

一郎先生要帶觀山去偏屋，我自己一個人留在大房間裡感覺怪怪的，而且我也想要確認一下觀山的工作地點，所以也一起跟過去。

觀山走出去以前，拿起了放在大房間角落的一個大運動提袋掛在肩上。只是看看資料何必帶這麼大的包包？我隨口問道「那是什麼」，她只說：

「你覺得是什麼？」

如果是平日，我一定會說我才不想在市民面前玩這種猜謎遊戲，但我們今天是一起在假日加班的夥伴，所以還是回答她吧。我最先注意到的是她身上那套全方位的防寒裝備，就算準備在很冷的房間工作，連毛線帽和防寒耳罩都戴出來未免太誇張。

「……妳之後要跟人相約去滑雪或是玩滑雪板？」

觀山默默地豎起大拇指，對我粲然一笑。

偏屋蓋在主屋的旁邊，兩棟建築物之間有穿廊連接。地板冷得像冰塊，如果不是顧慮到一郎先生，我簡直想要踮起腳尖走路。

「就是這裡。」

一郎先生停在一扇門前，門框顯然比主屋的門更高，從門扉表面的明亮光滑也看得出年代很新。一郎先生推開了門，裡面是個小小的房間。

屋裡的面積大約兩坪多，有一扇小窗戶，圓形的矮桌上放著十幾本筆記本，除了一張褐色座墊和煤油暖爐以外，房間底端還有兩扇對開的紙門。或許是因為剛剛還待在六坪大的房間，所以我感覺這裡非常狹窄，兩人一起在這裡看資料確實是擠了點。

「門後就是那個東西嗎？」

我已經猜到了，但還是姑且問問看。

「是的，裡面放著佛龕。」

「所以那尊圓空佛……」

「就在佛龕裡面。」

一郎先生轉頭對著觀山說道：

「請妳不要打開。」

「好！我知道了！」

觀山爽快地回答。聽到她回答得太過爽快令我不禁有些擔心，但她應該很清楚，若是偷東西被抓到鐵定會惹上大麻煩的。

一郎先生交代了洗手間的位置以後，說道：

「那我先回主屋了，有事的話請隨時叫我。」

我正要跟一郎先生離開，臨走前轉頭望了一眼，觀山輕輕揮手，把門關了起來。

回到大房間以後，我們也開始著手調查。其實我很懷疑，檜葉振太郎先生既不是神官也不是僧侶，他的日記有可能提到怎麼處置圓空佛嗎？但是按捺著疑惑繼續工作對我而言並不是一件難事，反而是家常便飯。我拿起那堆日記最上面的一本，指尖摸到了老朽紙張的易碎感觸。

那是市面上販售的便宜筆記本，封面只有墨汁寫的「日記　昭和四十年」幾個字，沒有作者的名字。我懷著偷看別人日記的愧疚感和些許的好奇心，翻開了封面。

一月一日
希望今年是個好年。

這個人並不是天天寫日記，有些日子有寫，有些日子沒寫，有時一連十天都沒寫，有時天天都熱忱地寫了很多行。我一張張地翻頁，文字陸續竄入眼中。

三月十八日
蘇聯人在太空漫步
到月亮上旅行或許不是夢
如果能搭熱氣球去就太好了

七月六日

抓到綁架犯
受害者父母真叫人同情
午後下了大雨　得去巡視水道

十二月六日
氣溫驟降　午後開始下雪
買了煤油暖爐。很快就能點燃，不過味道太臭。沒有煙真是太好了，也比較不用擔心火災。
孩子們很開心，還說以後再燒木炭的人都是笨蛋。這樣說來種槲櫟的人也是笨蛋囉？國家鼓勵的是種杉樹，今後種杉樹才賺得了錢吧。金錢就是教育，教育就是金錢。

「我太太……」
一郎先生突然開口說道。
「是不是說了關於我的什麼事？」
「……嗯，是啊，稍微說了一些。」
「她一定覺得我是個怪人吧。」
「不會啦。」

正在讀日記的一郎先生猛然抬起頭。

我很小心不要刺激到一郎先生，免得搞到他跑去申訴，但我也不打算對他說謊。每個人都會有依賴的事物，就算是相信自己可以獨立生活的人，到了隔天可能也會變得必須依靠什麼才能活下去。自從我來到復甦課以後，我看過不少人很依賴某些東西，就算看到一郎先生如此迷信我也不會覺得奇怪。

一郎先生笑了笑。

「是嗎……謝謝你。」

日記裡沒有艱澀難讀的地方，而且只要找到跟圓空佛有關的記述就好了，不需要讀得太深入，所以調查起來還挺快的。看完昭和四十年的日記以後，我又翻開隔年的日記。

「……我太太以為我是因為相信算命的結果才辭掉工作、搬來簑石村，其實並不是這樣……應該說，不完全是這樣。」

一郎先生自顧自地說了起來。

「你可能已經聽說了，我前一年過得非常不順，全家大小都碰上了壞事，不是生病意外就是犯罪，而且連我自己都過得很不好。」

我停下了翻頁的動作。公子太太並沒有提到發生在一郎先生身上的災禍。

一郎先生一邊翻著日記一邊緩緩地說道：

「我在申請書上有寫到之前的工作，所以你應該知道吧，我原本在神戶一間服飾公司工作。明明找到了符合喜好的職業，但我沒有高興太久，因為那個職場實在很難熬。我自己的家教雖然好不到哪裡去，但我還是第一次碰到有人當面叫我去死，而且只是因為我的銷售成績沒有達到標準。」

我身為公務員，被情緒激動的市民痛罵「去死」也不是稀罕的事，但我並不打算跟他說我的工作更辛苦。

「那個講話很難聽的部門經理後來被調走了，我還以為終於可以把心思放在服飾上，接下來的情況卻更嚴重，有人直接動手打我，而且還是故意打在衣服底下、不會被人發現傷痕的地方。我好不容易得到了店長的頭銜，但是薪水卻沒有增加，反而連加班費都拿不到，薪水等於是減少了，有時還忙到沒辦法回家，只能睡在店裡的椅子上。我覺得自己真的撐不下去了，但我又沒有其他工作，而且要是辭職，先前受的苦不就白費了嗎？而且我若是沒了工作，太太一定會很擔心，既然如此……我不斷地思考著這些事，此時家人又接連發生不幸的事，老實說，我當時簡直快要瘋了。」

「那真是……」

我不知道該說些什麼，最後只能說出最保險的發言。

「太辛苦了。」

「是啊。」

一郎先生盯著日記說道。

「真的很辛苦……就是在那個時候，有人建議我去算命。一位客人跟我說，中華街有個很神的算命師，我本來不當一回事，但是想想算個命也花不了多少錢，有一天我在假日加班，回家途中過去一看，那間店剛好有開門，我就走進去了。後來的事和我太太說的一樣，算命師叫我一定要立刻搬家。」

這和公子太太告訴我的話差很多。一郎先生並不是對算命師說的話深信不疑，而是本來就有離開的想法，算命只是最後的推手。

「接著你們就搬來簑石村。」

「是啊。這裡真是個好地方。」

能聽到他這樣說真是令我開心，不過我也不知道簑石村好在哪裡，所以沒辦法回答。

在這裡能好好地過日子。一郎先生在職場上吃了很多苦，為了自己著想而決定辭職。檜葉振太郎在日記裡提到，他打算放棄椈樹和櫟樹，改種杉樹。人們後來才知道，全國種植杉樹的結果是生產過剩，而且杉樹又敵不過進口木材的競爭，根本賺不到錢，但是誰能嘲笑檜葉先生沒有先見之明呢？依照日記的內容，檜葉先生選擇了最好的一條路，至少是看起來最能維生的道路。在不斷變動的時代潮流中，很少有人知道怎麼做才是最好的。

「我想知道圓空佛的處置方法不是因為想要積功德什麼的，當然啦，能遇到這麼珍貴的東西的確是難得的緣分，但更重要的理由是，我不希望那尊佛像遭到輕忽的對待。那是前人遺留下來的，如今因著緣分而來到我的手上，如果交給下一個人之前就在我的手上受到損傷就不好了……我最擔心的是這一點。」

「我明白你的心情。」

「而且……」

一郎先生欲言又止，一臉不好意思地說：

「如果我這麼說，你一定會覺得我很奇怪……我感覺那尊佛像是不能受到冒犯的，簑石村會發生那麼多壞事，說不定也是因為佛像沒有被放對地方，一想到這裡我就坐立難安，所以才會想要做些什麼……為此還給你和觀山小姐添了麻煩，真的很抱歉。」

我可以理解一郎先生的心情。無論是否相信那些看不見的力量，碰到壞事的時候，每個人都會懷疑是不是因為自己做錯了什麼。

「沒什麼啦，你太客氣了，請別放在心上。」

我剛說完，放在桌上的手機突然響起。我一看，原來是觀山打來的。我接起了電話。

「喂喂，怎麼了？」

『喂喂？呃，那個，我也不太了解情況。』

「怎麼回事？妳看到什麼了？」

『不是日記的事，而是……好像發生火災了。』

什麼！

5

就算主屋和偏屋是分開的，畢竟是同一戶，有必要打電話嗎？我正在這麼想，觀山就拿著手機、一臉疑惑地走進了大房間。

「妳說有火災？是簑石村嗎？」

四月發生的那件事證明了消防車趕到簑石村最少也要花四十分鐘。我已經把組織消防團的事寫在行程表上，但現在根本還沒開始實行。

觀山被我一問就困惑地皺起眉頭。

「不是啦。」

我緊繃的身體頓時放鬆。

「我也不清楚詳情，是我朋友打電話來，說我的公寓附近發生火災了，還說火勢看起來很大，最好趕快把重要的東西搬出來。」

「妳的公寓在哪裡？」

「呃……在綠町。」

我立刻拿起手機，打電話給消防局總務課的同梯朋友。現在是週六中午，這個時間他很可能跑出去玩或是還沒起床，不過電話一下子就打通了。
『喔……難得你會打電話給我。』
「不好意思，假日還來打擾你。你知道綠町發生了火災嗎？」
『知道啊。』
「不愧是消防局的。」
『你在說什麼啊，我家就在綠町，當然會知道。』
我本來想回答「我怎麼會知道你家在哪」，但是仔細想想，我寫賀年卡給他的時候確實看過他的地址。這時電話的另一端還傳來了警笛聲。
「這樣啊，不好意思。其實我同事的公寓也在火災現場附近，不知道是不是該回去搶救貴重物品……」
『你先等一下。』
我聽到啪噠啪噠的聲音，警笛的聲音頓時變大，他大概是打開窗子或是跑到屋外吧。
『唔……我也不清楚。消防車已經來了，但是那一帶的路很窄。』
「聽起來好像不太能放心耶。」
『我覺得應該不會很嚴重……可是現在火還挺大的。』
「我知道了，謝啦。」
『喔喔。』

我掛斷電話。觀山一臉焦急，雙手在胸前交握。我把問到的情況告訴她以後，她就陷入了沉思。

「妳還在猶豫什麼啊，快回去吧。要我開車嗎？」

「不用了……我可以自己開車。」

開公務車出去時，觀山總是爽快地坐上副駕駛座，所以我都忘了她也有駕照。

「可是，那個……就算立刻趕回去也沒用吧，要花四十分鐘呢。」

「說不定四十五分鐘以後還在燒喔。」

「可是……」

觀山回頭看著偏屋。

「現在還在工作中，怎麼可以中途離開……」

雖然是在一郎先生的面前，我還是說：

「工作可以晚點再做，東西要是被燒掉了，就找不回來了喔。」

「火也不一定會燒到我家啊。」

我不知道她在顧慮什麼。從理想的角度來看，每一件工作都一樣重要，事實上還是有先後輕重之分，有些工作確實比自己家發生火災更重要，但是調查檜葉先生的日記怎麼想都沒有那麼重要。觀山是不是覺得如果白跑一趟會很丟臉呢？

一郎先生體貼地說：

「觀山小姐，請趕快回去吧。如果沒事那當然是最好的。」

「我也這麼想。好啦，妳快走吧。」

在我們兩人的慫恿下，觀山還是顯得很猶豫，雖然她朝大門走去，卻一再回頭望向偏屋。

「別擔心了，快去吧。」

觀山終於下定決心，穿起鞋子。我把車鑰匙交給她時，她用很堅持的語氣說：

「萬願寺先生，偏屋裡的日記是我負責的工作，你別去動喔。」

「好啦好啦。」

「我是說真的，請你不要去動。我會再回來的。如果不做事，假日加班還有什麼意義？」

「我知道啦。開車小心一點，要是出意外就真的白搭了。」

觀山心不甘情不願地跑出門。我很快就聽見引擎的聲音，接著聲音漸漸遠去。

我喃喃說著「真是的」，回到大房間裡，卻看到一郎先生的表情非常陰沉。他可能認為火災的事也跟圓空佛有關吧，但我想不出有什麼話能寬慰他。

幾分鐘後，一郎先生突然抬頭。

「觀山小姐有沒有關掉暖爐呢……」

她從偏屋跑過來，接著就直接開車趕回去，說不定真的忘了關暖爐。我立刻站起來說：

「我去看看。」

「不好意思，麻煩你了。」

一郎先生停頓片刻，像是在思考，然後補了一句：

「如果你願意的話，可以在偏屋裡繼續看，那邊比較溫暖。」

老實說，這個提議真令我開心。我絕對沒有低估老式民宅的寒冷，但坐著不動看資料比我想像得更冷。觀山叫我保留她的工作，但我無法估計她什麼時候會回來，沒必要為此延遲工作，如果她很快就回來，到時再把偏屋讓給她就好了。

「那我就恭敬不如從命了。」

說完以後，我拿著讀到一半的日記移動到偏屋。

佛堂的門是開著的，觀山的運動提袋不知為何像門擋一樣擺在門邊。我打量著房間裡面，煤油暖爐已經關掉了，空氣中瀰漫著少許的煤油味。矮桌上擺著一本攤開平放的日記，可以看出觀山是在認真讀日記時接到電話，得知了火災的事就立刻跑出去。雖然這房間的暖爐比較有力，但是因為一直開著門，房間裡還是很冷。

我走進房間，把觀山的提袋從門邊拿開。看這袋子這麼大，沒想到提起來卻很輕，裡面是不是裝了衣服啊？我打開暖爐，隨手把坐墊翻了面，正想拿起日記時，我卻突然在意起房間底端的紙門。那兩扇對開的紙門裡面放著佛龕，門把上面不知道黏著什麼東西，我走過去一看，兩邊的門把之間連著一條類似紙搓成的繩子，用透明膠帶固定著。如果不取下紙繩，門就沒辦法打開。或許是一郎先生聽到觀山說想要在偏屋工作，為了不讓她偷看圓空佛而做的防護措施吧。先前我只是從門外看了一眼，所以沒有注意到。為了謹慎起見，我稍微試了一下，發現要拆下紙繩而不弄斷它是不可能的，既然紙繩沒斷，就表示觀山沒有打開紙門。我覺得這是理所當然的，但心裡還是鬆了口氣。

我移開矮桌上的日記，攤開我讀了一半的日記。

日記裡紀錄了簑石村的生活，有時簡潔，有時囉嗦。漫長艱辛的冬天結束，春天到來，鳥兒喜悅地歌唱。夏天草木繁茂生長，農務暫時告一段落。秋天正值農忙之際，作物結實累累。接著是寧靜安詳的冬天。養育孩子，家事有了電器的幫忙，家家戶戶紛紛買車，簑石村人口老化，人力流失。

我在兩坪大的小房間裡聽著煤油暖爐燃燒的聲音，一邊讀著今後會逐漸消失的小村歷史。

我看看手機顯示的時間，已經過了一個半小時。

闔起第十幾本日記，我大大地伸了個懶腰。我的集中力莫名其妙地降低了很多，而且覺得很想睡。難道是平日累積的疲勞都冒出來了？我想暫時休息一下，順便吃午餐，於是慢慢地站起來，卻感到一陣平時從未體驗過的暈眩。

「唔……好睏啊。」

我自言自語地說道，伸手去拉門把。

門打不開。

「咦？」

難道這是往外開的門嗎？我試著推推看，還是打不開。我想要檢查門把是否上鎖，卻沒找到鑰匙孔。我稍微轉動門把，更用力地拉拉看，結果還是一樣。是不是外面被什麼重物卡住了……不可能的，這是往內開的門。我回想先前的情況，一郎先生確實是站在走廊上把門往內側推開。

「……咦？」

室內開著暖爐，所以我先前都不覺得冷，此時背上卻湧起一股寒意。難道我被關住了？

我仔細盯著門扉和門框之間的縫隙，轉動門把時，門扉微微地動了一下。也就是說，門沒有被鎖上，也不是哪個零件故障了，也沒有被什麼東西卡住。既然如此應該打得開吧，但我轉動門把往內拉，門還是絲毫不動。

我先前不敢太用力，因為如果用力過猛、損壞了市民家的門框，可不是被狠狠地罵一頓就能了事的，不過門要是真的打不開，那就是另一回事了。我用雙手抓住門把，站穩腳步，用力往後拉，差點在榻榻米上滑倒。這個門把似乎不太牢靠，被我這麼一拉就開始鬆動了，看來不能繼續靠蠻力。

「……沒辦法。」

這樣都打不開，那我鐵定是被關起來了。是一郎先生做的嗎？我自認沒有得罪過他，但我也不能保證自己從未惹他不高興。不過，如果真的是一郎先生做的，他用的是什麼方法？

我突然想到一招。我盡量用平靜的聲音說：

「若田先生，你在外面吧？」

……沒有回答。

「若田先生？」

還是沒聽到聲音。我輕輕抓住門把。

「那個，若田先生，我告訴你喔……」

話講到一半，我就出其不意地用力拉門把，但結果還是一樣，門依然沒有打開。

這樣看來，不太可能是一郎先生站在門外用全身的力量拉住門。而且他又不知道我什麼時候要出去，很難想像他會一直守在寒冷的走廊上。既然如此，會不會是用了某種機關呢？譬如用真空幫浦之類的東西把門緊緊地吸住……

我把耳朵貼在門上，外面靜悄悄的。這種安靜的程度是住在市區的人很難想像的。

如果是用某種機械裝置吸住了門，不管是哪一種裝置都不可能沒有半點聲音。

「不對，等一下……」

我喃喃自語。如果是用電磁鐵呢？譬如在門裡面藏著金屬板，然後從外面用強力的電磁鐵吸住。我不太清楚電磁鐵的構造，但我知道只要遠遠地裝設好電磁鐵，並且通電，就能安靜無聲地製造出磁力。或許事情比我想得更簡單，只需將外側的門把用繩子綁住固定在重物上。

……其實方法根本不重要，就算知道是怎麼做的，我也沒辦法出去。再說我也不確定一郎先生是不是懷著惡意做了這種事，總之我現在只能選擇最好的方法。我深深吸了一口氣。

「若田先生！」

我更大聲地叫道：

「若田先生！」

接著我清清喉嚨，繼續大叫：

「喂！有人嗎？有沒有人在啊！」

我的呼喊起了作用，一陣腳步聲啪噠啪噠地接近。

「萬願寺先生？怎麼了？」

是一郎先生的聲音。我懷疑一郎先生把我關起來的想法頓時消失無蹤，取而代之的是對他跑來救我的感激之心。我安心地吁了一口氣。
「門打不開耶。」
「打不開？怎麼可能？」
門把喀啦喀啦地轉了幾下，門依然靜止不動。
「萬願寺先生，你沒有擋住門吧？」
他會這樣想也很正常。
「沒有啊。我本來想去拿便當來吃，可是要出門時卻發現門打不開。」
此話一出我才想到，我的便當還放在車上，而車子被觀山開走了。我想她應該還會回來啦……不對，現在不是擔心這件事的時候。我總不能一直關在這裡不上廁所啊。
除了門以外，能通往外面的只有一扇和我的臉差不多高的小採光窗。窗上嵌著霧面玻璃，看不到外面，窗上裝著鉤式的窗扣，可以輕鬆地打開，但我不可能從這麼小的窗子爬出去。
「這扇門是不是平時就很難開？」
「沒這回事。唔……為什麼呢，怎麼會，怎麼會……」
沉寂片刻之後，我聽到激動的呼喊。
「這扇門又不能上鎖，怎麼可能打不開！」
我一直告訴自己要鎮定才行，但是聽見他那麼焦躁，連我都跟著慌了手腳。

「呃……有沒有什麼方法？」
「方法？」
一郎先生氣急敗壞地說。
「我連門為什麼打不開都不知道，怎麼可能知道打開的方法！」
接著外面又陷入沉默。
「……萬願寺先生，為了慎重起見，我得問你一句，你沒有碰佛龕裡的佛像吧？」
我感到毛骨悚然。
「當然沒有。」
「真奇怪……真奇怪……」
門把繼續喀啦喀啦地搖晃。一郎先生或許什麼都沒聽見。不可能是有東西在作祟，但是眼前的門還是文風不動，就像被一隻看不見的手給壓住了。啊啊，還有，我覺得腦袋昏沉沉的，為什麼在這種時候還會覺得想睡呢？
「怎麼了？」
我聽到女人的聲音，應該是公子太太。
「這房間的門怎麼推都開不了。」
「怎麼可能？這個門又不能鎖。」
「我知道，所以才覺得奇怪啊。」

我的腦袋變得很遲緩，但我還是想到了一個可能性。

「一郎先生，外面的情形怎麼樣？有下雪嗎？」

「下雪？」

聽到這莫名其妙的問題，一郎先生愕然地喊道。屋頂若是積了雪就會變重，可能會把門壓得打不開。這是下雪地帶的居民應有的常識，但一郎先生是從神戶搬來的，或許不知道這一點。我從主屋的大房間來到偏屋時還沒下雪，待在這裡還不到兩個小時，不可能積那麼多雪，但我實在想不出其他理由。

「現在沒有下雪啊。就算下雪了又怎樣？」

「沒什麼……這樣啊，我知道了。」

我努力甩開腦袋裡的睏意。煤油暖爐還開著，我有點擔心再這樣下去搞不好會缺氧。一郎先生和公子太太不斷轉動門把的聲音聽起來好刺耳。因為門把不斷地轉動，我沒辦法一起去拉，只能呆呆地站著，一邊思索自己遭遇到的是什麼情況。

「工作……我還得工作。」

我喃喃說道，又坐在坐墊上。當我翻開矮桌上的昭和四十二年日記時，眼角卻瞥見了奇怪的東西。那是一張臉。

旁邊牆壁上方的小採光窗裡出現了一張臉，我隔著霧面玻璃看到那張輪廓模糊的臉張大了嘴巴，兩排白牙之中的嘴巴深處是黑色的。那張臉龐像是在慘叫，把我嚇得寒毛直豎。

「嗚……」

我勉強嚥下了幾乎脫口而出的尖叫。

不對，那不是什麼超自然現象，而是有人在窗外窺視，張大嘴巴是因為想要說話。

我發現這一點以後，就聽到了聲音。

「萬願寺先生！萬願寺先生，你沒事吧！」

是觀山。

「喔喔，火災的情況還好吧？」

被我這麼一問，窗外的觀山愣了一下。

「……沒事，火沒有燒到我家。可是，萬願寺先生，你這邊是怎麼回事？我看到若田夫婦在門外大喊大叫。」

「門打不開。」

「咦？你說什麼？」

「我說門打不開啦！」

玻璃外面的觀山把頭轉向一旁，耳朵朝向我這邊。

「對不起，我聽不清楚。你可以打開窗子嗎？」

我很想跟她說要了解情況的話就進屋問若田夫婦，但她多半還是聽不到，所以我也懶得說了。我拖著倦怠的身體走到窗邊，打開窗扣，然後抓住窗框。我突然很擔心窗子也打不開。

「怎麼了，萬願寺先生?快打開窗子啊！」

「好啦，我立刻開。」

千萬要打開啊。

我加重了手指的力道。窗子……還是沒動。不對，只是關得緊了點。這是鋁製窗框，不需要擔心弄壞。我丹田用力，咬緊牙關，用全身的力量去拉。

打開了！

此時，我感到有什麼從兩坪大的房間裡跑出去了，雖然眼睛看不見，但我確實感到有東西離開了。下一秒鐘，門打開了，一郎先生衝進了房間。

一郎先生臉色慘白。不知道是因為驚訝還是恐懼，他扭曲著端整的臉龐，睜大眼睛看著我。他好像想要說什麼，但最後還是沒開口，只是默默地走到房間底端，站在對開的紙門前。

「難道……」

他喃喃說著，拉斷封住紙門的紙繩，打開紙門，接著又戰戰兢兢地打開裡面那座佛龕的門，然後他深深地吐出一口氣。

「……還在。」

我不是刻意偷看，但我還是看見了，佛龕裡面有一塊高度不到三十公分的細長木雕，因為光線太暗，看不清楚有沒有雕出臉孔。

一郎先生一動也不動地凝視著木雕。

「怎麼了嗎？」

我開口問道，但他沒有回答。一郎先生本來要朝佛龕伸出手，但又縮了回去，從口袋裡拿出手帕來擦手。

「好像哪裡怪怪的……」

一郎先生自言自語著，從佛龕裡拿出那塊應該是圓空佛的木雕，他眯起眼睛，藉著燈光和窗外照進來的陽光仔細觀察，然後愕然地喃喃說道：

「不對，這是贗品。」

「咦？」

我忍不住也跟著凝視一郎先生手上的佛像。那尊佛像雖然雕工粗糙，但臉孔感覺很慈祥。一郎先生指著佛像的某個地方說：

「……白色？」

「是啊，是白色的。」

那個地方不是原木的顏色，而是不自然的白色。

「怎麼回事？」

「這還用說嗎……顏料脫落了。」

一郎先生輕敲佛像，傳出叩叩的悶響。他盯著手中的佛像，用一副失魂落魄的神態喃喃說道：

「這是樹脂做的，是複製品。前陣子明明不是這樣的……圓空佛被人掉包了！」

一郎先生猛然抬頭，一臉憤慨地跑出房間。

我本想立刻追上去，但還是得先熄火。我按下煤油暖爐的緊急關閉鍵，聞到一陣上湧的煤油味，接著才跑出去，但我已經看不到一郎先生的身影了。

觀山站在門口。她還是穿著和出門的時候相同的全套防寒裝備。

「萬願寺先生，發生什麼事了？」

可能是因為搞不清楚狀況，觀山腳步躁動，聲音還有些拔尖。

「圓空佛是贗品。妳有看到若田先生嗎？」

「看是看到了，可是他已經往山坡衝過去了。」

「快追上去！」

我大聲一喊，觀山點點頭，拔腿就跑。我連防風夾克都沒穿，被外面的冷風一吹就直冒雞皮疙瘩，但我還是迅速地穿好鞋子跟著跑去。一郎先生現在失去了冷靜，不知道會做出什麼事。

到了屋外，頭上的天空一片蔚藍，但強風之中飄舞著銀色的雪花。遠方下的雪有一部分被風吹來，只有細碎的雪片落在簑石村。空氣非常清澈，連遠方事物都能看得很清楚。站在位於山坡的若田家可以一眼望盡簑石村，我看見了跑下山坡的一郎先生，也看見了追在他身後的觀山。觀山已經把車鑰匙還給我了，我心想開車去追比較好，但還是呼出一大口氣，跟著跑去。

才跑了一下，我就喘得上氣不接下氣，因為平時都是坐在辦公室裡，身體都變鈍了。話說回來，一郎先生應該也很少運動，虧他能跑得那麼快。我穿的是皮鞋，他穿的是運動鞋，我們之間的差距不僅沒有縮短，反而越拉越大。我跑到一半就猜到一郎先生要去哪裡了，就是那棟前方有寬敞停車空間、紅色屋頂、屋齡很新的兩層樓建築，那是長塚昭夫先生住的房子。長塚先生正在家門前，在這冰天雪地之中拿著球棒練習空揮。一郎先生率先跑到長塚先生面前，兩人似乎起了爭執，接著觀山也趕到了。我氣喘吁吁地抵達時，他們正在激烈地互罵。

長塚先生滿臉通紅地叫道：

「你這個人真是莫名其妙，我管它是圓空佛還是什麼，竟然為了那種便宜貨大發神經，還說別人是小偷！」

相較之下，一郎先生的臉卻蒼白如紙。

「別裝傻了！我早就知道你一直在覬覦那尊佛像，還在我家附近鬼鬼祟祟地徘徊！」

「我都說了我不知道！」
「都是因為你拿走了佛像，佛堂才會……如果不快點還來，下一個就輪到你了！」
「你在說什麼傻話……！」
長塚先生看到了我。
「萬願寺先生，你來得正好。這個人簡直瘋了，突然跑來我家說些亂七八糟的話……你也幫忙說說他吧！」
復甦課只是市公所的一個部門，並不是警察機關，但是自從有人搬來簑石村以來，我一直在處理那些接連不斷的麻煩事，已經磨練出了某種直覺。此時我突然發覺有些事很可疑。
長塚先生完全不想隱瞞自己反對一郎先生拒絕讓別人看圓空佛的行為，他認為圓空佛由他保管才能發揮出觀光資源的價值，他甚至看不起一郎先生想要保護圓空佛、不願把它當成展覽品的想法。此外，從長塚先生平時的言行來看，他現在幫自己開脫的態度怎麼聽怎麼奇怪，如果是平時的他，就算一郎先生上門來興師問罪，他也會抓緊這個機會說服對方交出圓空佛。
「長塚先生，你剛才說的話……」
我的話還沒說完，一郎先生就從觀山的身邊衝過去，不由分說地跑進長塚先生的家。我忍不住「啊」了一聲。長塚先生和觀山都愣住了，但長塚先生早一步回過神來。

「喂！你怎麼可以隨便進別人的家……等一下！喂！等一下！」

長塚先生拿著球棒衝進屋裡。觀山轉頭問我：

「……該怎麼辦？」

我立刻回答：

「我們也進去，那兩人現在都很激動，說不定會演變成傷害事件。」

我粗魯地踢掉鞋子，追在長塚先生的身後叫道：

「若田先生！你千萬別亂來啊！」

長塚先生在走廊上左顧右盼，不知道在擔心什麼，然後就急忙跑向其中一邊的走廊。我不好意思在別人的家裡隨便亂看，所以和觀山一起追著長塚先生跑。長塚先生去的地方我有印象，就是我們上週來過的客廳。

紙門已經拉開了。一郎先生正站在壁龕前。他轉頭看著壁龕說：

「長塚先生，你可以解釋一下嗎？」

一郎先生望著的方向是一尊擺在小布墊上的圓空佛。

咚的一聲，長塚先生手中的球棒落在地上。

6

長塚先生堅持自己打算活用圓空佛的想法才正確，這不是犯罪行為，而是為了讓重生的簑石村發展繁榮。

「這話說不通。如果你這樣做是對的，那我也可以藉著正義的名義為所欲為了。」

西野課長說道。

我們為了「討論這件事該如何善後」，把長塚先生找來辦事處的會議室。我們連桌子都沒準備，長塚先生來了以後就請他坐在一張鐵管椅上。課長沒有叫觀山一起來。

打從我們一開始「討論」，長塚先生就不斷地試圖合理化自己掉包圓空佛的行為，西野課長完全不聽他的解釋，只是一直潑他冷水。其實原本應該收藏在若田家的佛像出現在長塚家的壁龕裡，就已經證明了長塚先生的偷竊行為，但是課長既沒有做出強硬的處置，也沒有當作什麼事都沒發生，只是一直聽著他嘮嘮叨叨的解釋。我真搞不懂課長在想什麼……不，我好像稍微可以理解。

「我可不是想要侵占圓空佛喔。我從若田家借走圓空佛是事實，但我真的打算將來要歸還。」

「只是借走嗎？你借那東西到底想要做什麼？用來裝飾自己家的壁龕嗎？」

「那是因為……」

長塚先生擦著額頭上的汗水，連珠炮似地說：

「因為沒有其他地方可以擺啊，總不能擺在廚房裡吧。我只是想要找人鑑定一下佛像，絕對沒有占為己有的意思，等到鑑定完畢我就會放回原處，這麼一來就什麼事都沒有了，都是那個人跑來鬧事才會搞成這樣。」

課長不耐地用食指敲著桌面。

「那樣叫作鬧事嗎？跑去叫別人把偷走的東西還來，結果真的看到失竊的東西在對方手上，這樣叫作鬧事嗎？」

「我都說了我不是要偷東西嘛！」

長塚先生說得理直氣壯，他似乎真的相信了自己的這番說辭。

「喔……」

課長盤起雙臂，把身體靠在椅背上。

「我們的看法似乎不太一致呢。不過，你跟我說你對圓空佛有興趣，所以我才特別把複製品借給你，結果你卻把它當作掉包的道具，搞得我的立場也很難堪呢。」

我沒有聽說過這件事，但我早已猜到，放在若田家佛堂裡的樹脂佛像應該就是為了提供給間野市歷史資料館而製作的那些複製品之一，因為外表非常相似，所以若田夫婦才沒有立刻發現。既然一郎先生這麼珍惜圓空佛，甚至不想讓別人看，平時不太可能把圓空佛拿在手上仔細確認。長塚先生說掉包佛像是為了鑑定，說不定是真的。

不過，就算是這樣，也不能偷人家的東西啊。

「長塚先生做的事算不算偷竊，最好還是讓專門的機關去判斷，這也是無可奈何的。」

聽到這句話，長塚先生哭喪著臉縮起身子說：

「……還是別鬧到警察那裡去吧，這樣對彼此都沒有好處。」

「彼此啊……」

課長突然朝我看來。

「萬願寺，你怎麼想？明明發現了犯罪行為，卻因為對方是重要的移居者就當作沒看到，這在法令上說得過去嗎？」

突然被問到意見，我慌張地回答：

「法令講座沒提過類似的案例，不過……照理來說，檢舉犯罪是市民的義務。」

「義務……這樣啊。不過呢，萬願寺，我們公務員經常會碰到嚴格說來算是犯罪的事，像是擅自焚燒垃圾，或是隨地小便之類的。那些事情就讓警察去抓，而我們好好地做我們自己的工作，這樣不是比較妥當嗎？」

這次我果斷地回答：

「犯罪也有程度輕重的分別。」

課長抓抓頭說：

「嗯，是這樣沒錯啦。這次的犯罪事件……啊，抱歉，應該說『不確定是不是犯罪的事件』，我覺得還挺嚴重的。」

「我也這麼認為。」

就算不追究私闖民宅和竊盜的事，長塚先生的行為還是讓簑石村留下了巨大的傷痕。若田一郎先生從長塚家取回真正的圓空佛以後非常害怕，因為那尊佛像歷史悠久，所以他才那麼珍惜，可是佛像從佛堂裡被拿走之後就發生了門打不開的怪事。算命那種小事還可以假裝相信，但是「貨真價實的怪事」就沒辦法一笑置之了……陷入恐慌的一郎先生是這樣說的。

若田夫婦已經拋下圓空佛，離開了簑石村。他們的動作非常快，事情發生兩天後的星期一就辦好了遷出手續，星期二就找來搬家業者把房子清空。看來他們真的嚇壞了。

簑石村從春天以來一直是麻煩不斷，移居者有一半以上都搬走了，如今連若田家都離開了，老實說，我對長塚先生這個罪魁禍首真是恨得牙癢癢的。

「依我看嘛……應該請若田先生提出受害申報。你知道若田先生的聯絡方式吧？」

「是的。」

長塚先生聽到這裡終於投降了，他坐在椅子上深深鞠躬。

「拜託千萬不要報警！真的很抱歉，我只是一時鬼迷心竅。」

課長凶巴巴地問道：

「你到底是什麼時候掉包佛像的？」

長塚先生無力地垂著頭，認命地開始交代：

「……週二還是週三吧。我看到那個人開車出去，心想他應該是去買東西，我試著拜託他太太，她很乾脆地就答應讓我進去看。我近距離看到佛像之後，覺得還是得拿去鑑定一下，但我知道那個人一定又會跟我作對，所以才想到要用複製品來掉包。我回家拿複製品，又去了那個人的家，藉口說我有東西忘了拿，他太太還是很爽快地讓我進去。把佛像拿回家以後，我覺得這種東西不能隨便放，於是就放在壁龕裡，不知道他為什麼這麼快就發現了……」

說到最後他都快哭了。課長深深地嘆了一口氣。

「長塚先生，你這次真的太過分了，可是我們也不想看到簑石村的居民被逮捕……所以請你離開吧。」

不知道長塚先生是不是沒聽懂，只見他抬起帶有淚痕的臉，什麼話都沒說。課長又說了一次：

「如果你自己離開，我們就不會報警。我看這樣吧，下週是最後期限，如果下週一你還留在簑石村，我就立刻打一一〇報警。」

長塚先生頻頻鞠躬。

「我、我知道了！謝謝你！謝謝你！」

「但是你可別忘記，如果若田先生提出受害申報，那就另當別論了，我們也愛莫能助。」

「這個……」

長塚先生的臉上寫滿了擔憂。他會不會被警察抓走全看若田夫婦的決定，會擔憂也是應該的。

事實上，若田夫婦想必不願再跟圓空佛扯上關係。長塚先生或許會有一段時間都睡不好覺，但我覺得這種懲罰還是太輕了。

和長塚先生的「討論」結束後，西野課長和平時一樣抽著菸離開了辦事處。觀山還留在復甦課寫假日加班表。

「長塚先生也要搬走了。」

聽我這麼一說，觀山用手指靈巧地轉著筆桿，用不帶感情的聲音說：

「越來越冷清了呢。」

「……就是啊。」

「是嗎？」

這話明明是她自己說的，但我懶得吐槽，重重地坐在自己的椅子上。我把雙手交握在腦後，上身後仰做了個伸展。

我還沒和觀山談過那天的事，因為當天我光是安撫陷入恐慌的一郎先生就忙不過來了，而觀山還是搭魚新的車回去，所以沒機會在車上討論。

「火災的事……」

我問道。

「情況還好吧？」

觀山依然盯著文件，回答說：

「感謝你的關心。隔壁公寓的牆壁都燒黑了，不過我那一棟平安無事。」

「那就太好了。」

「是啊。」

那天觀山不到兩小時就回來了，從簑石村到市區來回一趟就要將近一個半小時，可見她一定是看到火災現場發現情況不嚴重，就立刻折返了。她對工作還真投入。我無心瞥了牆上的時鐘一眼，說道：

「佛堂的門為什麼打不開呢？」

「雖然你這麼說……」

觀山頓時停筆，抬頭看著我說。

「我沒有親眼看見，總覺得難以置信。我不是懷疑你在說謊啦。」

「那妳是在懷疑什麼？」

「我只是覺得難以置信。」

她又開始提筆疾書。

「不過……」

觀山用有些厭煩的語氣繼續說道。

「如果那是真的，唯一的可能就是一郎先生在外面拉住了門。」

「……他何必做這種事？」

「哎呀，寫錯了！」

假日加班表又沒有太多要填寫的欄位，她為什麼要寫這麼久？觀山畫了雙線刪除寫錯的地方，蓋上章，繼續填寫表格。

「公子太太跟我說了她讓長塚先生進去看佛像的事，她很擔心，不知道一郎先生發現之後會怎麼樣。如果一郎先生察覺了公子太太的擔憂，因而發現圓空佛被掉包，那他就有理由拉住門假裝打不開了。」

我想了一下。

「他在外面拉住門……我在裡面呼喊……他再看準時機把門打開……等一下，我有聽到一郎先生走近的腳步聲耶。」

「他真的是從別的地方走過來嗎？會不會只是原地踏步？」

被她這麼一問，我也不太確定。

「然後他去檢查圓空佛，發現是贗品，藉此大鬧嗎？」

「這樣他就不會暴露他發現公子太太放長塚先生進來的事，可以直接去把圓空佛拿回來。」

聽起來確實有些道理。

「如果不是這樣……」

觀山終於填完了文件，放下筆，拿起寫好的文件對著日光燈，一臉無趣地說：

「那就是有東西在作祟了。」

圓空佛依然放在無人居住的空屋裡，或許將來的十年、二十年都會繼續保持原狀，直到屋主檜葉太一先生回來為止。

窗外開始下雪了。看來應該會積雪。

終章　I的喜劇

星期一，復甦課來了客人，是移居者丸山小姐。

丸山家有兩位女性一起搬來，她們兩人之間的關係對業務沒有影響，所以我就沒多問了。丸山小姐身穿卡其色套裝，手上掛著深藍色外套，而且還擦了口紅，和平時在簑石村見到的打扮不同。我光是看到她那憂鬱的表情，就知道她是來做什麼的了。

此時課長和觀山正好都出去了。丸山小姐用清澈的聲音說：

「不好意思，我要申請遷出的補助費用。」

「我知道了。請往這邊走。」

我立刻拿出手邊備好的文件，丸山小姐笑了一笑。

「準備得真妥當。你不打算勸阻我嗎？」

「以我的立場當然想要勸阻，但是勸了也沒用吧。」

我只能這麼說。

若田先生和長塚先生之間的事給了簑石村致命的一擊。若田先生搬離簑石村之前說「這個村子有東西在作祟」，後來這句話在移居者之間傳開了。不只是這樣，移居者們甚至聽說了在I Turn協助推廣專案開始之前、最後一位居民曾經試圖自殺的事。

我不知道移居者們是否相信若田先生說的話，但是無論他們信不信，簑石村在舉行開村典禮時有十戶人家，若田家和長塚家搬走之後只剩三戶人家，這樣根本稱不上是村莊，未來已經沒有希望了。移居者們爭先恐後地搬離了簑石村，最後僅剩的丸山家終於也來復甦課辦手續了。

丸山小姐看了一下申請書，然後從胸前的口袋拿出自己的原子筆，流暢地寫著，一邊自言自語似地說：

「我們很喜歡簑石村，這裡很安靜，非常安靜……住起來很舒服。」

「謝謝。」

「可是……」

丸山小姐停了筆，抬起頭來。

「好像有一股力量不想讓我們繼續在這個村莊生活。」

我不知道該回答什麼。丸山小姐露出微笑，又把視線移到文件上。

「萬願寺先生一直都很照顧我們。或許我用不著說這句話，不過……請不要太難過。」

說完以後，她蓋下了印章。申請書全部填寫無誤，丸山小姐聽完之後的手續流程就離開了復甦課。

北風搖晃著窗子，我獨自一人在復甦課沉思著丸山小姐說的話。一股力量。一股試圖趕走移居者的力量。無論我怎麼抗拒，腦海裡還是浮現出一尊小小的圓空佛。

要說這是自然發展出來的結果嘛，簑石村發生的不幸事件未免太多了。最後一戶人家已經離開，我們在這三年間的努力全都化為泡影。我坐在桌前，什麼事都沒辦法做，只是一直在思考。

星期二，我和西野課長及觀山一起造訪了簑石村，因為簑石村又變回了無人村，我們得檢查有哪些地方必須要求移居者恢復原狀。

我們很久沒有三個人一起來簑石村了……不對，或許這還是第一次。我們預估結束之後就到下班時間了，所以各自開了自己的車。在這個不像十二月中旬的暖天，我們把車子並列停在公民館，像散步一樣在杳無人煙的村莊裡走著。

公民館附近有一棟在簑石村中算是很新的兩層樓建築。課長抬頭看著二樓的窗戶，按著額頭說：

「那片焦痕不太妙哪。」

窗框附近殘留著焦黑的痕跡。這裡以前住的是安久津家，但是發生一場燒到窗簾的小火災之後，他們就從簑石村搬出去了。其實那場火災是久野先生造成的，所以事情曝光以後，久野家也搬走了。我仰望著那塊面積不大、但是很顯眼的焦痕，隨口說出了心裡想到的事。

「……觀山就是在那個房間裡找到了能證明久野先生縱火的證據吧。」

觀山找到的是燒焦的稻殼。我沒有親眼看到證物，這是西野課長在質問久野先生的時候說的。

「是啊。」

觀山沒有半點得意的神情。我幾乎每次來簑石村都是和觀山一起，但我卻是聽了課長說的話才知道觀山調查過火災現場。

「妳是怎麼進去的？」

「從大門進去啊，門沒有上鎖。」

課長抓抓頭說：

「屋主很生氣呢，我跟他講電話時還被罵了一頓。」

挨罵也是應該的。雖然屋主已經沒在使用這棟房子，但他是因為信任市政府才答應出租房子，結果租出去不到一個月就發生火災，他當然會生氣。原則上應該是由屋主向安久津先生索取火災的修繕費用，但是在情理上，南袴市公所也不能置之事外，所以復甦課直到現在還是堅定不移地追著持續躲藏的安久津先生索取修繕費用。

我們從安久津先生和久野先生住過的房子朝著山的方向走去。高大的雜草在深秋之後都枯萎了，已經變回原野的水田裡插著四根金屬桿子。桿子之間本來架設了網子，但網子已經殘破不堪，被掩埋在枯草之中。

「那些應該可以拔掉了吧？」

觀山指著桿子說道。

那些桿子是牧野先生圍起水田養殖鯉魚的痕跡。他曾經在電視攝影機前自信滿滿地說要證明簑石村是有未來的。

「唔……不管要做什麼，還是得先徵求物主的許可才行。」

課長用裝傻的態度說道。牧野先生早就聯絡不上了。個資不能用於申請事項之外的地方，也不能從住民票追查他如今的電話地址。拔掉桿子這種小事只要打通電話得到對方口頭同意就能解決了，但我們現在連這通電話都不知道該怎麼打。

「真可惜，我們晚了一天。」

聽到我這麼說，課長只是用一副不明所以的表情沉默以對。

牧野先生發現幼鯉減少時，還以為是被人偷走了，但事實並非如此。如果復甦課的人在接到通知之後就立刻趕過去，或許多少還能保住一些鯉魚，但是我當天離開南袴市去新潟出差，觀山也因為課長早早離開而必須獨自整理資料、無法脫身，這延遲的一天時間造成了無可挽回的結果。如今鯉魚一隻都不剩，牧野先生也不在了。

接著我們走向溪流的方向。溪谷旁有一棟在簑石村裡也算是很大間的古老房子，久保寺先生曾經帶著大量書籍住進來。立石速人在這間房子底下的防空洞發生了意外，因為他想從地底進入久保寺先生的家，用掃把往上戳地板，結果被塌下來的書本壓住。我想起了久保寺先生說這麼大的房子絕對裝得下他一生藏書的開心表情，以及他聽到孩子被書本壓傷時的絕望表情。

「那間房子的地板怎麼樣了？」

課長問道。

「久保寺先生找人來修好了。」

「這樣啊。這個人很有責任感呢。」

我不禁想起久保寺先生離開簑石村時更加佝僂的身影。

我們繞到房子後面，往下眺望有防空洞入口的斜坡。速人走失時是夏天，當時斜坡上長滿了翠綠的青草，如今已是冬天，遮蔽視線的雜草全都枯了，但是從斜坡上方還是看不見防空洞的入口。

「……速人竟然有辦法找到防空洞。簡直就像……」

觀山把我沒說完的話接了下去。

「簡直就像探險家，對吧？我小時候也很會到處亂鑽呢。」

我想說的並不是探險家，但還是苦笑著回應道：

「這樣啊。」

我們又走了一段路，在隔著馬路相對的兩棟房子前面停下來。那是喜歡玩業餘無線電的上谷先生住過的房子，以及討厭人工產品的河崎太太住過的房子。從結果來看，讓這兩戶人家住在一起真是大錯特錯。為移居者分配住處的西野課長或許也沒料到會有這種下場吧。

「河崎家沒事吧……」

觀山耳尖地聽見了我的自言自語。

「你是說河崎先生？還是河崎太太？」

「兩個都是。」

河崎由美子太太什麼東西都怕，只要她聽說什麼人工產物對人體有害，就立刻深信不疑。雖然她給我們增加了不少困擾，但是想到她生活得多辛苦，我就忍不住感到同情。或許由美子太太真正需要的是心理諮商，但復甦課無法為她提供這種協助。

「河崎太太本來不怕燒焦的食物，結果搬來簑石村以後又多了一樣令她害怕的東西。雖然那不是我們的錯，但我真希望她可以在這裡幸福地生活下去。」

由美子太太的恐懼令她渾身布滿了刺，上谷先生為了玩業餘無線電而設置在前庭一角、被河崎太太批評有害的那座碟型天線已經拆掉了。那是還沒入冬的時候上谷先生請業者來拆除的。地上應該有架設天線支柱時挖的洞，我走過去檢查，發現那些洞都填平了。

今天雖是個暖天，還是吹著十二月的冷風。課長用手帕擦著額上的汗水，說道：

「我們休息一下吧。」

他豎起兩根手指比出一個動作。那是抽菸的意思。南袴市有些市鎮禁止在路上抽菸，簑石村當然不在這些指定的市鎮之內。課長舒爽地抽起菸，觀山走到上風處，盤起雙臂。

最後我們來到蓋在高地的一棟平房前。這間附偏屋的房子以前住的是若田家。

「那尊佛像已經拿回來了吧？」

課長再一次地確認。

「是的，我檢查過了，放在偏屋的佛堂裡。」

「那個不是複製品吧？」

「是的……應該吧。課長要再檢查看看嗎？」

聽到這句話，課長就不耐煩地揮揮手說：

「沒關係，不用了。我相信你。」

這句「我相信你」多半都是用於推卸責任的意思。

那一天，偏屋佛堂的門為什麼打不開呢？觀山說一定是若田先生在外面拉住了門，我當時也覺得只有這個解釋比較合理，但是後來越想越覺得奇怪。我確實聽見了若田先生跑過來的腳步聲，那不是原地踏步的聲音。雖然我在事發的當下也懷疑過若田先生，但我怎麼想都覺得他又不知道我何時要出來，怎麼可能一直在走廊上拉住門？而且……

「為什麼若田先生覺得動了圓空佛就會發生不好的事呢？」

沒有人回答我。

從若田先生住過的房子可以一眼望盡簑石村。冬天空氣冷冽，天空萬里無雲，下方那些失去住戶的房子逐漸毀壞，無人耕作的農田恢復成荒野，沒有行人的道路空蕩蕩地延伸出去。用來放置農具的小屋屋頂掀開了，可能是颱風之類的原因造成的。枯草之中可以看見一輛違法棄置的汽車。周圍傳來了鳥鳴聲。圍繞著簑石村的山巒只種了常綠樹，看不出隆冬將近的痕跡。

「視野真好。可是……」

西野課長說道。

「這實在稱不上美景。一點都不漂亮。」

他摸索著口袋，不知是不是在找香菸。

「我以前曾經去廢墟探險，跟我一起去的朋友很開心，而我卻完全提不起興趣。我可以欣賞自然的美景，也可以欣賞人工製品的洗鍊美感，像梯田那樣既美觀又能感受到人類智慧和心血的東西我也喜歡……但我從廢墟之中只能看見滅亡。」

「課長想說簑石村也一樣嗎？」

「難道不是嗎？」

課長終於找到菸盒，結果卻是空的，他露出苦笑捏扁了空盒。

如果簑石村只有滅亡，那也是復甦課的錯。我們想讓移居者在這裡定居下來好好生活所做的努力全都失敗了。簑石村發生的不幸事件實在太多了……我曾經這樣想過，但是，從四月開始接連不斷地發生壞事只是因為時運不濟嗎？真的是這樣嗎？

「丸山小姐來申請遷出補助費用了，她臨走時說了一句『好像有一股力量不想讓我們繼續在這個村莊生活』……我現在覺得或許真的是這樣。」

「喔？她說的話還真有趣。」

課長依然背對著我，手上把玩著捏扁的菸盒。

「萬願寺，你知道那股力量是什麼嗎？」

「我不知道，我怎麼想都想不通，我真的不知道為什麼會變成這樣，但是……我至少猜得出來趕走移居者的是誰。」

課長忍不住笑了。

「趕走嗎……他們全都是自己決定離開的，再不然就是自己做錯事而逃走的。你一直在他們的身邊看著這些事發生，應該很清楚才對啊。」

「有人刻意促成了這種情況。」

「你說的是圓空嗎？」

我感覺氣溫突然降低。

「不是……課長一定知道吧。」

為了離開了簑石村的所有移居者，我斷然說出：

「西野課長，我說的是你。」

然後我轉頭看著年輕的同事。

「還有妳，觀山。」

課長本想丟出菸盒，卻想起「哎呀，現在跟以前不一樣了」，又把捏扁的盒子放回口袋。

「都是圓空佛那件事做得太粗暴了。因為快要下雪了，難免有些心急。」

觀山發出哀號似的叫聲：

「課長！」

「沒關係，萬願寺早就發現了，他一整路都在提出疑點……沒錯吧？」

要這樣說其實也沒錯。

縱火的證據是觀山獨自找到的。

鯉魚會全軍覆沒是因為觀山花了很多時間整理資料。

西野課長知道防空洞的入口。

說出食物燒焦會產生致癌物的是觀山。

圓空佛的複製品是西野課長借出去的。

這些事我全都知道，但我直到人都走光了才開始注意到。

課長把手插在口袋裡，轉身朝向我。

「我就知道你遲早會發現。你比我想像的更認真……而且是個很聰明的公務員。」

課長稍微笑了笑。

「沒錯。我和觀山每天都在想方設法讓移居者可以乾脆地離開簑石村。」

我很想大吼「為什麼！」，但我的習慣是先把事情搞清楚。

就算觀山知道屋內有證據，但公務員絕對不能在沒有得到許可的情況下擅闖民宅。

既然如此……

「觀山，妳真的在安久津家找到了燒焦的稻殼嗎？」

「那是假的。就算屋裡沒人，沒有調查權就不能隨便進入民宅。」

「妳事前就知道久野先生利用稻殼來縱火吧？」

觀山輕輕嘆了一口氣，說道：

「當然，因為暗示他可以用這個方法的就是我。」

對了，在第一次面談之後都是由觀山負責跟久野先生聯絡。

「不過久野先生以為這是他自己想出來的。」

「久野先生和安久津先生會產生摩擦……」

觀山聳著肩膀說：

「你以為是我在中間挑撥離間嗎？我可沒有做到那個地步。」

真的嗎？我不太相信。

牧野先生養鯉魚的事也有一些可疑的地方。

「我去新潟出差的那天，觀山忙著整理要交給議會的資料，如果那一天課長在旁邊指導，觀山應該可以更快做完，這麼一來就能早一天發現沒有防鳥網了。」

「如果早一天發現，鯉魚可能不會全部被鳥吃光吧。」

「如果鯉魚還有剩，牧野先生或許會願意留在簑石村繼續努力。那一天課長真的丟下了第一次準備議會資料的觀山、自己先回家了嗎？」

「唔……」

課長沉吟片刻，然後含糊地笑了。

「你想太多了。那天我的確是準時下班，不過觀山說她忙著整理資料無法抽身其實有些誇大了，牧野先生打電話來的時候，她差不多已經把全部的資料都整理完了。對吧？」

觀山沉默地點頭。

所以她是故意延後處理牧野先生的申訴，放任災情擴大，期待他因此離開簑石村囉？也就是說……

「課長早就知道牧野先生的魚池上方沒有網子嗎？」

課長沒有回答。這應該是默認的意思吧。

至於久保寺家和立石家的事情，我也覺得課長鐵定脫不了關係。沒想到立石速人竟然能找到防空洞的入口，簡直就像……早就知道那裡有防空洞。

「把防空洞的事告訴速人的是……」

「當然是我。」

除了以前的居民以外，知道有防空洞的只有課長和速人，所以我自然猜得到這兩人之間有過聯繫。

課長稍微改變了語氣。

「但是速人受傷並不是我期望看到的，那只是個意外。而且我只有跟他說久保寺家的下方有祕密的地下室，但我沒跟他說有其他的出入口，當時連我都不知道這件事。你能找到速人，我是真心感到慶幸。」

我發覺自己連這句話都不敢相信。

造成河崎家和上谷家離開的秋日祭典那件事，觀山顯然犯了嚴重的失誤。但是如今想想，我也不確定她是不是真的失誤。

「河崎由美子太太會開始害怕燒焦的食物是因為觀山的一句話，在那之前她並不覺得燒焦有什麼好怕的。我本來以為觀山是無意中造了孽，其實那也是故意的吧？」

「說我是故意的也太難聽了。」

觀山不高興地轉向一旁。

「該怎麼說呢……我只是想要多灑一點種子。」

「種子？」

先前一直採取迴避態度的觀山仰天長嘆「哎呀，真是的」，然後把臉轉向我，迅速地說：

「萬願寺先生，你不會以為我和課長的計畫從頭到尾都成功了吧？事實上進行順利的頂多只有十分之一。我們從春天開始就不斷地丟出引發爭端的金蘋果，可是真正發揮效果的只有三、四次。這工作……真令人喪氣啊。」

「觀山真的是辛苦了。」

課長一邊說，一邊拿手帕擦額頭。

我還以為復甦課是為了移居簑石村的人們著想、幫助他們在不習慣的地方順利生活的機構。原本應該是這樣的。雖然我不是衷心歡迎移居者的到來，至少我是真的為了他們的生活奔走，不過課長和觀山卻不是如此。

「河崎先生會設計讓太太吃下毒菇也是……」

「因為我不經意地向河崎先生提起由美子太太去討好瀧山先生的事。畢竟瀧山先生被由美子太太騷擾的事情，除了當事人以外只有我和你知道。」

這樣啊。原來是這麼回事。

觀山灑下的種子生根發芽，在秋日祭典結出了果實，使得河崎夫婦和上谷先生離開了簑石村。不過就算觀山知道是誰讓由美子太太吃了毒菇，也不知道那人用的是什麼方法，所以還是必須討論和推斷。

然後是若田家。

若田家的情況也一樣。若田先生認為不可以隨便亂動那尊圓空佛，但那只是我在工作結束開車回去的途中對觀山說的玩笑話。我本來以為那是巧合，現在才知道事實並非如此。那些對話應該只有我和觀山兩個人知道，如果若田先生知道了，鐵定是觀山告訴他的。這麼說來……

「若田家佛堂的門打不開也是妳做的嗎？」

「罷了……老實說，我早就知道這件事會曝光。」

課長板著臉說道。

「那真的是無可奈何。」

「我一直都是反對的喔。」

從先前的話聽來，課長和觀山雖然一直對移居者放出謠言、挑起爭端，有時甚至唆使他們做出具體行動，自己卻從來不曾親自下手，只有圓空佛這件事不一樣。

「是那個運動提袋吧？」

課長和觀山互看一眼，然後觀山點了點頭。

佛堂的門是往內開的，當時我在裡面怎麼拉都拉不開，門邊也沒有門擋之類的東西。如果沒有人在外面拉住，那必定有什麼東西從內側壓住了門。
那天我在讀日記時突然感到睏意，這件事不太尋常。我還記得，我發現門打不開之後，趕回來的觀山的行動也很可疑。
「我和觀山隔著窗戶說話，我可以清楚聽見觀山說的每句話，觀山卻說聽不到我說的話。我當時應該要發覺才對。」
我是因為被鎖在佛堂裡才慌了手腳，但現在想想還是覺得很懊惱。
「我打開窗子以後，門就打得開了……是因為氣壓吧？」
觀山又點點頭。
那個運動提袋裡一定放了某種容易氣化的東西，暖爐的熱度加速了氣化反應，令佛堂裡的氣壓上升。氣壓應該只升高了一點，但佛堂的門很大，承受了較多的壓力，所以就打不開了。窗戶是側滑式的，承受的壓力比較小，我打開窗子、平衡了室內室外的氣壓以後，門就打得開了。我在開窗的瞬間感到有什麼東西跑出去，那應該是室內的空氣吧。再加上我當時異常感到睏意，可以想見提高氣壓的氣體就是二氧化碳。換句話說，提袋裡面裝的是……
「我就不拐彎抹角了，提袋裡面放的是乾冰。」
觀山乾脆地供出真相。
「提袋裡面裝了一公斤的乾冰，全部氣化以後，會讓門增加幾十公斤的壓力。如果你真的全力去拉，應該還是打得開啦……」

當時我很怕把人家的門給弄壞，而且榻榻米又很滑……這些不利條件或許也在觀山的算計之中。

觀山原本的計畫是把自己關在佛堂裡，之後她再叫人過來，讓人發現門打不開。結果那時發生了觀山意想不到的火災，害她不得不趕回家，計畫才會出差錯。難怪她要再三強調佛堂的日記是她負責的工作，叫我不要去動。

觀山用前所未有的認真表情說：

「那次真的很危險，乾冰全部氣化融入空氣之後，二氧化碳的濃度會提高到致命的程度。為了避免發生意外，我還事先準備了氧氣筒，結果你卻不聽我的話，擅自進入佛堂。那時我真的嚇到了，我還在想如果我叫你你沒有回應，我就要直接打破窗戶了。」

聽到她這番話，我不禁感到背脊發涼。但是觀山明知這麼危險，還是拚了命地演戲煽動若田先生的恐懼，這種強烈的執著更讓我害怕。

「乾冰是從魚新的車上拿來的吧？」

「我有問過人家喔，他二話不說就送給我了。」

這麼說來至少魚新沒有參與其中……不對，我還不能確定她說的話是真是假。我已經不知道該相信什麼了。

觀山是剛進入職場一年的新人，還沒摸清楚狀況，我一直覺得自己應該多照顧她，這並不是看不起她，而是身為職場前輩應當做的事。都是因為有新人在旁邊看著，就算是不喜歡的工作我也會全力以赴，可是觀山卻在暗地裡破壞我們兩人一起進行的工作。從我得到的答案來看只能這樣想，但我實在不願相信。

「觀山……妳到底是什麼人？」

回答的人是課長。

「觀山是山倉副市長的姪女。你想知道詳情可以再問她，總之她的能力非常出色，像她這樣的優秀人才根本不該來南袴市公所。為了這個專案，山倉還特地拜託我把她的資歷扣掉兩年。」

觀山露出自嘲的笑容。我從未見過她這種表情。

「課長說得太誇張了，我只是因為外表看起來像菜鳥才會被選中，而且我自己對地方自治也有興趣……雖然我本來沒想到要做的是這種工作。」

接著觀山收斂神色，嚴肅地說：

「萬願寺先生，我現在真的很感謝你。你在工作上給了我很多指導，還親身向我示範了身為市公所職員應有的想法和尊嚴，雖然我一直在扮演散漫的新人，但你教給我的事我全都記得……我一直在背叛你，對不起。」

觀山在簑石村時總是面帶笑容，她個性開朗，跟誰都聊得來，對人從不敷衍搪塞。我一直以為觀山遊香是這樣的人……事實究竟是怎樣呢？觀山曾經喃喃說過「為什麼我要做這種工作呢？」，那句話是否更加真實呢？她曾經在我面前透露過半點真實嗎？

課長說：

「要破壞你的工作成果，我也很難受啊。你別怪觀山，她只是奉命行事，也不能把真相告訴你。我們表面上還是需要一個認真服務移居者的人。」

「所以我是你們的幌子嗎？」

至少西野課長此時沒有說謊。

「……是啊。」

他回答道。

「這是必要的，請你諒解。」

「說什麼諒不諒解的……」

我擠出了聲音。

「為什麼要這樣做！」

並非每一位移居者都是良善謙和的人，其中很多人的性格都差到讓我不會想要跟他們有私交，但他們都是市民，都是人，他們都懷著各自的期望來到了這個村莊，而課長卻設計把這些人趕走了。到底是為了什麼？

「要說理由的話……」

課長眺望著下方的簑石村。

「你應該很清楚吧，要維持這個村子的生活得花很多錢。地方越大，要花的錢越多。在人口一樣的情況下，小一點的地方比較好。南衿市沒有足夠的預算能維持簑石村的運作。」

預算……又是預算！

「那些人是市公所主動招募來的。」

「是啊，這才是最大的錯誤。」

課長低頭喃喃說著「好想抽菸啊」。

「……飯子市長上任以後推出的政策全都是為了反對前任市長，第一個有建設性的政策就是復興簑石村。這件事你一定知道。」

我很清楚。這是眾所皆知的事實，連我那個完全不關心行政的妹妹都知道。

「我們這些人……就是市公所的主管階級，全都反對這項政策。就算是只有一個市民，我們在行政上也得竭盡全力協助他的生活所需，諸如整頓公共建設、收垃圾、修馬路，讓市民能夠維持正常的生活，行政就是為此而存在的……簑石變成無人村就像是美夢成真啊，這樣我們就能砍光這個地區的全部預算，而復興簑石村只是自行毀掉這個奇蹟的愚蠢行為。簑石村應該繼續被遺忘才對。我們已經想盡了方法去勸告市長。」

課長嘆了一口氣。

「不過政治真是難以預測啊，市長始終不肯放棄復興簑石村的計畫，他堅信復興簑石村是正確的，這樣可以展現他的執行力，為競選連任鋪路，他還拉來好幾個議員當他的戰友。沒有一個人說服得了他。山倉為了把補助遷出費用加入法案已經費盡心思，如果事情能在那時打住，就不需要復甦課了。」

「所以復甦課從一開始……」

「沒錯，成立復甦課的目的有兩個，一個是復興簑石村，另一個則是阻止簑石村重生。」

風已經悄悄地停了。燦爛的陽光依然照耀著簑石村。

「市長……」

我說道。

「市長知道這件事嗎？」

「當然不可能讓他知道，因為他是支持復興的一方。反對方的帶頭者是山倉副市長，這應該算是反叛吧。」

西野課長微笑著說道。

「如你所知，在行政體系裡，市長是大腦，我們則是手腳，我們公務員不可以有自己的想法，這才是健全的法治體系。但是，手腳被火燒到還是會反射性地縮回來……復興簑石村的專案開始之後，很不幸的出現了大批申請人，然後你俐落地和屋主協商、檢查合法性，接著移居者搬進來，在媒體面前舉行了開村典禮。這段期間，我們一直在試圖說服市長。」

課長的手在口袋裡摸來摸去，最後無力地垂下。

「市長雖然頑固，但他並不是看不懂數字的人。他成功獲得了連任，很想在下次選舉之前處理完不良債權，所以他每天聽我們報告為了維護簑石村運作需要花多少費用，就漸漸地改變了態度。萬願寺，你還記得我們上個月被市長叫去的事吧？」

「是的。」

「在那之前，市長已經打從心底後悔發起了復興簑石村的專案，雖然是晚了點。我們發現他已經改變態度，才說出了成立復甦課的第二個目的，市長沒有表現出開心的反應，但他一定暗自鬆了口氣，還對我們的行動表示贊同。」

所以平時嘮叨的飯子市長那天才會那麼安靜，他漠視屬下的建議，讓自己陷入了大麻煩，這時得知屬下一直偷偷地在滅火，他當然會無言以對。

課長撿起腳邊的小石頭，丟了出去，石頭落在無人的村莊裡，看不見了。

「我只能說，我們的運氣真的很好。雖然我們希望市民儘快搬走，但是在正常的情況下通常要花上十年、二十年的時間。其實我們在挑選移居者時已經刻意選擇了可能很快就會搬走的人，譬如家境優渥方便轉換跑道的人、從以前就經常搬家所以比較不排斥搬家的人，還有對鄉村生活抱持著幻想的人，至於容易在一個地方定居的人和南袴市民打從一開始就被排除在外。話雖如此，我真沒想到不到一年就解決了。這當然是因為觀山的計畫實施得很成功，但我覺得說不定也是因為守護著簑石村的神明在保祐我們。」

我明白課長的意思，我根本不得不明白，因為簑石村的除雪費用夠不夠還得看天氣，更令人頭痛的就是校車，如果為了一兩個學生而買車子、雇用司機，其他那些要花一個小時走路去學校的學生的家長鐵定不會坐視不管。簑石村對南袴市來說負擔太大了。這點絕對錯不了。

但是……

搬到簑石村的市民並不只是一個數字，他們都有名字，包括安久津淳吉先生、華姫太太，以及他們的女兒希星。還有久野吉種先生，他在玩遙控直升機時是那麼地快樂。還有久野朝美太太，她讓我們聽過她拉的小提琴。還有牧野慎哉先生，他深信簑石村也能發展出和世界接軌的產業。還有久保寺先生，他還打算繼續寫書。還有立石善己先生和秋江太太，他們提到兒子速人的健康狀況好轉的時候開心地笑了。河崎一典先生和由美子太太都沒有罪大惡極到需要被趕出去。上谷景都先生離開簑石村的時候會是多麼害怕啊？若田一郎先生在簑石村受到的打擊總有一天會痊癒吧，公子太太應該也是這麼期望的。長塚昭夫先生不管怎麼說還是希望為簑石村帶來活力。瀧山先生、好川夫婦、丸山小姐也都離開了。

「你們怎麼可以做出這種事？」

課長立刻回答：

「至少市長許可了。」

「這是棄市民於不顧。」

「沒錯。」

一直保持沉默的觀山用極其溫柔的語氣說：

「萬願寺先生，我一直在說服自己。把一件事看得重要，就等於把其他事看得不重要。以這件工作來說，把其他事看得不重要，就等於容許讓某些人喪命。和你一起工作以後，我越來越覺得這個想法是正確的。我曾經懷疑安久津希星受到家人忽視，調查之後卻發現南袴市根本沒有任何支援協助的機構。我真心認為應該把錢花在這些地方，而不是用來復興簑石村。」

她已經調查過了嗎？

「我也知道，不只是瀧山家的後山還沒做過崩塌防範工程，連人口密集的區域也還有一大堆地方沒做。每當有救護車花四十分鐘趕來簑石村，我都很擔心市區如果有人需要救護車該怎麼辦。所以我一直在說服自己這個工作是正確的，如果把錢花在復興簑石村，就是把其他地方排在後面，一定會有人因此而受害的。」

觀山說得沒錯。自治體的資源是有限的，資源的分配是攸關性命的抉擇。連我也曾偷偷想過，與其復興簑石村，我更希望把錢用來重振間野市的林業，這麼一來我父親或許又可以繼續經營小餐館了。

不過，這種說詞不能當作玩弄移居者人生的理由，完全不行。我可以理解觀山需要一個名正言順的理由，但她明明一直在跟移居者相處，她比誰都了解他們的生活。

課長說道：

「……我真不該把你拉進復甦課。我聽說你對工作很忠實，說得難聽點就是只會聽命行事，心裡只想著升官發財，但你是個比傳聞更優秀的公務員，雖然你不會對市民的心情感同身受，但你還是很認真地為他們奔走，也會為他們遭遇的不幸而悲嘆。我一直在擔心，你可能有一天會發現復甦課的成立目的。」

西野課長，這個被稱為「間野市的郭源治」、「南袴市的佐佐木主浩」、「救火隊」的男人用不帶感情的聲音繼續說著。

「你解除了市長和南袴市的困境，只要你提出調職申請，下次人事異動時一定能實現，不管你想去總務部或土木部都不成問題。以我的立場來看，我還是希望你能留下來，就算是這個小地方也有很多必須撲滅的火苗，接下來還有很多工作，我可以保證，這些工作一定有讓你努力的價值。」

冷風迎面吹來，我轉頭回避時看見了觀山正凝視著我。觀山似乎想說什麼，但她只是默默地垂下眼簾。我以前還想過，觀山這麼容易和市民親近，一定可以成為很好的公務員。

「課長。」

我的聲音軟弱地顫抖著。

「我認為這是一份值得驕傲的工作。」

課長溫柔地回答：

「你可以驕傲，你是為了南袴市民而工作的。」

「是嗎……」

我遙望著下方的簑石村。

黃金的稻穗在風中搖曳。人工池裡游著幾十隻鯉魚。空中有遙控直升機在飛翔，烤肉的白煙裊裊上升。一個孩子跑進書本伯伯的家，最近他也會開始看些艱澀的書。秋日祭典的準備工作持續地進行。有人採集山菜，祭典即將開始。每個人的臉上都掛著笑容，雕刻粗獷的圓空佛看顧著這一切。下一年、下下一年，生命和生活都在此延續。

一切都是幻想。

「真的是這樣嗎……」

被風吹來的雪片閃亮亮地飄過簑石村的天空。這個村莊比課長說得更美。既美麗，又奢侈……對一個小小的偏僻城市來說，這是個開銷太過奢侈的小村莊。

但是……然後……

山裡的天氣變化得非常快，突然變大的降雪逐漸染白了簑石村。居民走光以後，沒人會來清除簑石村的積雪。雪的重量想必會逐漸損毀道路、壓壞房屋。

西野課長轉身走下高地，他的肩膀和頭上都積了雪。

觀山擔憂地看著我，本來想要開口說話，但又低著頭走掉了，或許她是想不到該說什麼吧。

人們在幾十年、幾百年間開拓出來的簑石村無力抵抗大自然，失去了居民的這片土地終將恢復成荒野。

冰冷的風吹得皮膚刺痛，夾帶著初冬濕氣的雪花沾在身上。我無法再為這個村莊做什麼了。短暫的復甦已經結束了。我踏上歸途，最後又回頭看了一眼，只見強勁的風雪逐漸掩蓋了簑石村。

然後，這村子又變得空無一人了。

逆思流

I的悲劇

（原名：Iの悲劇）

作者／米澤穗信
譯者／HANA
發行人／黃鎮隆
副總經理／陳君平
副理／洪琇菁
國際版權／黃令歡
執行編輯／呂尚燁
美術編輯／方品舒
企劃宣傳／邱小祐
發行／英屬蓋曼群島商家庭傳媒股份有限公司城邦分公司　尖端出版
台北市中山區民生東路二段一四一號十樓
電話：（〇二）二五〇〇—七六〇〇（代表號）
傳真：（〇二）二五〇〇—一九七九
中彰投以北經銷（含宜花東）／楨彥有限公司
電話：（〇二）八九一九—三三六九
傳真：（〇二）八九一四—五五二四
雲嘉經銷／威信圖書有限公司　嘉義公司
電話：（〇五）二三三—三八五二
傳真：（〇五）二三三—三八六三
客服專線：〇八〇〇—〇二八—〇二八
南部經銷／威信圖書有限公司　高雄公司
電話：（〇七）三七三—〇〇七九
傳真：（〇七）三七三—〇〇八七
香港總經銷／城邦（香港）出版集團有限公司
香港灣仔駱克道193號東超商業中心1樓
電話：（八五二）二五〇八—六二三一
傳真：（八五二）二五七八—九三三七
E-mail：hkcite@biznetvigator.com
馬新經銷／城邦（馬新）出版集團　Cite(M)Sdn.Bhd.
E-mail：Cite@cite.com.my
法律顧問／王子文律師　元禾法律事務所
台北市羅斯福路三段三十七號十五樓
二〇二〇年五月一版一刷

■中文版■

郵購注意事項：
1. 填妥劃撥單資料：帳號：50003021戶名：英屬蓋曼群島商家庭傳媒(股)公司城邦分公司。2. 通信欄內註明訂購書名與冊數。3. 劃撥金額低於500元，請加附掛號郵資50元。如劃撥日起 10～14日，仍未收到書時，請洽劃撥組。劃撥專線TEL：(03) 312-4212 ・ FAX：(03) 322-4621。E-mail：marketing@spp.com.tw

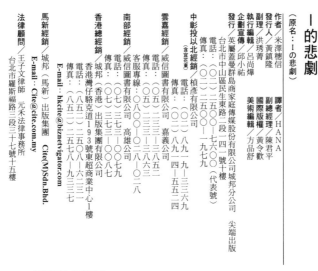

國家圖書館出版品預行編目資料

I的悲劇 /
米澤穗信 著 ; HANA譯 . --初版.
--臺北市：尖端出版, 2020.05
面 ; 公分.--(逆思流)
譯自: **Iの悲劇**
ISBN 978-957-10-8873-0(平裝)

861.57　　109003263